Süchtig nach Rausch

Für Hans †, Egon † und Peggy †

Maja Malu

Süchtig nach Rausch

Bibliografische Information der Deutschen Nationalbibliothek:
Die Deutsche Nationalbibliothek verzeichnet diese Publikation in der Deutschen Nationalbibliografie; detaillierte bibliografische Daten sind im Internet über dnb.dnb.de abrufbar.

Die automatisierte Analyse des Werkes, um daraus Informationen insbesondere über Muster, Trends und Korrelationen gemäß §44b UrhG („Text und Data Mining") zu gewinnen, ist untersagt. Jegliche unbefugte Nutzung des Werkes ist hiermit ausgeschlossen. Das Manuskript ist ohne den Einsatz von KI entstanden.

Alle Namen und Handlungen in diesem Roman sind frei erfunden. Eine Namensgleichheit mit lebenden oder verstorbenen Personen ist rein zufällig.

3. veränderte Auflage Juni 2025 (Erstausgabe Juni 2020)

Korrektorat: Stefanie Brandt (www.steffis-buchecke.de)
Umschlaggestaltung und Umschlagmotiv: Sandra Schneider
Coveranpassung für die 3. Auflage: Dream Design – Cover and Art (www.cover-and-art.de)

Verlag: BoD · Books on Demand GmbH, Überseering 33, 22297 Hamburg, bod@bod.de
Druck: Libri Plureos GmbH, Friedensallee 273, 22763 Hamburg

ISBN: 978-3-8192-2634-2

Süchtig nach Rausch

uferlos

den kreis ausgeschritten
an grenzen gestoßen

im wasser getrieben
versucht auf den fischen zu reiten

herunter gefallen

auf den grund gesunken
und doch wieder aufgetaucht

Kurt Thöt
(unter der sohle – Gedichte, 2011, Wiesenburg Verlag)

1. Sonntag-Mittags-Rausch

Warum ich gerade an diesem Montag mit dem Trinken begann, weiß ich nicht. Es war ein Tag, wie jeder andere auch, Anfang März, kurz nach meinem vierzehnten Geburtstag.

Seit über einer Stunde saß ich regungslos in meinem roten Clubsessel aus Lederersatz, gefangen in dieser Starre. Todesstarre. Mein festgefrorener Blick klebte am Poster an der gegenüberliegenden Wand, aber ich sah ihn nicht, den Baum, mit den kahlen schwarzen Ästen im Sonnenuntergang. Ich sah nichts, gar nichts. Ich starrte nur regungslos vor mich hin, unfähig mich zu bewegen, außerstande, etwas zu denken. In meinem Kopf nichts als Leere. Unendliche Leere.

Mit Lichtgeschwindigkeit schoss mir urplötzlich ein Gedankenfetzen durch den Kopf: der Sonntag-Mittags-Rausch! An diesen Tagen nahmen meine Eltern zum Aperitif einen Pastis zu sich, ich nippte an einem Martini. Zum Essen trank auch ich ein Glas französischen Wein, und wenn sich meine Eltern nach dem üppigen Mahl zur Verdauung einen Cognac genehmigten, bekam ich einen Orangenlikör eingeschenkt. Danach hielten alle ihren wohlverdienten Mittagsschlaf. Die Deckenlampe über meinem Bett zog sanft ihre Kreise, während sich in mir eine wohlige Wärme ausbreitete.

Nach diesem schönen Sonntag-Mittags-Gefühl sehnte ich mich jetzt. Was hielt mich davon ab, aufzustehen, an die Bar im Wohnzimmerschrank zu gehen und mir ein Glas Likör einzuschenken? Wie ferngesteuert erhob ich mich aus dem Clubsessel und ging ins Wohnzimmer. Ich war eine Marionette, deren Fäden gelenkt wurden durch eine unbekannte Macht. Es fühlte sich an, als würde ich eine Entscheidung ausführen, die schon vor langer Zeit, jedoch nicht von mir, getroffen worden war.

Den kalten Schlüssel der Hausbar einige Sekunden unschlüssig in der Hand haltend, war ich mir der Sprengkraft meiner Handlung bewusst. Zum ersten Mal trank ich alleine Alkohol, und ahnte, dass ich damit den ersten Dominostein einer langen Reihe in Bewegung setzen würde.

Nach der Umdrehung des Schlüssels klappte ich die Schranktür nach unten auf. Der abgestandene Geruch harter Alkoholika schlug mir zur Warnung wie eine Ohrfeige ins Gesicht. Vor mir breitete sich eine Batterie von Flaschen aus: Whisky, Wodka, Calvados, Sherry und mindestens zehn verschiedene Liköre.

Mit zittrigen, schwitzigen Fingern griff ich nach einer Likörflasche, öffnete sie und nahm einen großen Schluck. Der Orangenlikör brannte zunächst in meinem Hals, danach ätzte er diese Leere in meinem Kopf weg. Zum zweiten Mal setzte ich die Flasche an und trank, dann füllte ich mir ein Saftglas mit Sherry. In meinem Zimmer rauchte ich eine Zigarette und leerte das Glas Likörwein gierig in großen Zügen.

Der Alkohol durchflutete meinen Körper mit einer wohligen Wärme, diese klirrende Kälte, auch diese unendliche Leere waren wie weggespült. Jetzt fühlte ich mich frei, hatte das Gefühl, fliegen zu können. Ich legte eine Schallplatte auf, aus den Lautsprechern dröhnte die bluesige Stimme von *Janis Joplin* mit *Me and Bobby McGee*. Manchmal weinte ich, weil Janis tot war und ich sie niemals live bei einem Konzert erleben konnte. Ich war zu spät geboren worden. Heute weinte ich nicht. Im wilden Rhythmus der Musik bewegte ich mich. Ich tanzte. Ich schwebte. Alles um mich herum versank. Ich fühlte mich selig.

Als ich am nächsten Tag die Haustür ins Schloss fallen ließ, zog es mich in dieses tiefe Loch, wie so oft, ganz nach unten. Das Haus schien alt und verlassen, als lebte außer mir schon jahrelang niemand mehr hier. Die Einsamkeit dieses Hauses war eine hoch ansteckende, schwere Krankheit, die zuerst den Bungalow und dann mich befallen hatte. Möglicherweise würden wir beide elendig daran zugrunde gehen.

Gestern fühlte ich mich anders, nicht so einsam. Aber? Nein, kein Aber! Ich wollte dieses Gefühl erneut spüren, aber gleichzeitig streifte mich eine diffuse Angst. Widerstrebend begab ich mich ins Wohnzimmer, Schritt für Schritt, als würde ich mich gegen die schon längst getroffene Entscheidung wehren. Dort angekommen, gab ich jeglichen Widerstand auf. Aus der Schrankbar füllte ich mir ein großes Saftglas mit Orangenlikör. Ich trank das Glas in einem Zug aus. Nach dem zweiten Glas Likör fiel diese Schwermut wieder von mir ab und ich fühlte mich derart leicht, als schlüpfte ich im Frühjahr zum ersten Mal in ein kurzärmeliges, luftiges Sommerkleid.

Die Zeit mit meinem neuen Freund, dem Alkohol, verging schnell. Ehe ich mich versah, war es schon wieder Abend. Meine Eltern kamen nach Hause, eilig kämmte ich mir die Haare, lutschte ein Pfefferminzbonbon, um den Alkoholgeruch zu vertreiben, bevor ich den Tisch fürs Abendbrot deckte.

Meiner Mutter schmerzten vom vielen Stehen als Verkäuferin die Beine, sie stöhnte, während sie die Einkaufstüten abstellte. Mein Vater sah abgespannt aus, er steuerte erst einmal die Bar an, und genehmigte sich einen Schnaps.

Mit der Tagesschau aßen wir zu Abend. Bei dem Anblick der vielen Kriege, der unzähligen Leichen, der schrecklichen Katastrophen und Unfälle, die regelmäßig während unseres Abendessens serviert wurden, verging mir der Appetit. Danach saßen wir zu dritt vor der Flimmerkiste, dabei verschafften sich meine Eltern mit diversen Alkoholika ihre nötige Bettschwere; irgendwann schliefen beide schnarchend vor dem Fernsehgerät ein und ich ging zu Bett.

Nachmittags traf ich mich manchmal mit meiner Schulfreundin Sabine. Bei einem Besuch bei ihr lernte ich die Nachbarstochter Brigitte kennen. Gitti war erst zwölf, sie sah aus wie ein schönes unschuldiges Püppchen. Um ihr Kindergesicht wehte schulterlanges, lockiges Engelshaar, jedoch ihre wasserblauen Augen mit dem Schlafzimmerblick sowie ihr Schmollmund verrieten, dass sie kein kleines Engelchen war, sondern eher ein frühreifes Bengelchen. Ich mochte sie sofort.

Gittis Eltern arbeiteten ebenso wie meine bis spät am Abend, auch sie vertrieb sich die Zeit gerne mit Alkohol. Jetzt kam Gitti öfter bei mir vorbei und wir betranken uns gemeinsam, das war viel schöner, als allein zu trinken. Aus den Beständen ihres Vaters brachte meine Freundin eine Flasche Wein mit, oder wir bedienten uns im Vorratskeller meiner Eltern, manchmal legten wir unser Geld zusammen und kauften im Lebensmittelgeschäft um die Ecke etwas Härteres. An der Kasse setzte Gitti ihr kindlich honigsüßes Lächeln auf, während sie die Verkäuferin bat: »Können Sie die Flasche bitte in Papier einschlagen? Das ist ein Geburtstagsgeschenk für meinen Vater.«

Als Gitti wieder mal bei mir aufkreuzte, brachte sie Schlaftabletten mit.

»Tabletten und Alkohol, das musst du unbedingt mal

probieren; das ist so geil.«

Ich war begeistert. Die Wirkung des Alkohols und der Tabletten verstärkten sich gegenseitig, hierdurch bekam ich schneller meinen ersehnten Rausch.

Nach drei Monaten trank ich täglich Alkohol in immer größeren Mengen. Wenn ich von der Schule nach Hause kam, stellte ich mir als Erstes meine Tagesration zusammen: ein Saftglas Likör aus der Hausbar, eine halbe Flasche Wein, kurze Zeit später kam Hochprozentiges hinzu. Aus dem Nachttisch meiner Mutter versorgte ich mich mit diversen Tabletten, die ich immer öfter mit Alkohol einnahm.

Manchmal kombinierte ich zu viele Alkoholika miteinander, dann wurde mir speiübel. Mitunter schaffte ich es nicht mehr zur Toilette und kotzte in meinem Zimmer im hohen Bogen auf den roten Teppichboden. In panischer Verzweiflung versuchte ich, das Erbrochene auszuwaschen, und den Teppichboden mit dem Föhn zu trocknen, damit meine Eltern nichts mitbekamen.

In der Schule konnte ich in der ersten großen Pause gerade noch die Zigarette halten, die ich heimlich rauchte. In der zweiten großen Pause hingegen zitterten meine Hände derart stark, dass ich Schwierigkeiten hatte, die Zigarette zum Mund zu führen. Das Zittern fiel auch meinen Mitschülerinnen auf, sie begannen Fragen zu stellen. Deshalb füllte ich mir ab jetzt immer einen Flachmann mit Korn, Whisky oder Cognac für die Schule ab. In der ersten Pause verschwand ich mit meinem Flachmann zur Toilette und nahm einen großen Schluck. In der zweiten Pause trank ich die Flasche aus, schlagartig hatte ich meine Hände wieder unter Kontrolle, dann noch ein Pfefferminzbonbon, schon war ich eine unauffällige Schülerin.

Tief in mir schlummerte eine unbändige Sehnsucht, die mich fast in Stücke riss, eine Sehnsucht nach Liebe, Zärtlichkeit, Abenteuer. Wann war ich endlich alt genug, um all das, nach dem ich mich so sehr sehnte, zu erleben? Wie lange musste ich noch auf das richtige Leben warten? Mit meinen Tagträumen von der großen Liebe fütterte ich meine Sehnsucht und versuchte, dieses wilde Tier im Zaum zu halten. Sobald die erste Frühlingssonne schien, machte ich mich in meinen Tagträumen auf zu neuen Abenteuern. Ich kaufte mir eine kleine rote Reisetasche, in die ich das Nötigste hineinpackte. Die Tasche deponierte ich unter der Winterdecke, tief in meinem Bettkasten. Jetzt fühlte ich mich besser, mit der Sicherheit, jederzeit in ein anderes Leben fliehen zu können.

Mit meinen vierzehn Jahren fühlte ich mich oft viel erwachsener, als mein Alter es erahnen ließ, aber meist war ich unsicher, ängstlich.

Ich verstand so vieles nicht in dieser Welt.

Warum führten Menschen gegeneinander Krieg?

Wieso konnte es zu der Ermordung von Millionen Menschen während der NS-Zeit kommen?

Wie kamen Erdenbewohner dazu, Atombomben zu bauen und diese auf andere abzuwerfen?

Aus welchem Grund sind Menschen zu all den Gräueltaten während all der vielen Kriege fähig?

Sind wir Menschen nicht schlimmer als Tiere, viel schlimmer?

In den Industriestaaten leben wir im Überfluss, während die Menschen in Afrika an Hunger sterben.

Ich konnte nicht verstehen, wieso die Menschen die Erde ausplünderten und zerstörten. Warum fügten sich Lebewesen untereinander derart viel Leid zu? Wieso war diese Welt kalt und unmenschlich? Weshalb gab es überall so viel Ungerechtigkeit? Warum? Ich verstand dies alles nicht.

Und da war noch viel mehr, das sich meinem Verstand entzog. Dieses ganze Leben blieb mir fremd, als gehörte ich nicht dazu, als wäre ich nur für eine kurze Stippvisite hier auf der Erde.

Ich fragte mich: Was kommt nach unserem Sonnensystem? Gibt es einen Gott oder ein höheres Wesen? Was kommt nach dem Tod? Worin besteht der Sinn unseres Lebens?

Ich hatte viele, so unendlich viele Fragen. Aber da war niemand, der mir eine Antwort auf diese Fragen geben konnte.

Und ich ertränkte all meine Fragen im Alkohol.

Warum konnte ich nicht sein wie meine Klassenkameradinnen? Sie waren unkompliziert und fröhlich. Warum fühlte ich mich immer leer und einsam? Nur mit Alkohol konnte ich diese negativen Gefühle verscheuchen. Wenn ich nicht trank, fühlte ich mich hilflos und unsicher.

Immer tiefer glitt ich in meine Parallelwelt ab. Nichts interessierte mich mehr, außer dem nächsten Rausch.

Die Faszination, die Drogen auf mich ausübten, verstärkte sich mit den Jahren immer mehr. Schon mit elf Jahren hatte ich keinen Drogenfilm im Fernsehen ausgelassen. Ich war wie besessen davon gewesen und dann mit dreizehn diese Drogengeschichte, die ich schrieb.

Die Erzählung handelte von einer Rockgruppe, die Sängerin der Gruppe liebte den Gitarristen, der Christian hieß und drogenabhängig war.

Doch es blieb nicht bei der Geschichte. Plötzlich wurde das Geschriebene Wirklichkeit. Ich erweckte Christian aus meiner Geschichte zum Leben. Irgendwann erzählte ich einer Klassenkameradin von ihm. Doch das war keine Lüge. Ich glaubte alles, was ich ihr erzählte, selbst. Die gleichaltrigen Jungs interessierten mich nicht, ich hatte ja Christian. Sogar die Einsamkeit in dem großen, leeren Haus verflog durch ein Gespräch mit ihm. Ich steigerte mich immer mehr in diese Geschichte hinein. Die Realität glitt mir durch die Finger, ich lebte nur noch in meinen Tagträumen. Eines Tages hatte ich das Gefühl, dass ich wieder zurückmuss, zurück in die Gegenwart, zurück ins reale Leben, zurück zu meinen Freundinnen. Ich bereitete Christians Tod vor und ließ ihn kurzerhand an einer Überdosis Heroin sterben. Jetzt weinte ich bitterlich um ihn. Ich weinte tatsächlich um ihn, denn durch Christian hatte ich diese kalte Realität um vieles leichter ertragen können.

Nach einigen Tagen nahm ich die Schulhefte, die ich mit der Geschichte beschrieben hatte. Jedes einzelne Blatt riss ich in Hunderte kleiner Papierschnipsel. Ich schämte mich, dass ich meinen Schulfreundinnen etwas vorgespielt hatte. Ich wollte nie wieder etwas davon hören. Und es dauerte nicht lange, da vergaß ich Christian und die ganze Geschichte einfach.

Inzwischen reichte mir die Fantasie nicht mehr. Täglich trank ich Alkohol und warf verschiedene Tabletten ein. Aber noch immer war ich wild entschlossen richtige Drogen zu nehmen. Ich wollte den Stich der Nadel in meinem Arm spüren. Mein Körper sollte von den Glückswallungen harter Drogen durchströmt werden. Ich wollte den Kick. Diese undefinierbare Sehnsucht tief in mir war derart stark, ich war mir sicher, nur Heroin könnte sie und diesen Heißhunger nach Betäubung stillen. Ich wollte in die Welt der Drogenabhängigen. Diese Welt faszinierte mich mehr als alles andere, ja, sie zog mich magisch an. Ich hatte mich zu einer wahren Suchtmittelexpertin entwickelt. Ich wusste die Namen der verschiedenen Drogen, kannte ihre spezielle Wirkung, die Art ihres Rausches, ebenso die psychischen und physischen Schäden, die sie anrichten konnten. Aber nichts vermochte mich abzuschrecken. Gar nichts. Es gab niemand, der mich zu irgendetwas überredete; ich allein wollte die Drogen. Vor ihnen hatte ich keinerlei Angst. Die aufgehende Sonne hingegen ließ mich frieren, sie ängstigte mich, mit ihr brach ein neuer Tag an, von dem ich nicht wusste, was er mir brächte. Die untergehende Sonne jedoch liebte ich. Sie strahlte noch einmal mit letzter Kraft, bevor sie begann, das Ende des Tages einzuleiten, sie gab mir ein klein wenig Sicherheit.

Vielleicht hatte ich mehr Angst vor dem Leben als vor dem Tod.

2. Der Aufsatz

Die Schule! Ich hasste sie, die Schule! Meist hatte ich das Gefühl, als lebten die Lehrer auf einem anderen Planeten, so weit schienen sie von uns Schülern entfernt zu sein. Die meisten Dinge, die ich in dieser Institution lernen sollte, interessierten mich nicht.

Aber einmal, da hing ich mich richtig rein in eine Aufgabe.

Wir sollten einen Aufsatz zum Thema »Die Welt im Jahr 2050« schreiben. Das gefiel mir. Zu Hause saß ich am Esstisch, ich schrieb und schrieb. Ich dachte mich in die Technik der Zukunft hinein. Ich beschrieb einen Schulbus, ohne Fahrer, der alle Schüler zu Hause abholte, bevor er sie in die Ganztagsschule brachte. Alle Kinder lernten gemeinsam in einer Schule, es gab keine Trennungen mehr, kein Gymnasium, keine Hauptschule, keine Schule für behinderte Kinder. Schule machte allen Kindern Spaß, und sogar den Lehrern. Die Kinder lernten das, was sie fürs Leben brauchten, dabei durften sie ihren eigenen Interessen und Neigungen nachgehen. Am Nachmittag gab es vielseitige Angebote und Kurse: Kochen, Kunst-AG, Theater-AG, Gärtnern oder die Möglichkeit, eines von zahlreichen Instrumenten zu erlernen. Diese Schule war ein bisschen wie eine Waldorfschule. Kriege gab es seit Ende des letzten Jahrhunderts nicht mehr. Politische Entscheidungen von großer Tragweite traf die Weltregierung, die Regierung aller Menschen. Denn die gesamte Menschheit hatte ein Ziel, die Lebensverhältnisse aller weiter auf dem inzwischen hohen Niveau zu halten. Die Menschen verfügten über ein erhebliches Kontingent an Freizeit, die Technik hatte ihnen eine Menge an Arbeit abgenommen, da die Gewinne der verstaatlichten Konzerne jetzt allen Menschen zugutekamen, musste jeder weniger arbeiten. Viele engagierten sich in ihrer Freizeit für andere. Ich konnte gar nicht so schnell schreiben, wie meine Ideen sprudelten. Ich beschrieb, wie die Einkaufszentren aussahen: Kassen, an denen die Menschen selbst ihre Eingaben vornahmen; Rollbänder, auf denen man durch die Kaufhäuser rollen konnte, die aber auch neben den Straßen in den Städten entlangliefen. Kleine Entfernungen bewältigte man mit den Rollbändern problemlos, daher waren die Städte autofrei. Mir fielen immer weitere Neuerungen für die Zukunft ein. Der Aufsatz sollte drei Seiten lang sein, ich hatte sechs Seiten geschrieben und hätte problemlos noch weiterschreiben können. Als ich fertig war, las ich den Aufsatz noch einmal durch. Ich war stolz auf mich. Sehr stolz. Diesmal hatte ich mir richtig Mühe gegeben. Ich war mir sicher, für diesen Aufsatz garantiert eine gute Note zu bekommen, vielleicht sogar eine Eins. Ich fand, ich hätte eine verdient. Am nächsten Tag gab ich meine Klassenarbeit ab. Es fiel mir unendlich schwer, bis zur Rückgabe des Aufsatzes zu warten.

Dann endlich war es soweit.

Die Klassenlehrerin, Frau Stecher, verteilte die Arbeiten, sie begann – wie immer – mit den besten Klausuren.

Mein Herz klopfte laut, so laut, dass ich es hören konnte. Ich war mir sicher: Diesmal würde ich bei den Ersten sein. Die Lehrerin teilte eine Arbeit nach der anderen aus. Ich dachte: Vielleicht ist mein Aufsatz verloren gegangen oder er ist heruntergefallen und die Lehrerin hat ihn nicht mehr vorne einsortiert. Immer noch kam ich nicht an die Reihe. Und dann als Letzte, als Allerletzte, bekam ich meinen Aufsatz in die Hand gedrückt. Eine glatte Sechs. Ich konnte es nicht fassen. Nicht ausgeschlossen, dass das Telefon der Lehrerin klingelte, danach hat sie meine Arbeit mit einer anderen verwechselt. Zwei Einser-Aufsätze wurden vorgelesen; beide konnten nicht im Geringsten mit meiner Geschichte mithalten. Der Lehrerin musste ein Fehler unterlaufen sein. Kann ja mal passieren, dachte ich großzügig. Meinen gesamten Mut nahm ich zusammen, als ich von der Klassenlehrerin wissen wollte, warum ich derart schlecht abgeschnitten hatte.

»DU traust dich auch noch DIESE Frage zu stellen? Das ist wirklich die Höhe.« Ihre großen grünen Augen funkelten mich böse an.

Ich verstand nicht, was sie meinte, fragend sah ich sie an.

»Ich weiß nicht, aus welchem Buch du das abgeschrieben hast, oder wer diesen Aufsatz geschrieben hat, aber eines weiß ich mit hundertprozentiger Sicherheit: Von DIR ist diese Arbeit nicht.«

»Das ist mein Aufsatz. Ich habe ihn geschrieben«, versuchte ich verzweifelt, mich zu verteidigen.

»Das ist ungeheuerlich. Nicht genug, dass du einfach etwas aus einem Buch abschreibst, nein, jetzt beharrst du auch noch auf deiner Lüge. Ich bin enttäuscht von dir, maßlos enttäuscht.«

»Ich habe den Aufsatz geschrieben«, über meine Wangen liefen heiße Tränen, Tränen der Wut und Tränen der Enttäuschung.

»Du bist eine Lügnerin. Geh jetzt! Ich möchte dich nicht mehr sehen, bevor du dich entschuldigst. Das ist das Mindeste, was ich von dir erwarte.«

Ich fühlte mich, als hätte mir die Stecher vor der ganzen Klasse ins Gesicht geschlagen. Sie hatte mich vor allen eine Lügnerin genannt. Ich fühlte mich verletzt, als hätte ich eine offene Wunde, die blutete. Ich raffte meine Habseligkeiten zusammen und verließ eilig den Klassenraum. Die Augen der anderen Mitschüler stachen mir in den Rücken.

Eine Lügnerin hatte sie mich genannt.

Wie sollte ich jemals wieder in die Schule gehen? Wie der Stecher unter die Augen treten? Kritik hätte ich ertragen, aber nicht diese Ungerechtigkeit. Diese schreiende Ungerechtigkeit. Diese Gemeinheit. Niemals wollte ich wieder in diesem Klassenzimmer sitzen. Niemals mehr diese dumme Kuh von Lehrerin ertragen müssen. Zusammengesunken wie eine alte Frau schlurfte ich nach Hause. Entschuldigen? Ich würde mich auf keinen Fall entschuldigen. Für was sollte ich mich entschuldigen? Dafür, dass ich einen sehr guten Aufsatz geschrieben hatte?

Abends versuchte ich, mit meiner Mutter zu sprechen. Während ich ihr mein Problem schilderte, räumte sie weiter die Einkäufe in die Schränke. Nur mit halbem Ohr hörte sie mir zu.

»Deine Lehrerin wird schon wissen, warum sie dir eine schlechte Note gibt.«

Die gesamte Nacht über brodelte die Wut auf die Lehrerin in mir. In diesen Stunden starb die Stecher unzählige Tode. Und wie so oft in meinen Träumen stand ich mit der Reisetasche an der Autobahnauffahrt. Ich werde abhauen, dachte ich, einfach abhauen.

Am nächsten Morgen fuhr ich mit dem Fahrrad statt in die Schule ins Lebensmittelgeschäft. Dort kaufte ich mir zwei Flaschen Bier. Danach radelte ich in den Wald. Mein Fahrrad lehnte ich an eine Bank. Es war noch kühl. Ich fröstelte. Über dem Boden schwebte der Morgennebel. Als Erstes trank ich meinen Flachmann mit Whisky, den ich mir für die Schule abgefüllt hatte, dazu drei Schlaftabletten und zwei Zigaretten. Jetzt spürte ich die Kälte weniger, auch die Wut auf meine Lehrerin löste sich langsam auf, wie der Bodennebel um mich herum. Dann bemerkte ich, dass ich keinen Flaschenöffner dabeihatte. Erst nach unzähligen Versuchen gelang es mir, die Bierflaschen zu öffnen, indem ich die Deckel am Abfalleimer abschlug. Nach über zwei Stunden fuhr ich nach Hause, meine Eltern waren inzwischen zur Arbeit unterwegs. Jetzt konnte ich in Ruhe weitertrinken.

Ab diesem Tag beachtete mich die Klassenlehrerin nicht mehr; wenn ich mich meldete, übersah mich die Stecher bewusst. Ich war Luft für sie. Da beschloss ich, mich nie wieder in der Schule anzustrengen, stattdessen schwänzte ich immer öfter den Unterricht.

Morgens fuhr ich, statt in die Schule, mit meinem Fahrrad in die Felder oder in den Wald. Dort leerte ich den Flachmann, den ich mir für die Schule abgefüllt hatte. Rauchend wartete ich, bis ich sicher sein konnte, dass meine Eltern das Haus verlassen hatten. Dann fuhr ich nach Hause zurück, mein Fahrrad ließ ich schnell in der Garage verschwinden, damit die Nachbarn meine viel zu frühe Anwesenheit nicht bemerkten. Ich trank bis zur Bewusstlosigkeit.

Inzwischen bevorzugte ich harte Alkoholika. Mein derzeitiges Lieblingsgetränk hieß Cognac. Das mit uns beiden war eine Hassliebe. Ich hasste seinen Geschmack, bei jedem Schluck musste ich mich angeekelt schütteln, aber der Rausch kam schnell und intensiv.

Morgens nach dem Aufstehen hatte ich regelmäßig einen Kater, ich fühlte mich hundeelend, meine Hände zitterten dermaßen stark, dass ich die Teetasse nicht mehr ruhig halten konnte. Ich gewöhnte mir an, wenn ich einen Augenblick im Wohnzimmer allein blieb, meine Tasse voll Schnaps zu gießen, das half gegen den Kater und gegen den Flattermann am Morgen.

20

Nach einigen Wochen füllte ich mir als Schulration nicht mehr nur einen Flachmann ab, sondern zwei oder drei. Für jede große Pause einen Flachmann und noch einen für zwischendurch. Während des Unterrichts schluckte ich Tabletten, damit sich die Wirkung des Alkohols verstärkte. Ich trank eine halbe Flasche Cognac am Tag, dazu kamen noch einige Flaschen Bier oder eine Flasche Wein. Zum Glück hatte ich noch gespartes Taschengeld, somit war wenigstens das Geldproblem für die nächste Zeit gelöst. Aber wo sollte ich den Alkohol kaufen? Im Lebensmittelgeschäft, im Kiosk, überall sahen mich die Leute so komisch an. Wo sollte ich die angebrochenen Flaschen verstecken, damit meine Mutter sie nicht fand? Wo sollte ich die vielen leeren Flaschen entsorgen? Nachts bekam ich Albträume: Die Verkäuferin im Lebensmittelgeschäft weigerte sich, mir weiterhin Cognac zu verkaufen. Meine Mutter fand die angebrochenen Flaschen im Kleiderschrank. In der Schule fiel mir mitten im Klassenzimmer ein Flachmann aus der Tasche.

In einer Zeitschrift las ich einen Artikel über das Schnüffeln. Dort stand, dass viele Jugendliche die Dämpfe von Klebstoff, Pinselreiniger und anderen Lösungsmitteln einatmen, um sich einen Rausch zu verschaffen. Die Sache interessierte mich.

Im Keller entdeckte ich verschiedene Klebstoffe, überdies Fleckenentferner. Ich drückte etwas Klebstoff in eine Plastiktüte und stülpte sie mir über den Kopf. Jetzt wartete ich. Es passierte nichts. Kein Rausch. Nichts! Dann holte ich mir eine Flasche Wein aus dem Keller, da wusste ich wenigstens, was ich hatte. Aber nach zwei Tagen probierte ich das mit dem Schnüffeln erneut aus. Es musste doch irgendetwas dran sein. Wieder passierte nichts. Aber so schnell gab ich nicht auf.

Am nächsten Tag versuchte ich es mit dem Fleckenentferner. Ich legte das Album *The Dark Side Of The Moon* von *Pink Floyd* auf. Mit der Plastiktüte über dem Kopf saß ich auf dem Boden, in einer Ecke meines Zimmers. Die Musik dröhnte in meinen Ohren.

Und tatsächlich! Da war eine Art Rausch, aber ich fühlte mich anders, als wenn ich betrunken war. Auf einmal befand ich mich weit, ganz weit weg, auf einem fremden Planeten. Aus großer Entfernung hörte ich Musik und blickte auf eine mir unbekannte Welt hinab. Diese Erde da unten war so klein und unwichtig. Ich sah eine Jugendliche mit einer Plastiktüte über dem Kopf, die Person hatte nichts mit mir zu tun. Und es erschien mir unbegreiflich, dass sich dieser Mensch an Dämpfen berauschte. Ich hatte das Gefühl, ich sah den kleinen Ausschnitt einer unbedeutenden, lächerlichen Welt.

Nach dem Schnüffeln fiel mir das Atmen schwer, die Luft roch fremd, nach nichts. Von Mal zu Mal dauerte es länger, bis ich wieder auf der Erde landete. Ich hatte noch nach Stunden das Gefühl, aus zwei verschiedenen Personen zu bestehen.

Wenn ich von der Schule nach Hause kam, trank ich zunächst eine Flasche Wein oder zwei große Gläser Cognac, dann schluckte ich einige Tabletten, um die Wirkung des Alkohols zu verstärken, sobald der Rausch intensiver wurde, stülpte ich mir eine Plastiktüte über den Kopf und schnüffelte die Dämpfe eines Lösungsmittels.

Ich begann, mir einen Vorrat für den nächsten Tag anzulegen. Besonders an den Wochenenden musste ich mich schon rechtzeitig mit den notwendigen Suchtmitteln eindecken.

Kein Rausch fühlte sich jemals groß genug an; ich war unersättlich. Am liebsten wollte ich überhaupt nichts mehr von dieser kalten Realität spüren.

Immer öfter griff ich jetzt zu den Lösungsmitteln. Das häufige Schnüffeln spaltete meinen Geist immer stärker von meinem Körper ab. Ich zerfiel in zwei Teile. Direkt nach dem Einatmen der Dämpfe machte sich das Gefühl der Gespaltenheit am stärksten bemerkbar. Ich sah in den Spiegel, aber ich wusste nicht, wer diese Fremde war. Das Spiegelbild kam mir bekannt vor, ich kannte diese junge Frau mit den langen braunen Haaren, aber ich konnte sie nicht mit mir selbst in Verbindung bringen. Es war, als bemächtigte sich eine Fremde immer stärker meiner Psyche und meines Körpers. Diese Unbekannte war in meinen Körper eingezogen. Nun wollte sie mich daraus vertreiben, indem sie sich benahm, als habe sie schon immer in meinem Körper und in meiner Seele gewohnt. Mein eigenes Ich wurde zu meinem Feind.

Kurz vor dem Sommerurlaub sollte ich ein Rezept für meine Mutter beim Hausarzt ausstellen lassen. Sie schrieb die Namen der Medikamente auf, die sie brauchte. Dies war meine Stunde! Ich warf den Zettel meiner Mutter in den Müll und schrieb einen neuen, statt drei Medikamente notierte ich sechs.

»Das ist diesmal aber viel«, meinte die Arzthelferin mit fragendem Blick.

»Ja, wir fahren nächsten Montag für vier Wochen in den Urlaub nach Südfrankreich«, sagte ich mit dem scheinheiligsten, süßesten Lächeln, das ich aufzubieten hatte.

Ich erhielt mein Rezept anstandslos. Natürlich fuhr ich sofort zur Apotheke, um die Medikamente für meine Mutter abzuholen.

Während der Fahrt zu unseren Verwandten nach Südfrankreich hatte ich diese Medikamente und zahlreiche andere in meiner Tasche. Jetzt saß ich hinten im Auto und schluckte die verschiedenen Pillen wie Bonbons. Manchmal schaute ich nicht mehr auf die Packung. Einfach rein damit! Nach fünf Stunden Fahrt war mir speiübel. Meine Mutter gab mir eine Tablette gegen Reisekrankheiten, aber ich bezweifelte, dass dieses Medikament überhaupt noch seinen Zweck kannte, bei dem Tablettencocktail, der sich schon in meinem Körper angereichert hatte. Als wir eine Rast einlegten, trank ich zwei Flaschen Bier. Wenigstens reduzierte sich das Zittern meiner Hände. Aber nach einer Stunde bekam ich Herzflattern, also schluckte ich einige Beruhigungspillen. Ich fühlte mich wie eine wandelnde Pharmafabrik.

Bei unseren Verwandten in Menton hatte ich zuerst Nachschubprobleme mit dem Alkohol. Vor dem Essen trank ich so viel Pastis, beim Essen so viel Wein und nach dem Essen so viel Likör wie möglich. Aber das alles reichte nicht aus. Mein Körper schrie nach mehr Alkohol und meiner Mutter fiel mein morgendliches Zittern auf. Ich ging mit einer großen Umhängetasche spazieren und kaufte mir guten französischen Cognac und Wein. Aber das Geld war schnell ausgegeben. Zum Glück fuhren meine Eltern immer in der ersten Urlaubswoche nach Italien, um sich mit diversen Alkoholika einzudecken, die dort billiger waren. Die Gallonen mit dem kostbaren Saft standen in der Küche unter der Spüle. Wenn am Nachmittag alle ihre Siesta hielten, schlich ich mit einer leeren Flasche in die Küche und zapfte die Gallonen an. Danach huschte ich in mein Zimmer zurück und besorgte mir einen anständigen Rausch.

Den gesamten Urlaub über war ich ausschließlich damit beschäftigt, meinen Alkvorrat zu organisieren.

Inzwischen kreisten meine gesamten Gedanken nur noch um die einzige Frage: Wie konnte ich meinen Nachschub an Alkohol, Pillen und Schnüffelstoffen sichern?

3. Karzinom in situ – Februar

In der Projektbesprechung geht alles drunter und drüber. Zehn Leute reden gleichzeitig. Noch vier Wochen bis zum großen Kongress zum Thema Prävention, die Nerven von uns allen liegen blank. Das ist regelmäßig bei großen Kongressen der Fall. Die Vorbereitungen sind abgeschlossen und nach der Besprechung gibt der Chef des Krankenkassenverbandes Sekt aus. Die Sekretärin hat schon die Gläser auf einem Tablett in der richtigen Anzahl vorbereitet. Sie holt den kühlgestellten Sekt aus dem Kühlschrank und erntet »Ohs« und »Ahs« der Mitarbeiterinnen und Mitarbeiter. Der Sekt wird eingeschenkt und ausgeteilt.

Ich hasse Sektempfänge, weil ich weiß, was passiert.

Als alle ihr Glas in der Hand halten, stellt der Chef fest: »O, Frau Berger!« Er weiß, dass ich keinen Alkohol trinke, zu seiner Assistentin gewandt, bellt er: »Orangensaft für Frau Berger!«

Sie flitzt geschäftig in den Vorratsraum, um einen Apfelsaft zu holen, denn Orangensaft haben wir nicht vorrätig. Nach kurzer Zeit kommt sie mit einem Wasserglas und einem Apfelsaft zurück. »Sorry, Hannah, ich habe dich ganz vergessen.«

»Macht doch nichts«, sage ich großzügig.

Jetzt muss nur noch ein Flaschenöffner her. Alle Augen sind auf mich gerichtet. Sie müssen warten, alle. Wegen mir. Sie müssen warten, weil ich als Einzige keinen Sekt trinke. Endlich halte auch ich ein gefülltes Glas in der Hand. Nach einer klitzekleinen Ansprache des Chefs stoßen alle miteinander an, bevor die Gläser in lockerer Runde geleert werden. Die blöden Bemerkungen bezüglich meines Apfelsaftes und des Wasserglases blende ich aus, meine Ohren schalten auf Durchzug.

Neben mir steht ein älterer Referent, mit dem ich schon seit vier Jahren sehr gut zusammenarbeite. Wir schätzen uns, dachte ich zumindest bis heute, aber jetzt sagt er: »Wissen Sie, Frau Berger, ich mag Sie wirklich, aber dass Sie keinen Alkohol trinken, macht Sie irgendwie – unsympathisch.«

Konsterniert schweige ich. Was soll ich darauf auch antworten? Vielleicht: Ich konnte Sie bislang auch ganz gut leiden, ab jetzt jedoch halte ich Sie für ein Arschloch. Einen kurzen Augenblick bin ich in Versuchung zu sagen: Tut mir leid, aber ich bin eine unsympathische Alkoholikerin. Dann denke ich, wie so oft in den letzten Jahrzehnten: Das geht keinen etwas an. Es ist Vergangenheit. Meine Vergangenheit.

Beim letzten Sektempfang stellte sich ein neuer Kollege neben mich und meinte süffisant: »Glauben Sie mir, der Sekt beißt nicht, und wenn doch, dann beißen Sie ihn doch einfach zurück. Wirklich, Sie brauchen keine Angst haben, von einem Glas Sekt wird niemand betrunken.« Ich ließ ihn einfach stehen und gesellte mich zu anderen Kollegen. Nach drei Minuten stand der neue Kollege erneut neben mir und streckte ein volles Sektglas in meine Richtung, mit den Worten: »Jetzt versuchen Sie endlich mal ein Gläschen, Frau Berger. Ich wette mit Ihnen, es wird Ihnen schmecken. Sie werden mir dankbar sein.« Natürlich ließ ich ihn erneut stehen, nicht ohne ihn mit einem vernichtenden Blick zu bewerfen.

Dies alles habe ich schon so oft erlebt, dass ich immer wieder denke, es macht mir nichts mehr aus. Dessen ungeachtet erlebe ich immer wieder Vorfälle wie heute, die mich dann doch in Rage bringen. Manchmal möchte ich diesen Mitmenschen dann am liebsten die Wahrheit ins

Gesicht schreien. Und es fällt mir sehr, sehr schwer, mich dann zurückzuhalten.

Im ICE auf dem Weg nach Hause muss ich zunächst an diese schrecklichen Sektempfänge denken. Der heute war noch verhältnismäßig harmlos, da habe ich schon viel Schlimmeres erlebt. Einmal wurde ein neuer Kollege aggressiv, als ich zum dritten Mal das Glas Sekt von ihm ablehnte. Zunächst bot er mir ganz freundlich ein Gläschen an, als ich um puren Orangensaft bat, ignorierte er dies einfach und wollte mir stattdessen wieder ein Glas Sekt in die Hand drücken. Nachdem ich erneut ablehnte, meinte er: »Jetzt stellen Sie sich doch nicht so an und trinken Sie endlich.« Mein wiederholtes freundliches »Danke nein« quittierte er mit einem: »Sind Sie immer so eine zickige Spaßbremse?« Und als ich nur sagte: »Ja, immer!«, da wurde er richtig laut. Er brüllte: »Jetzt nehmen Sie endlich dieses verdammte Glas und trinken es aus, sonst vergesse ich mich.« Manche Menschen können es nicht ertragen, wenn man nicht mit ihnen trinken will, sie empfinden das als eine Missachtung ihrer eigenen Person. Oft sind das diejenigen, die ein heimliches Alkoholproblem haben. Sie wissen, dass ihr Trinken nicht normal ist, aber sie versuchen, es mit aller Macht zu kaschieren.

An einem früheren Arbeitsplatz hatte ich zu Beginn erwähnt, dass ich keinen Alkohol trinke, da ich Alkoholikerin sei. Danach erlebte ich ein regelrechtes Spießrutenlaufen. Alle tuschelten hinter meinem Rücken und viele wussten nicht, wie sie sich mir gegenüber – zum Beispiel bei einem Arbeitsessen – verhalten sollten. Etliche stellten sich anscheinend die Frage: »Darf ich jetzt beim Essen auch keinen Alkohol trinken?« Vielleicht dachten sie auch, dass ich vom Zuschauen rückfällig werde. Keine Ahnung. Es war auf jeden Fall eine sehr unangenehme Zeit. Und ich schwor mir: An meinem nächsten Arbeitsplatz werde ich die Klappe halten. In meiner jetzigen Stelle, in der ich seit fünfzehn Jahren als Referentin im Bereich Prävention tätig bin, kennen lediglich zwei Kollegen und eine Kollegin den wahren Grund für meine Abstinenz.

Als ich auf mein Smartphone blicke, sehe ich, dass eine Nachricht auf der Sprachbox eingegangen ist. Ich höre die Nachricht ab. Meine Gynäkologin bittet mich um einen Rückruf.

Vor zwei Wochen habe ich die jährliche Kontrolluntersuchung bei ihr durchführen lassen. Was kann das bedeuten? Tief in mir wird eine Panik geweckt, die mich sogleich in einen Ausnahmezustand versetzt.

Als ich am nächsten Morgen nach einer fast durchwachten Nacht mit zittrigen Fingern die Nummer meiner Frauenärztin wähle, ist sie sofort am Telefon. Behutsam versucht sie, mich zu beruhigen, aber es gelingt ihr nicht. Bei meiner jährlichen Kontrolluntersuchung sei eine Krebsvorstufe festgestellt worden, sie rät mir zu einer Abklärung in der Uniklinik. Dort werde eine Biopsie entnommen. Es liege ein Verdacht auf ein Karzinom in situ vor, eine Vorstufe von Gebärmutterhalskrebs. Sofort nach der Beendigung des Gespräches google ich. Konisation, das Wort hat die Ärztin benutzt, so heißt die Operation, die erforderlich ist, falls sich der Verdacht bestätigt. Bei einer Konisation wird der Rand des Gebärmutterhalses kegelförmig abgetragen, lese ich. Mir wird schwindlig.

Die Untersuchung in der Uniklinik findet drei Tage später statt.

Nach einigen Tagen meldet sich die junge Ärztin, die die Biopsie durchgeführt hat, auf meinem Handy. Sie teilt mir mit, dass sich der Verdacht bestätigt hat, sie will sofort einen OP-Termin in der nächsten Woche mit mir vereinbaren. Ich jedoch möchte erst den stressigen Kongress hinter mich bringen. Den Termin für die Operation lege ich daher auf Mitte April.

Dieses Ausgeliefertsein bei der bevorstehenden Operation macht mir Angst. Ich bin ein Kontrollfreak, muss immer alles im Auge und die Übersicht behalten können. Man weiß ja nie bei einer Operation. Außerdem kann das Karzinom schon viel weiter fortgeschritten sein. Genau will sich da – vor der Operation – niemand festlegen. Vielleicht werde ich daran sterben; ich steigere mich da voll rein. Darin bin ich gut. Diese Konisation! Keine angenehme Vorstellung, dass mir der Gebärmutterhals kegelförmig herausgeschnitten wird. Ich will nicht, dass da irgendetwas schiefgeht. Auf keinen Fall will ich in Zukunft auf gute Orgasmen verzichten. Aber was soll ich machen, da muss ich durch, sterben will ich schließlich auch nicht.

4. Lautlose Schreie

Den Ausgang suchend, geriet ich immer tiefer in dieses Labyrinth. Keiner der Wege, auf denen ich mich bewegte, führte mich auch nur ansatzweise in die Freiheit. Warum nahm mich niemand an die Hand und zeigte mir einen Weg heraus aus diesem Irrgarten?

Vor acht Monaten hatte ich mit dem Trinken begonnen. Seit dieser Zeit war kein einziger Tag vergangen, an dem ich nicht betrunken war. Seit einem halben Jahr nahm ich die verschiedensten Tabletten, um die Wirkung des Alkohols zu verstärken, und seit fünf Monaten schnüffelte ich fast täglich die Dämpfe von Lösungsmitteln, Klebstoffen oder Fleckenentfernern.

Inzwischen besuchte ich in der nahegelegenen Kleinstadt die Berufsfachschule mit dem Schwerpunkt Hauswirtschaft und Sozialpflege.

Immer seltener schaffte ich es, gleich nach der Schule mit der Bahn in unser Dorf zu fahren. Ich brauchte zuerst etwas zu trinken. Und ich brauchte es schnell.

Gegenüber dem Bahnhof gab es eine dunkle Spelunke, in die ich mich immer öfter verirrte. Keiner besuchte diesen Ort freiwillig, alle, die sich dort trafen, waren Alkoholiker. Nachdem ich die schwere Holztür aufgedrückt hatte, schlug mir die abgestandene, alkoholgeschwängerte Luft entgegen. Der Wirt wusste Bescheid, sobald er mich sah, zapfte er mir ein großes Bier.

Manchmal spendierten mir alte schmierige Männer Bier und Schnaps, weil sie dachten, sie könnten mich betrunken machen, um mich abzuschleppen. Aber nicht mit mir! Ich trank und machte mich dann aus dem Staub. Ihr Gezeter begleitete mich nach draußen. Ich hatte sie nicht gebeten, mir den Alkohol zu bezahlen. Ihr Problem.

Einmal saßen drei ältere Männer an einem Tisch, sie riefen mich zu sich. Ich hatte Durst, mehr als ich mir leisten konnte, viel mehr, also setzte ich mich zu ihnen.

»Wenn du das Bier auf ex trinkst, bekommst du noch eins«, bot mir ein widerlicher Typ an, mit einer flammenden Nase, dessen rote Äderchen auf seinem Gesicht fast zu platzen schienen, sein schwabbeliger Bierbauch hing weit über der Hose.

Mit dem Bier auf ex, das ließ ich mir nicht zweimal sagen. Ich setzte das Bierglas an und trank es aus, ohne abzusetzen. Die drei Typen feixten und klatschten.

»Noch eins?«, wollte der Rotgesichtige wissen.

Ich leckte mir den Schaum von den Lippen und nickte. Nach drei weiteren Gläsern Bier bestellte einer meiner Gönner eine Runde Korn. Auch damit hatte ich kein Problem. Nach der dritten Runde Korn begannen sich die drei Männer mit ihren lüsternen Blicken im Kreis zu drehen. Mir reichte es. Nur wie kam ich aus dieser Geschichte heil wieder raus?

»Jungs, ich muss nur schnell einen Termin absagen. In ein paar Minuten bin ich wieder da. Dann hab ich Zeit für euch. Bis gleich! Geht mir bloß keiner von euch weg!«, flötete ich, während ich zur Tür schwankte. Ich spielte die Coole, in Wirklichkeit hatte ich eine Mordsangst, dass mich einer der Typen am Weggehen hindern könnte. Denn ich war blau, derart betrunken, dass ich mich in kurzer Zeit gegen nichts mehr hätte wehren können.

Ich dachte: Nur weg! Schnell weg!

Die nächsten sechs Wochen mied ich diese Kneipe. Ich hatte keine Lust, den drei Typen wieder zu begegnen.

Zu Beginn hatte ich mir eingeredet, dass ich trinke, weil ich Durst habe und mir die alkoholischen Getränke besser schmecken, geschnüffelt hatte ich aus Spaß. Inzwischen konnte ich mir nichts mehr vormachen. Ich wusste, dass ich nicht normal trank, nicht so wie meine Klassenkameradinnen. Ich wusste, ich war abhängig vom Alkohol. Ich brauchte ihn.

Weder meiner Mutter noch meinem Vater konnte meine Sucht verborgen geblieben sein. Natürlich hatten sie etwas bemerkt, aber weder meine Mutter noch mein Vater sprachen mich darauf an. Im Gegenteil, ich hatte das Gefühl, dass sie versuchten, ihre Augen immer mehr zu verschließen, sie wollten nicht sehen, was mit mir los war. Denn unter diesen Umständen hätten sie zunächst ihr eigenes Verhalten hinterfragen müssen. Meine Eltern waren Meister im Verdrängen. Probleme wurden nicht angesprochen, dann existierten sie auch nicht. So war das schon immer.

An manchen Tagen nahm ich mir morgens vor, den Tag über weder Alkohol zu trinken noch zu schnüffeln, aber spätestens am Nachmittag, wenn ich allein in diesem leeren, großen Haus saß, dann vergaß ich meinen Vorsatz wieder. Ich spülte ihn weg. Und von Glas zu Glas wurde ich verzweifelter.

Mit weißer Kreide beschrieb ich die braunen Innentüren meines Kleiderschranks: »Hilfe! Wo seid ihr?« Ich wischte die geschriebenen Schreie nicht weg. Ich wollte, dass meine Mutter sie las. Alle meine Schulhefte, auch die meisten der Schreibblätter in meinen Schnellheftern, waren mit diesen verzweifelten Hilferufen übersät. Ich schrie, aber ich schrie lautlos. Ich wusste, dass ich dringend Hilfe brauchte.

Meine Mutter hatte sich ein Aufklärungsbuch über Drogen gekauft. Es lag auf ihrem Nachttisch, sie musste also etwas bemerkt haben. Aber warum führten meine Eltern kein Gespräch mit mir darüber?

In der Kleinstadt, in der ich die Berufsfachschule besuchte, existierte eine Drogenberatungsstelle vom Diakonischen Werk. Ich wählte die Nummer.

»Jakobi, Alkohol- und Drogenberatungsstelle. Hallo, wer ist denn dran? Hallo, hallo?«

Ich bekam kein einziges Wort heraus. Am nächsten Tag versuchte ich es erneut, aber wieder blieb ich stumm.

Als mich meine Freundin Gitti besuchte, berichtete ich ihr von meinen Schwierigkeiten und Ängsten. »Verdammt noch mal, ich habe das alles nicht mehr im Griff. Scheiße Gitti, ich bin vierzehn und saufe täglich. Ich schaffe das nicht mehr allein.«

Gitti antwortete trocken: »Mensch, was soll ich denn da sagen, ich bin zwölf und seit Monaten jeden Tag besoffen.«

Ich erzählte ihr von der Drogenberatungsstelle in der Kleinstadt und sagte: »Gitti, wir beide gehen da mal hin.«

Meine Freundin war nicht sonderlich begeistert von der Idee, aber ich rief trotzdem gleich in der Beratungsstelle an und vereinbarte einen Termin für uns beide.

Jetzt starrte ich auf das Schild: »Diakonisches Werk – Alkohol- und Drogenberatungsstelle.« Gitti war nicht zum vereinbarten Treffpunkt gekommen. Das hatte ich geahnt. Ich überlegte, ob ich mich ebenso aus dem Staub machen sollte. Was wollte ich hier? Gitti hatte sicherlich recht. Aber ich wusste, ich schaffe es nicht allein; ich brauche Hilfe. Dringend!

Mutig drückte ich auf den Klingelknopf und schreckte

zusammen, als der Summer ertönte.

Ich kam mir vor, wie beim Zahnarzt. Sturzbäche flossen meine Achselhöhlen hinab, mein Pullover hatte riesige, nasse Schweißflecke.

Hinter einem Schreibtisch saß ein Mann, Marke Bankangestellter, um die fünfunddreißig. Er stellte sich als Diakon Jakobi vor.

Das also war der vom Telefon. Ich setzte mich wie beim Arzt auf den Stuhl vor seinen Schreibtisch.

Er wollte von mir Name, Anschrift und Alter wissen.

»Das ist doch unwichtig, wie ich heiße und wo ich wohne.«

Der Diakon sagte, er brauche die Angaben unbedingt für seine Akten. Wohl eher für meine Akte. Ich war jetzt also ein Fall mit einer Akte. Einen kurzen Augenblick überlegte ich, ob ich wieder gehen sollte.

»Was kann ich für Sie tun?«

»Ich trinke zu viel Alkohol, nehme Tabletten und schnüffle.«

Ich schilderte, dass ich mich nicht mehr erinnern konnte, wann ich in den letzten Monaten an einem Tag keinen Alkohol getrunken hatte. Ich erwähnte auch mein morgendliches Zittern.

»Ja, ja, das ist alles sehr schlimm. Ich habe einen Zehnjährigen in Behandlung, der tagtäglich einen Liter Bier trinkt ...«

Er erzählte und erzählte. Ich hörte ihm schon lange nicht mehr zu.

Am Ende seiner Predigt machten wir einen neuen Termin aus. Ich sagte ihm, dass ich zu diesem Beratungsgespräch noch eine Freundin mitbringen werde.

Ich dachte, das war garantiert nur das Vorgespräch, das richtige kommt noch.

Ich überredete Gitti so lange, bis sie sich bereit erklärte, zu diesem nächsten Termin mitzukommen. Mit unseren Fahrrädern fuhren wir in die nahegelegene Kleinstadt.

»Wie beim Zahnarzt«, stellte auch Gitti fest, als wir vor dem Flachbau in der schmalen Seitenstraße auf Einlass warteten.

Diesmal setzte sich der Diakon mit uns beiden an einen kleinen runden Tisch. Dann wiederholte er seine Zeremonie vom letzten Mal, wieder mussten wir Name, Adresse und Alter angeben.

Ich dachte, gleich könnten wir von unseren Erfahrungen berichten, aber weit gefehlt. Er nahm zwei Fragebogen, legte sie vor uns auf den Tisch und drückte jeder einen Bleistift in die Hand.

»Füllen Sie das erst mal aus.«

»Was soll denn das?«, entrüstete sich Gitti.

Der Drogenberater erklärte, dass dies ein Fragebogen nach Jellinek sei, daran lasse sich der Grad unserer Alkoholabhängigkeit feststellen.

Mit Blicken sagte ich zu Gitti: Wir füllen es halt aus.

»Trinken Sie heimlich?

Denken Sie häufig an Alkohol?

Trinken Sie die ersten Gläser hastig?

Richten Sie Ihre Arbeit und Ihren Lebensstil auf den Alkohol ein?

Neigen Sie dazu, sich einen Vorrat an Alkohol zu sichern?

Haben Sie mitunter tagelang hintereinander getrunken?« Und so weiter. Dreißig Fragen.

Vierzehn Fragen beantwortete ich mit ja, Gitti neun.

Wie ein Lehrer, der nach der abgelaufenen Zeit, die Klassenarbeiten einsammelt, nahm der Diakon die ausgefüllten Fragebogen an sich und legte sie zur Seite. Entgegen unserer Erwartung teilte er uns jetzt nicht den Grad unserer Alkoholabhängigkeit mit, er äußerte sich nicht dazu, wir konnten stattdessen nur darüber spekulieren. Vierzehn von dreißig Fragen hatte ich mit Ja beantwortet. Ich nahm an, dass ich eine Alkoholikerin war, in der kritischen Phase.

Ich versuchte, etwas über unsere Probleme zu erzählen.

Aber der Diakon unterbrach mich sofort, um wieder mit seiner Predigt zu beginnen. Er erzählte uns, dass heute viele junge Leute zu Alkohol und Drogen greifen würden und wie schlimm das doch sei. »Das Einzige, was ich Ihnen anbieten kann, ist eine Gesprächsgruppe mit anderen drogen- und alkoholabhängigen Jugendlichen. Dafür werde ich alles in die Wege leiten, Sie werden von mir hören.«

Schon standen wir wieder vor der Tür.

»So eine Scheiße, jetzt muss ich mich erst einmal anständig besaufen«, stellte Gitti enttäuscht fest, als wir unsere Fahrräder bestiegen.

Ich hatte von diesem Drogenberater kein sofortiges Patentrezept erwartet. Ja, ich war mir nicht sicher, was ich überhaupt erwartet hatte. Ich dachte, das Wichtigste sei, erst einmal eine Beratungsstelle aufzusuchen, dort würde man dann schon das Richtige in die Wege leiten.

Im Stadtpark trafen wir auf eine Clique mit vier jungen Säufern in Gittis Alter. Nachdem wir ihren Wein in kürzester Zeit geleert hatten, kauften wir noch zwei große Flaschen Lambrusco sowie eine Schachtel Zigaretten. Und weiter gings.

Irgendwann fuhren Gitti und ich laut singend in Schlangenlinien mit unseren Fahrrädern nach Hause.

Meine Hoffnung setzte ich auf diese Gesprächsgruppe. Dort würde ich endlich einige Leute kennenlernen, die sich in der gleichen Situation wie ich befänden; sie würden mich verstehen.

Gitti hatte nicht vor, diese Gruppe zu besuchen: »Das eine Gespräch mit dem Typen hat mir voll gereicht!«

Wir hatten den Diakon inständig gebeten, die Briefe mit dem Termin für die Gesprächsgruppe nicht mit dem Stempel »Alkohol- und Drogenberatungsstelle« zu versehen. Er hatte es uns hoch und heilig versprochen. Aber natürlich prangerte ein riesiger Stempel auf dem Kuvert. Gitti konnte den Brief abfangen. Der Brief für mich landete direkt in den Händen meiner Mutter.

Sie gab mir den Umschlag mit einem fragenden Augenaufschlag.

Ich wollte schon alles gestehen und sagte ihr, dass ich mit Gitti dort war.

Meine Großmutter, die dabeisaß, rief: »Siehst du, ich habe doch gewusst, dass die trinkt. Das ist aber nett, dass du mit deiner Freundin dorthin gehst, um ihr zu helfen.«

Nun, ich dachte, wenn das so ist, dann sollte ich lieber meine Schnauze halten. Gerne ließ ich alle im Glauben, dass ich die helfende Freundin war.

Ich fieberte dem Termin der Gesprächsgruppe entgegen.

Schon zehn Minuten vor der Zeit klingelte ich.

Der Jakobi öffnet mir die Tür. »Sie sind die Erste. Setzen wir uns.«

Wir saßen wieder an dem kleinen runden Tisch und wechselten nichtssagende Worte. Zehn Jugendliche mit Alkohol- und Drogenproblemen waren zu diesem Termin eingeladen worden. Gitti kam nicht, ich war hier, wo zum Teufel blieben die restlichen Leute?

Wir saßen schon eine halbe Stunde, als es endlich an der Tür läutete. Ich war sehr aufgeregt.

Zu meinem Erstaunen kam Jürgen, ein Junkie aus unserem Dorf herein. Er hatte im Zug schon öfter mit seinem Freund Arno in meiner Nähe gesessen. Ich hatte ihre

Unterhaltung mehrmals mitanhören können, daher wusste ich, dass Jürgen seit fast zwei Jahren heroinabhängig war. Er setzte sich neben mich.

Der Drogenberater bedauerte, dass außer uns beiden niemand seiner Einladung gefolgt sei und somit keine regelmäßige Gesprächsgruppe stattfinden könne. Da wir beide nun mal hier seien, sollten wir nacheinander unsere Problematik darstellen.

Ich musste den Anfang machen. Zögerlich beschrieb ich meine Alkohol-, Tabletten- und Schnüffelerfahrungen.

Der Diakon hielt sich völlig zurück, es war ausschließlich ein Gespräch zwischen Jürgen und mir.

Schnüffeln sei echt das Gefährlichste, was ich machen könne, damit würde ich meine Gesundheit noch schneller als mit anderen Drogen ruinieren. Die Lunge und auch das Nervensystem würden schnell angegriffen, ich könnte sogar an den Dämpfen ersticken. »Besser du rauchst ab und zu einen Joint oder wirfst mal einen Trip ein.«

Der Drogenberater bestätigte Jürgens Aussagen zur Gefährlichkeit des Schnüffelns, aber ihm glaubte ich ohnehin nichts. Jürgen hingegen glaubte ich alles, er war schließlich ein Junkie.

Jürgen riet mir eindringlich, mit dem Schnüffeln sofort aufzuhören und alles, was ich dazu benutzte, wegzuwerfen. Außerdem warnte er mich: »Lass bloß die Finger weg von harten Drogen; du darfst niemals mit Heroin anfangen, das bringt dich um.«

Jetzt gab er Jakobi zu seiner augenblicklichen Lebenssituation Auskunft: »Mir geht es hervorragend, im Gymnasium läuft alles prima. Ich bin jetzt seit über vier Monaten clean, und ich habe auch wirklich nicht vor, jemals wieder mit dem Drücken anzufangen. Mit harten Drogen werde ich mir mein Leben nicht mehr kaputt machen.«

Herr Jakobi zeigte sich begeistert davon, dass Jürgen es

mit seiner Hilfe geschafft hatte, vom Heroin loszukommen.

Gemeinsam mit Jürgen verließ ich die Beratungsstelle.

»Weißt du, wo hier die nächste Kneipe ist? Ich brauche sofort eine Toilette, ich muss mir erst mal einen Schuss setzen.«

Fragend sah ich Jürgen an, er grinste. »Der Typ muss ja nicht alles wissen.«

Es erfüllte mich mit Stolz, dass Jürgen mir anvertraut hatte, dass er noch drauf war.

Zwei Tage nach dem Gespräch in der Beratungsstelle sammelte ich alle verklebten, stinkenden Plastiktüten ein, zudem den Fleckenentferner, die Lösungsmittel, die Klebstoffe und alles, was ich sonst noch zum Schnüffeln benutzt hatte. Doch wohin damit? In die Mülltonne? Was würde meine Mutter sagen, wenn sie das Zeug dort fände? Nein, unser Mülleimer war tabu. Ich packte alles in eine Tüte und fuhr mit dem Fahrrad zum Baggersee. Dort warf ich die volle Plastiktüte in einen Papierkorb. Dieses Problem hatte ich gelöst.

Doch schon am nächsten Tag bereute ich meinen Entschluss, mit dem Schnüffeln aufzuhören. Ich hatte starke Kopfschmerzen, in meinem Schädel hämmerte es unaufhörlich laut in einem immer gleichen Takt, als wäre dort ein Metronom eingebaut. Die ganze Welt drehte sich, mir war schwindlig und ich fühlte mich zum Kotzen. Ich war nervös, reizbar und aggressiv, konnte mich keine Sekunde konzentrieren. Ich war auf Entzug, so sehr hatte ich mich an die Schnüffelstoffe gewöhnt. Ich fühlte mich, als hätte ich einen guten Freund verloren. Zurück blieb ein großes, schwarzes Loch. Wenn mir nicht Jürgen, ein Junkie, ins Gewissen geredet hätte, hätte ich auf jeden Fall sofort wieder damit angefangen. Aber zu Jürgen hatte ich vollstes

Vertrauen, deshalb hielt ich durch.

Jetzt allerdings musste ich viel größere Mengen Alkohol trinken und mehr Pillen einwerfen, um diese Leere auszufüllen, die durch den Verlust des Schnüffelns entstanden war.

Ich trank und trank, und bekam doch nie genug Rausch.

5. Verliebt in Jacko

Es war Anfang März, wenige Tage nach meinem fünfzehnten Geburtstag, als ich an einem Samstagmorgen eine Reportage in der *Rheinpfalz* las.

Darin wurde berichtet, dass sich in der nahegelegenen größeren Stadt auf einer Wiese unweit des Zentrums eine offene Drogenszene gebildet habe.

Dort musste ich hin!

Eine Woche später fuhr ich in die Stadt.

Auf der Drogenwiese saßen zahlreiche Leute in mehreren Grüppchen beisammen. Natürlich hatte ich nicht den Mut, mich zu einer Gruppe unaufgefordert dazuzusetzen. Jetzt war ich endlich auf der Drogenwiese, kam mir jedoch unendlich verloren vor. Ich fühlte mich unwohl, unsicher. Wie kam ich nur in eine dieser Gruppen rein? Ich spürte, dieser Tag würde ein wichtiger Tag in meinem Leben werden, vielleicht einer dieser Tage, der dem Leben eine andere Richtung gibt. Meine Hände waren glitschig vor Schweiß. Ich zündete mir eine Zigarette an und beobachtete die Gruppe, die mir am nächsten saß, genau. Da, dieser Typ, sah der nicht ständig zu mir rüber? Er hatte lange feuerrote Haare, sah interessant aus, ich schätzte ihn auf achtzehn bis zwanzig.

Als ich die dritte Zigarette rauchte, steuerte er mit einer Flasche Wein direkt auf mich zu.

»Hallo! Willst du mal trinken?« Er hielt mir eine Flasche billigen Rotwein entgegen. »Ich bin Harry.«

»Hannah. Hallo.«

»Hannah, du sitzt hier so alleine, willst du nicht lieber mit zu uns kommen?«

Sofort griff ich nach meiner Tasche und folgte ihm.

Jetzt saß ich in einer Gruppe mit sechs Leuten.

»Hey du, mach mal die Hand auf!«, befahl mein Nachbar zur Rechten, der sich als Theo vorstellte, während er die Gummierung einer *Camel* mit seiner Zunge nässte und das Zigarettenpapier entfernte. Danach legte er den Tabak in meine rechte Hand, aus seiner Hosentasche nahm er ein Stück grünliches Haschisch und hielt die Flamme des Feuerzeugs drunter, um es weich zu machen. Es roch exakt so, wie ich es mir immer vorgestellt hatte; ich liebte diesen süßlichen Geruch auf Anhieb. Theo brach kleine Stückchen vom Haschisch ab, verkrümelte sie und mischte sie mit dem Tabak in meiner zittrigen Hand. Ich versuchte, die Hand möglichst ruhig zu halten, als mischten irgendwelche Männer täglich ihr Haschisch und ihren Tabak in meiner Hand. Dann stopfte er eine Pfeife. Jetzt sollte ich zum ersten Mal Haschisch rauchen, aber plötzlich hatte es nichts Außergewöhnliches mehr, es war fast normal.

Nachdem Theo die Pfeife angeraucht und alle in eine dicke Qualmwolke gehüllt hatte, reichte er die Pfeife an mich weiter. In den Filmen mussten die Leute beim ersten Mal kiffen immer husten. Ich zog den Rauch ein und betete, dass ich jetzt nicht husten musste. Alles war gut gegangen. Ich gab die Pfeife an Harry, meinen linken Nachbarn, weiter. Niemand schien bemerkt zu haben, dass ich zum ersten Mal gekifft hatte. Der würzige Haschischrauch gefiel mir sehr. Eine starke Wirkung bemerkte ich allerdings nicht.

Fünfzehn Minuten später hatte ein anderer aus der Runde aus mehreren Blättchen Zigarettenpapier, Tabak und Haschisch einen Joint gebaut und reichte ihn gerade im Kreis herum, als sich ein Neuer in die Gruppe setzte, den einige mit »Hi Jacko!« begrüßten.

Ich sah ihn an und wurde vom Blitz getroffen. Mein Puls raste augenblicklich unkontrolliert, mein immer höher steigender Blutdruck trieb mich fast in einen Kollaps. Tausende von Schmetterlingen tanzten in meinem Bauch, sie trudelten ununterbrochen hoch und runter, mir wurde schwindlig von diesem wilden Geflatter. Das Gefühl war ähnlich, als hielt ich mich in einem Fahrstuhl auf, der immer wieder ruckartig zum Stehen kam. Alles in mir war in Aufruhr. In meinem Körper passierten Dinge, die ich nicht kannte. Was war los mit mir? Woher kam das unbekannte Gefühl? Hatte das Haschisch diese Wirkung verursacht oder löste dieser Jacko mein inneres Chaos aus?

Unmittelbar nachdem er sich in die Runde gesetzt hatte, fragte ihn Theo: »Hey Jacko, kannst du fünf Gramm H besorgen?«

»Nein!«, sagte Jacko sehr bestimmt. »Ich habe aufgehört, zu drücken. Mit Heroin möchte ich nie wieder etwas in meinem Leben zu tun haben. Niemals wieder!«

Während er diese Worte aussprach, hielt er eine selbstgedrehte Zigarette zwischen Daumen und Zeigefinger, erst danach zog er an ihr, als wäre sie ein Joint. Sein Blick wirkte abwesend, in die Ferne gerichtet, fast als sehne er sich nach etwas, wisse aber, dass er es nie im Leben bekommen würde.

Nach wenigen Minuten stand Jacko auf und verließ die Gruppe.

In dieser kurzen Zeit hatte er nicht nur meine Psyche, sondern auch meine gesamten bisher recht stabilen Körperfunktionen völlig durcheinandergewirbelt. Ich wusste noch nicht, was mit mir los war. Ich kannte diesen Jacko doch gar nicht. Er hatte schulterlange, wilde pechschwarze Haare, rehbraune Augen mit einem starken Kupferstich. Jackos Gesichtszüge waren markant und hart, als hätte er schon eine Menge negativer Erfahrungen im Leben wegstecken müssen. Er hatte auffallend sinnliche Lippen, war etwas größer als ich und schlank. Dieser Jacko gefiel mir sehr, aber er wirkte verletzt, fast verloren.

War das Erlebnis so etwas wie Liebe auf den ersten Blick gewesen? Wenn ich diese Szene in einem Buch gelesen oder in einem Film gesehen hätte, dann hätte ich gedacht: Können die nicht etwas weniger dick und kitschig auftragen? Aber dies war weder ein Roman noch ein Film, ich hatte dieses Schauspiel tatsächlich erlebt. Es war verrückt, aber ich hatte mich auf der Stelle in diesen Jacko verliebt und ich wusste: Er ist der Mann, den ich will.

Abends fuhr ich irritiert, aber glücklich und zufrieden nach Hause. Ich hatte zum ersten Mal gekifft, später hatte ich sogar noch etwas Haschisch sowie einige Tabletten von Theo, dem Kleindealer, gekauft. Ich hatte einen Platz, den ich aufsuchen konnte. Und ich hatte Jacko gesehen. Jacko! Ich war unfähig, an etwas anderes, als an ihn zu denken. Nachts träumte ich von Jacko. Ich war verliebt und wie.

Bei einem meiner nächsten Besuche auf der Drogenwiese brachte ich einiges über diesen Jacko in Erfahrung. Sein richtiger Name war Jascha, aber alle nannten ihn Jacko. Er war dreiundzwanzig, wohnte in einem Dorf, das etwa sechs Kilometer von dem Dorf, in dem ich zu Hause war, entfernt lag. Jacko drückte seit einigen Jahren, derzeit sei er allerdings clean. Und er habe ständig neue Frauen. Mehrmals sah ich ihn kurz, immer war er umringt von Frauen, von interessanten Frauen. Wie könnte ich jemals mit denen konkurrieren? Was sollte Jacko mit einer Fünfzehnjährigen? Warum sollte Jacko mich erwählen, wenn er alle Frauen bekommen konnte, die er wollte? Ich dachte, unter bestimmten Umständen würde ich ihn sogar bekommen, aber garantiert nur für eine Nacht. Ich wollte mehr! Viel mehr! Ich wusste, ich war zu jung, zu unerfahren.

Deshalb dachte ich mir einen Schwur aus.

Ich saß auf der Drogenwiese; Jacko zog gegenüber an einem Joint, und ich schwor mir, dass ich drei Jahre auf meinen Traummann warten werde. Ich dachte: Mit achtzehn bin ich alt und erfahren genug, um es mit einem Mann wie Jacko aufzunehmen. Ich war mir sicher, dann würde unsere gemeinsame Zeit kommen, ich fühlte es deutlich. Wie sollte ich jedoch die nächsten drei Jahre ohne diesen Mann, den ich wollte, wie nichts sonst auf der Welt, überstehen? Ich war fünfzehn und drei Jahre erschienen mir eine unvorstellbare Ewigkeit. Und was wäre, wenn Jacko in drei Jahren nichts von mir wissen wollte? Was dann? Oder was wäre, wenn ich Jacko niemals mehr wiedersehen würde?

Ich konnte nicht aufhören, an ihn zu denken. Immer wieder flüchtete ich mich in meine Tagträume. Ich wollte diesen Mann. Ich brauchte Jacko. Jede einzelne Zelle meines Körpers schrie nach ihm, nach seiner Stimme, nach seinem Blick, nach seiner Berührung, nach seinem Körper, nach seinem Schwanz. Diese unbändige Sehnsucht und diese wilde Begierde nach Jacko trieben mich fast in den Wahnsinn. Auf mein Schulpult in der Berufsfachschule hatte ich überall Herzen mit Jacko und Hannah eingeritzt. Alle ein bis zwei Wochen fuhr ich in die Stadt, besuchte dort die Drogenwiese, um Jacko zu sehen. Manchmal kam er und verschwand gleich in den Büschen, er drückte wieder. Ab und zu sah ich ihn auch in einer Mannheimer Drogenkneipe, die ich inzwischen öfter besuchte. Wie nur, fragte ich mich mehrmals täglich, sollte ich die nächsten drei Jahre ohne diesen Mann überstehen?

6. Wir spielten Mann und Frau

Freitagabend traf ich mich mit meinen Klassenkameradinnen Laura und Tanja in der nahegelegenen Kleinstadt im *Nest*, einer gemütlichen Kneipe, mit Möbeln vom Sperrmüll und ohrenbetäubender Rockmusik.

Tanjas Freund hatte heute Mittag mit ihr Schluss gemacht und ich sagte: »Na, das ist doch ein Grund zum Feiern. Ich gebe einen aus.«

Das *Nest* war inzwischen mein zweites Zuhause. Am Nachmittag saßen viele aus unserer Schule hier rum, abends war das Publikum gemischt, dann kamen auch die Auszubildenden, Studenten und diejenigen, die schon einen Job hatten. Im *Nest* verkehrte auch die örtliche Drogenszene. Jürgen, der Junkie aus unserem Dorf, war mit seiner Clique da. Schräg gegenüber von uns saß ein älterer Junkie, den ich schon öfter im *Nest* gesehen hatte.

Von Jürgen, den ich an der Theke traf, wollte ich wissen, wer das sei.

»Das ist Eddy, ein Junkieveteran. Der hängt schon eine Ewigkeit an der Nadel; er war der allererste Junkie hier in der Gegend.«

Als ich mich mit unserem Alkoholvorrat durch die brechend volle Kneipe zu meinem Platz zurückkämpfte, bemerkte ich, dass mir Eddys Augen folgten, nur seine Augen bewegten sich, sein Kopf blieb völlig ruhig. Er beobachtete mich. Ich sah ihn an und dachte: Irgendwann später werde ich dich kennenlernen.

Wir drei Freundinnen waren schon ziemlich betrunken, als sich drei Jungs an unseren Tisch setzten. Allem Anschein nach hatten sie die Beute, nämlich uns, schon vorab untereinander aufgeteilt. Im Hintergrund grölte *Mick Jagger*: *»I Can't Get No Satisfaction.«*

»He, wie heißt en du?«, fragte ich den, der neben mir saß.

»Ich heiße Gerd.«

»Na, dann, Prost Gerd.« Ich hob mein Glas: »Wie wär's, wenn du die nächste Runde springen lässt? Was Härteres wäre nicht schlecht.«

»Geht in Ordnung«, sagte er und schnipste großspurig die Bedienung herbei.

Wir tranken dann zu sechst weiter. Zu später Stunde saßen wir im düsteren Hinterzimmer einer anderen Kneipe. Die Jungs fummelten unter unseren Pullovern herum.

Wie wir vom *Nest* in dieses Hinterzimmer der Kneipe gekommen waren, wusste ich am nächsten Tag nicht mehr. Ich hatte mal wieder einen meiner Filmrisse, die in letzter Zeit immer häufiger auftraten. Ich wusste nur noch, dass ich jetzt mit diesem Gerd eine Beziehung hatte, aber ich konnte mich beim besten Willen nicht mehr daran erinnern, wie er aussah.

Als mein neuer unbekannter Freund am nächsten Abend bei mir zu Hause vor der Tür stand, war ich positiv überrascht. Wenigstens hatte ich mich in meinem besoffenen Kopf nicht total verguckt. Gerd sah lustig aus. Er hatte schwarze, lange Haare, einen Schnauzer und dicke Koteletten, die sein ovales Gesicht einrahmten. Mit seiner viel zu großen Stupsnase und den spitzbübischen Grübchen sah er aus wie ein Lausbub, ein zu groß geratener kleiner Junge. Gerd hatte sogar einen Job, er arbeitete bei der BASF als Chemielaborant. Mit meinen Eltern verstand er sich vom ersten Augenblick an prächtig; sie hielten ihn für einen braven, seriösen Jungen. Von wegen seriös, ich

brachte ihm das Kiffen bei, saufen konnte er schon.
In den ersten Wochen schwebte ich über der Erde. Endlich hatte ich einen festen Freund. Mit Gerd konnte ich über alles reden, er verstand mich. Jetzt brauchte ich keinen Alkohol und keine Drogen mehr.

Immer wieder versuchte ich, mit dem Trinken aufzuhören. Einmal schaffte ich es drei Tage lang. Aber ich musste trinken. Ich musste. Es war ein innerer Zwang, gegen den ich mich nicht wehren konnte.

Fünf Monate bevor ich Gerd kennengelernt hatte, waren auf der Drogenwiese, in der einige Kilometer entfernten Stadt, weder Shit noch Pillen aufzutreiben gewesen. Theo, der Kleindealer, bei dem ich mich seit Monaten mit Shit und Pillen eindeckte, schlug vor: »Wenn du was zu rauchen kaufen willst, fahren wir ins *Hell* nach Mannheim. Eigentlich heißt die Kneipe *Heaven & Hell*, aber alle nennen sie nur das *Hell* oder die *Hölle*, passt irgendwie besser.« Mich begeisterte diese Idee sofort, eine weitere Drogenquelle tat sich auf. Also fuhren wir gemeinsam ins *Hell*.

Das *Hell* war ein schmutziger, schummriger Schuppen, auf den Holztischen standen Kerzen, deren Wachs in die Bier- oder Colapfützen auf den Tischen tropfte. Das spärliche Kerzenlicht biss sich mit den grellen Neonröhren über dem Tresen und schaffte hierdurch ein ewiges Zwielicht. Die Fenster waren vollständig mit schwarzer Farbe beschmiert, wahrscheinlich um das Zwielicht zu konservieren. Unter den Tischen des Lokals spielte sich ein reges Leben ab. Überall tauschten Menschen Geld gegen Ware. Hier konnte man alles kaufen. Ich liebte diese Atmosphäre, sie kribbelte an mir hoch, sobald ich das Lokal betrat. Hier fühlte ich mich wohl.

Gerd hatte ein Auto und als mein Dope zur Neige ging, überredete ich meinen Freund, mit mir ins *Heaven & Hell* zu fahren. Ich hatte schon den ganzen Tag über getrunken und war alles andere als nüchtern. Bevor wir losfuhren, steckte ich mir heimlich einen Hunni ein.

Im *Hell* war heute nicht besonders viel los. Wir tranken etwas, dann suchte ich die Toilette auf. Sie war besetzt und ich wartete im Vorraum. Es dauerte eine Ewigkeit. Durch das ununterbrochene Flackern der verdreckten Neonröhre herrschte auch hier Zwielicht. Ich hatte Zeit, mir die Kacheln über dem Waschbecken genauer anzusehen. Wie die Jahresringe eines Baumes schmiegten sich die Jahresdreckschichten der Kacheln aufeinander und ergaben ein schmutziges, schäbiges Grau. Der Uringestank biss in meiner Nase. Als sich endlich die Tür öffnete, war ich überrascht, einen Mann in der Damentoilette zu sehen. Ein Junkie, mindestens fünfundzwanzig, er sah extrem fertig aus. Im Waschbecken spülte er seine Spritze aus.

Ich überlegte kurz, dann nahm ich all meinen Mut zusammen und fragte ihn: »Kannst du mir H besorgen, für einen Hunni?«

»Hast du das Geld dabei?«

»Ja, hier«, ich gab ihm den Geldschein.

»Komm in fünfzehn Minuten an meinen Tisch.«

Ich war verdammt aufgeregt. Ich dachte: Endlich ist der Tag gekommen! Heute werde ich Heroin ausprobieren. Soll ich es rauchen oder sniefen? An der Theke holte ich mir noch ein großes Bier und wartete. Immer wieder sah ich auf die Uhr. Endlich waren die fünfzehn Minuten vorbei.

»Ich muss mal zu dem Junkie da vorne«, teilte ich Gerd mit, stand auf und begab mich zu dem Mann an den Tisch.

»Setz dich!«, sagte er barsch. »Hier, steck das Geld wieder ein!«

Ich sah ihn fragend an.

»Ich besorge dir kein Heroin.«

Es klang endgültig, aber ich wagte trotzdem, ihn nach dem Grund zu fragen.

Er wollte meinen Namen und mein Alter wissen.

»Ich heiße Hannah. Nächsten Monat werde ich achtzehn«, sagte ich selbstsicher.

Er blaffte mich an: »Ich habe dich nicht gefragt, wie alt du aussiehst. Ich wollte auch nicht wissen, wie alt du gerne wärst. Ich habe dich gefragt, wie alt du bist.«

Beschämt sah ich nach unten zur schmutzigen Tischplatte und antwortete kleinlaut: »Fünfzehn.«

Während ich noch immer gebannt und peinlich berührt auf die Bierpfützen in der Mitte des Tisches starrte, dort eine verirrte Fliege betrachtete, die an dem Bier trank, sprach er weiter.

»Hannah, ich habe dich beobachtet. Du säufst. Ich sehe das. Damit kenne ich mich aus. Du säufst und sicherlich frisst du auch Berge von Pillen in dich hinein und kiffst so oft es geht. Aber das alles reicht dir noch nicht. Jetzt willst du auch noch mit harten Drogen anfangen. Ich drücke schon seit zehn Jahren. Ich bin kaputt. Total kaputt. SIEH MICH AN!«

Fast schrie er und ich blickte von der Tischplatte direkt in sein verknautschtes Gesicht.

»Möchtest du wirklich auch so aussehen? Alles, an was ich denken kann, ist H. Den ganzen Tag bin ich unterwegs für den nächsten Schuss. Bevor ich morgens aufstehen kann, muss ich mir erstmal einen Schuss setzen, ohne Heroin kann ich nicht schlafen, nicht essen, nicht ficken, nicht einmal denken.«

Verlegen kaute ich auf dem Fingernagel meines linken Daumens herum. Das hier hatte ich mir definitiv anders vorgestellt.

»Ich wollte, ich hätte niemals mit diesem ganzen Zeug angefangen. Am Anfang habe ich gedacht, ich habe das alles unter Kontrolle, aber damals war ich schon abhängig. Ich habe im großen Stil gedealt. Dann kam ich zwanzig Monate in den Knast. Dort habe ich mir geschworen: Nie wieder H! Aber, als ich aus dem Knast rauskam, bin ich geradewegs zur Scene und habe mir einen Druck gemacht. Später war ich in Therapie. Ich war clean. Ein Jahr lang. Als ich jedoch wieder in diese Gegend zurückkam, da hat es keine Woche gedauert, bis ich einen Rückfall gebaut habe. Wo sollte ich denn hingehen? Ich kannte nur Junkies. Das Heroin hat einen völlig anderen Menschen aus mir gemacht.«

Er drehte zwei Zigaretten, steckte sie beide an und reichte eine an mich weiter. Ich zog daran und musste husten, der Tabak war verdammt stark. Mein Gegenüber bedachte mich mit einem Augenaufschlag, als wolle er sagen: Mensch Kleine, nicht mal anständigen Tabak rauchen können, aber Heroin konsumieren wollen.

Dann sprach er weiter: »Weißt du Hannah, das H hat mir alle meine Träume geraubt. Es hat mich ruiniert. Ich fühle, dass ich bald wieder in den Knast einfahren werde. Vielleicht werde ich mir auch irgendwann einen goldenen Schuss setzen. Ein goldener Schuss – klingt gut, irgendwie edel. Hannah, weißt du, was passiert, wenn du dir einen goldenen Schuss reinballerst?«

Er sah mich erwartungsvoll an. Ich schüttelte den Kopf.

»Du bekommst eine Atemlähmung und erstickst. Glaub mir, das ist kein schöner Tod. Ich hoffe nur, dass ich genug Stoff in den Venen haben werde, damit ich nicht allzu viel davon mitbekomme, wenn ich irgendwann mit einer Spritze im Arm elendig auf einer Toilette verrecke, vielleicht sogar hier in dieser Hölle ...«

Einige ewig lange Minuten sah er durch mich hindurch, er war weit weg, vielleicht in seiner eigenen Jugend. Ich wusste nicht, was ich tun sollte. Ich war mir nicht sicher, ob er noch weitersprechen würde, aber ich traute mich auch nicht, aufzustehen und zu gehen. Also blieb ich sitzen und wartete. Dann plötzlich schien er wieder im Hier und Jetzt angekommen zu sein.

»Mensch Hannah, tut mir leid. Jetzt hab ich dich voll zugequatscht, obwohl ich das gar nicht wollte. Weißt du, ich möchte dir keine Vorschriften machen, ich bin schließlich nicht dein Vater. Aber ich sage dir trotzdem: Lass die Finger weg vom Heroin. Hannah, du bist noch so jung, so verdammt jung, du hast dein ganzes Leben doch noch vor dir.«

Er legte eine Hand auf meinen rechten Arm und lächelte mich an. Ich sah in seine farblosen, fast erloschenen Augen.

»Danke ... ich ... ich ... danke dir«, stotterte ich. Der Klos, der sich in meinem Hals gebildet hatte, war auf die Größe eines Tennisballs angeschwollen, er presste mir die Kehle zu.

Zaudernd begab ich mich zu Gerd zurück.

»Was hast du denn ewig lange mit diesem kaputten Typen gequatscht?«, wollte er eifersüchtig wissen.

»Er hat nur versucht, mir das Leben zu retten«, gab ich patzig zur Antwort.

In Gerds Gesicht machte sich ein großes Fragezeichen breit. Später setzte sich der Junkie mit den langen schwarzen Haaren und den traurigen, fast toten Augen zu uns an den Tisch.

»Hallo, Hannah, ich heiße im Übrigen Ron, kommt von Ronald.« Er lächelte mir zu und drehte einen überdimensionalen Joint, den wir gemeinsam mit allen Leuten an unserem Tisch rauchten.

Danach verließ Ron das Lokal mit ein paar Typen, die wie Zuhälter aussahen.

Mit Gerd besuchte ich jetzt öfter das *Hell*.

Manchmal, wenn ich mit Gerd eine Kneipe besuchte, dann stritten wir uns. Jedes Mal raste er vor Eifersucht, sobald ich einen anderen Mann auch nur ansah. Allerdings musste ich mir selbst eingestehen, dass ich nicht immer nur guckte, sondern in meinem besoffenen Kopf auch schon mal mit einem Typen rumgeknutscht hatte, den ich gar nicht kannte. Hinterher wusste ich dann nichts mehr davon, weil ich mal wieder einen Filmriss hatte, da war nur noch diese Ahnung, dass ich etwas Dummes gemacht hatte.

Einmal stand Jacko am Eingang, als mein Freund und ich gerade das *Hell* verlassen wollten. Ich sah ihn an und mein Herz begann zu rasen. Jacko!

»Hallo, wir kennen uns doch?«, sprach er mich an.

»Hallo, Jacko, ich bin Hannah.«

»Weißt du eigentlich, dass mein richtiger Name Jascha ist?«

»Ja, das weiß ich. Jascha ist ein wunderschöner Name.«

»Nur meine Mutter nennt mich so.«

»Vielleicht werde ich dich später auch Jascha nennen. Wie geht es dir denn so?«

»Ehrlich gesagt geht es mir im Augenblick ziemlich beschissen. Ich drücke wieder regelmäßig.«

Gerd war schon vorausgegangen, jetzt rief er ungeduldig, mit einem eifersüchtigen Gesichtsausdruck nach mir.

»Dein Freund ruft dich. Wir sehen uns, Hannah. Tschüssel.« Zum Abschied berührte Jacko sanft meine Schulter, als wären wir gute alte Freunde, und lächelte mir zu. Wie sehr ich dieses Lächeln liebte.

Auch ich strich sanft über seinen Arm und sagte: »Mach's gut, Jacko. Pass auf dich auf. Tschüss.«

Ich befand mich im siebten Himmel. Jacko kannte jetzt meinen Namen und wir hatten uns wie gute Freunde zum Abschied berührt. Ich wusste: Noch lange würde ich auf Jacko warten müssen, aber ich fühlte diese Gewissheit, dass wir irgendwann einmal ein Paar sein werden.

Erneut konnte ich nicht aufhören, von Jacko zu träumen, bei Tag und bei Nacht. In meinen Träumen schliefen wir in seinem Zimmer miteinander. Ich sah alles genau vor mir. Es war wunderschön.

Seit einigen Monaten hatten Gerd und ich nun eine Beziehung. Ich sagte ihm, dass ich ihn liebte, obwohl ich ahnte, dass Liebe etwas anderes sein musste, etwas ganz Anderes.

In Wahrheit war ich enttäuscht von der Liebe, enttäuscht von dieser Liebe, von der Liebe zu Gerd. Immer hatte ich gedacht, wenn ich einen festen Freund hätte, dann wären damit automatisch diese unbestimmte Sehnsucht und dieser Heißhunger nach Betäubung gestillt. Aber das Gegenteil war der Fall. Diese Sehnsucht wuchs und wuchs, auch meine Drogengeilheit wurde immer schlimmer. Und ich konnte mir nicht vorstellen, dass es jemals einem Menschen gelingen könnte, diese Sehnsucht und dieses Verlangen nach Betäubung in mir ein für alle Mal zu stillen. Aber vor meinem inneren Auge sah ich ihn. Ja, vielleicht würde es dieser Jacko schaffen, in den ich mich auf den ersten Blick verliebt hatte, er brachte meine gesamten Körpersäfte zum Kochen. Immer wieder besuchte ich die Drogenszene, um ihn zu sehen. Obwohl ich bislang nur wenige Sätze mit ihm gewechselt hatte, konnte ich nicht aufhören, von ihm zu träumen.

Richtig verliebt war ich nicht in Gerd. Niemals hatten irgendwelche Funken gesprüht oder Schmetterlinge in meinem Bauch getanzt, so wie bei diesem Jacko.

An Gerd hatte ich mich gewöhnt. Ja, Gewohnheit war das richtige Wort. Die Beziehung zu ihm war bequem. Meine Eltern vertrauten ihm, und ich durfte abends so lange wegbleiben, wie ich mochte. Am Wochenende übernachtete ich bei ihm oder er schlief bei uns. Gerd wollte am liebsten ständig mit mir allein sein. Ich wollte viel lieber nach Mannheim oder Heidelberg fahren, um Drogen zu kaufen, und nach Jacko Ausschau zu halten. Ich langweilte mich mit Gerd. Wenn wir lachten, küssten, schmusten, immer hatte ich das Gefühl, dass irgendetwas fehlte. Aber ich wusste nicht, was es war. Ich war mit ihm zusammen, aber doch allein.

Schon als Kind kannte ich dieses Gefühl. Ich spielte mit meinen Freundinnen, wir waren alle in unser Spiel vertieft, doch plötzlich lief ein kalter Schauer über meinen Rücken, und ich begann zu frieren. In diesem Augenblick begriff ich, dass alles, was wir taten, nur ein Spiel war. Ich war nicht das kleine, glückliche Mädchen, das auf seine Eltern wartete, die es vom Kindergarten abholen würden. Auf meinem Teller lag kein Schokoladenkuchen, der Teller war leer. Alles war nur ein Spiel.

So ähnlich fühlte ich mich mit Gerd. Manchmal wurde mir schmerzlich bewusst, dass wir diese große Liebe nur spielten, und ich begann zu frieren.

Meinem Freund hatte ich gleich zu Beginn unserer Beziehung klargemacht, dass bei mir vor sechzehn sexuell nichts läuft außer Petting. Jetzt, kurz nach meinem sechzehnten Geburtstag, ging ich zum Frauenarzt und ließ mir die Pille verschreiben.

Als wir erfuhren, dass Gerds Eltern nächstes Wochenende verreisen wollten, planten wir für dieses Datum unseren ersten Geschlechtsverkehr.

Mit Wein und Kerzenschein brachten wir uns in Stimmung. Alles war dermaßen vorgeplant, dass ich keine Lust mehr verspürte. Doch jetzt gab es kein Zurück.

Gerd legte sein Bett dick mit Handtüchern aus. Ich fühlte mich, als würde ich auf die Schlachtbank geführt.

»Glaubst du, ich blute aus oder was?«, herrschte ich Gerd an.

Er schnauzte zurück: »Glaubst du, ich will meine Matratze versauen?«

Am liebsten hätte ich meine Jacke angezogen und mich aus dem Staub gemacht. Warum tat ich es nicht?

»Komm, wir ziehen uns aus.«

Gerd zog mich sanft aufs Bett, er begann, die Knöpfe meiner Bluse zu öffnen.

Dann ging alles ganz schnell, keine langen Faxen wie beim Petting.

Ich war noch brottrocken, als Gerd seinen Schwanz in mich hineinrammte. Er stieß und stieß und stieß. Ich hatte höllische Schmerzen und dachte nur: Hoffentlich ist er bald fertig. Er stöhnte und schwitzte und endlich, befriedigt rollte er sich zur Seite.

Jetzt war er ein richtiger Mann, ein überglücklicher Mann.

Ich aber fragte mich: War das alles? Und um diese Sache veranstalteten die Erwachsenen einen derartigen Zirkus? Ich konnte nicht glauben, dass dies alles gewesen sein sollte. Ich fühlte mich betrogen.

Um wie viel schöner war da doch ein Vollrausch?

Während Gerd die Handtücher wegräumte, sagte er fast beiläufig: »Du hast ja gar nicht geblutet.«

»Na ja, wahrscheinlich die vielen Tampons«, antwortete ich, wie zur Selbstberuhigung.

Ich dachte: Nicht einen Tropfen Blut auf der Unterlage, und dann macht er so ein Geschiss um seine Matratze.

Aber da sah ich ihn schon vor mir, diesen uralten Frauenarzt in seiner altmodischen Praxis. Am liebsten hätte ich auf der Stelle kehrtgemacht, aber es war zu spät. Ich saß schon mit gespreizten Beinen auf diesem Gynäkologenstuhl und der mindestens siebzigjährige Arzt war dabei, meine Scheide mit einem kalten Folterinstrument zu weiten. Seit zwei Wochen hatte ich Ausfluss und es juckte höllisch. Jetzt sagte der Arzt: »Das sind bestimmt Trichomonaden. Die werden durch Geschlechtsverkehr übertragen. Junge Dame, ich rate Ihnen, sich vorher zu überlegen, mit wem Sie Geschlechtsverkehr haben.« Entrüstet stellte ich klar: »Ich hatte doch noch niemals Geschlechtsverkehr.« Sein Blick hatte etwas Gütiges, Verzeihendes, auf diese Art sieht man ein kleines Kind an, von dem man mit hundertprozentiger Sicherheit weiß, dass es lügt. Ich dachte: Was für ein dummer Frauenarzt, er muss doch sehen, dass ich noch Jungfrau bin.

Das Blut! Plötzlich war es wieder da, das Blut auf dem Bettlaken. Und ich fühlte den Schmerz der Defloration. Ich hörte mich weinen. Er wollte nur spielen. Er wollte mir nicht wehtun. Wir waren noch Kinder, fast gleichaltrig. Er wollte Mann und Frau spielen. Ich war ihm nicht böse. Ich ahnte, dass wir etwas Verbotenes angestellt hatten, denn danach durfte ich nicht mehr bei ihm übernachten. Ich fühlte mich schuldig, denn ich wusste, das war die Strafe, weil ich etwas Schlimmes getan hatte: Ich hätte nicht weinen dürfen. Jahre später verschwand das alles hinter einer dichten Nebelwand, ich hätte nicht mit Sicherheit sagen können, ob das Erlebte ein Traum oder Realität gewesen war. Doch jetzt, nachdem sich der Nebel gelichtet hatte, war mein Blick glasklar, aber schmerzhaft.

Gerd besuchte mich jeden Abend, er gehörte zur Familie. Ständig sagte er mir, dass er mich liebte. Er überschüttete mich geradezu mit seiner Liebe. Er liebte mich abgöttisch. Derart geliebt zu werden, erfüllte mich mit Stolz. Wie hätte ich Gerd unter diesen Umständen nicht lieben können?

Immer wieder drängte mich Gerd: »Komm, lass uns mit dem Saufen aufhören.«

Irgendwann beschlossen wir, tatsächlich keinen Alkohol mehr zu trinken.

Aber so einfach war das nicht. Ich zitterte. Ich fror. Ich konnte mich nicht mehr konzentrieren. Heimlich nahm ich Tabletten, dann fiel es mir leichter, nicht zu trinken, und ich kiffte noch öfter. Meine Sehnsucht nach Betäubung war unendlich groß, viel größer als meine Liebe zu Gerd.

Einmal sagte mein Freund zu mir: »Du hast plötzlich ganz lockiges Haar bekommen.«

Ja, es stimmte, meine langen braunen Haare hatten mit einem Mal unzählige kleine gekräuselte Locken.

Ich sagte: »Das kommt bestimmt vom vielen Kiffen.«

»Quatsch«, behauptete Gerd, »das kommt von den Hormonen. Bei Frauen kommt doch alles von den Hormonen.«

Sofort argwöhnte ich, dass er mehr von Frauen verstand, als er mir gegenüber vorgab. Wusste er, wie man mit einer Frau schlief, wollte sein Wissen aber vor mir geheimhalten?

»Weißt du was?«, sagte Gerd mit einem verliebt dämlichen Blick. »Ich nenne dich ab jetzt Löckchen, mein wunderschönes Löckchen.«

»Aber ich heiße Hannah«, protestierte ich, »und ich bin alles andere als wunderschön.«

»Ach Löckchen, für mich bist du wunderschön.«

Sofort konterte ich: »Jetzt habe ich dich ertappt. Du hast

gesagt, für dich bin ich wunderschön, für alle anderen aber bin ich hässlich.«

»Quatsch Löckchen, du bist wunderschön.«

»Bin ich nicht«, beharrte ich.

Mein Freund wollte mich küssen, aber ich wollte mich viel lieber weiter mit ihm streiten, sonst käme er gleich wieder auf die Idee, mit mir schlafen zu wollen.

Gerd bekam seine Einberufung zur Bundeswehr.

»Wie kann man da nur hingehen? Warum verweigerst du nicht?«

Doch Gerd freute sich sogar aufs Schießen, ich konnte ihn nicht verstehen.

Jetzt sahen wir uns nur noch an den Wochenenden, die wir meist zugekifft verbrachten.

Einmal hatten wir schon mehrere Joints geraucht, als ich auf die Idee kam, einen Mikrotrip zu werfen. Obwohl Gerd nicht mit auf Trip gehen wollte, bestand ich darauf, es allein durchzuziehen. Ich legte mir einen Mikrotrip auf die Zunge, danach machten wir es uns auf dem Bett bequem und hörten Musik. Ich wartete auf die Wirkung, aber nichts geschah. Nach zwei Stunden wurde mir speiübel. Ich saß vor der Toilette und versuchte, mich zu übergeben. Aber ich schaffte es nicht, zu kotzen.

Als ich zurückkam, fragte Gerd: »Ge di be er? Ko le i in?«

Was war das? Wurde ich verrückt? Ich war mir sicher: Ich würde sterben! Ich hatte einen Horrortrip. Ich wusste, ich musste mich auf den Trip einlassen, dann hätte ich vielleicht noch die Chance, dass sich der Trip ins Positive wandelte. Aber ich hatte zu viel Angst, die Kontrolle abzugeben.

Erst einmal zuvor hatte ich auf der Drogenwiese zusammen mit dem Kleindealer Theo einen Mikrotrip eingeworfen. Auch das war kein schönes Erlebnis gewesen. Ich hatte mich auf grelle Farben gefreut, die ineinanderflossen, stattdessen war alles grau in grau, außerhalb und in mir. Ich fühlte mich, als hätte mich jemand in hohe Wände eingemauert. Theo hingegen war gut drauf, er wollte runter an den Rhein, Schiffe gucken. Ich stand auf der obersten Treppe, konnte mich jedoch keinen Zentimeter von der Stelle bewegen. Die Treppenstufen schienen meterweit voneinander entfernt zu sein. Wie um Himmels willen sollte ich diese Distanz überwinden? Ich hatte Angst, große Angst. Theo redete ruhig auf mich ein, aber ich konnte nicht verstehen, wieso er von mir verlangte, dass ich mich freiwillig diesen unendlich tiefen Abgrund hinunterstürzen sollte. Er versuchte, meinen Fuß zu nehmen, um ihn auf die nächste Treppenstufe zu setzen. Aber ich wehrte mich mit allen Kräften dagegen. Niemals würde er mich dazu bringen. Niemals! Ich wollte nicht sterben. Theo gab auf und wir setzten uns auf die oberste Treppenstufe. Aber noch immer hatte ich Angst vor diesem Abgrund, ich konnte nicht nach unten sehen. Mit beiden Händen krallte ich mich an Theo fest, damit ich nicht hinunterfiel. Irgendwann holte Theo mehrere *Valium* aus seiner Jackentasche, die er mir in den Mund steckte.

Danach verkündete er mir, dass er nie wieder mit mir zusammen auf Trip gehen werde. »Hannah, du bist der totale Abturner.«

Jetzt dachte ich, ich hätte das mit dem Trip besser sein lassen sollen, denn ich war nicht bereit, die Kontrolle abzugeben. Auch dieser Trip weitete sich zu einem Horrortrip aus. In einer Sekunde war ich voll da, im nächsten Augenblick jedoch völlig weggetreten, um dann wieder aufzutauchen. Ich verlor mein Bewusstsein in Intervallen. Ich löste mich auf. Ich hob ab. Ich flog weg.

Immer öfter dachte ich: Ich werde sterben. Inzwischen hörte ich alles, was Gerd sagte, nicht nur in Wortfetzen, sondern auch mit einem Echo. Ich wollte den Trip genießen, aber das Gegenteil war der Fall. Alles ängstigte mich.

»Wa wa wa wa wa ha ha ha ha u u u u?«

Das Leben kam und ging in Wellen, jedes Geräusch hallte sekundenlang nach. Ich wollte schreien, aber ich konnte nicht. Ich bekam keinen Ton heraus. Ich dachte in In-ter-vall-en.

Alles ging und kam, wie Ebbe und Flut. Die Welt war eine große Welle. Ich war mir sicher: Diese Welle schwillt meterhoch an und wird mich unter sich begraben. Ich werde ertrinken. Ich werde sterben.

Die ganze Welt drehte sich. Mir war speiübel. Gerd bestand darauf, dass ich mich erbrechen sollte. Ich konnte nicht. Er flößte mir Milch mit Butter ein, weil er mal gelesen hatte, davon müsse man auf jeden Fall kotzen. Mir schmeckte die Milch mit Butter. Literweise flößte er mir das weiße Gebräu mit den großen gelben Fettaugen ein. Ich trank und trank. Es schmeckte mir, fast so gut wie Vanillesoße. Ich liebe Vanillesoße. Ich umarmte die Kloschüssel, steckte mir den Finger in den Hals. Nichts. Ich werde sterben. Garantiert!

Stunden vergingen, ohne dass ich mich besser fühlte. Gerd bekam Schiss, packte mich ins Auto und fuhr mit mir zum Notarzt.

Mein Freund versuchte, dem Arzt die Situation zu erklären.

»Das darf doch nicht wahr sein? Sind wir hier in New York? Nehmen die Jugendlichen jetzt schon auf dem Dorf Rauschgift? Eigentlich müsste ich jetzt die Polizei verständigen. Ja, das wäre sogar meine Pflicht, Sie anzuzeigen.«

Er gab uns ein Rezept. In der Bereitschaftsapotheke lösten wir es ein. Zu Hause lasen wir den Beipackzettel, auf dem stand, dass man das Medikament auf keinen Fall zusammen mit Halluzinogenen einnehmen dürfe, weil es die Wirkung verstärken könne.

»Verdammter Viehdoktor«, sagte ich.

Dieser Arztbesuch hatte mich etwas runtergebracht. *Valium*! Ich nahm mehrere *Valium* meiner Mutter. Warum hatte ich mich nicht zuvor daran erinnert? Das hätte mir vor dem Arztbesuch einfallen sollen. Langsam, ganz langsam, stieg ich aus diesem Horrortrip aus.

Die meisten Wochenenden verbrachten Gerd und ich zusammen. Am liebsten übernachtete ich bei Gerd, wenn seine Eltern übers Wochenende verreist waren. Dann hatten wir sturmfreie Bude und nahmen die gesamte Wohnung in Beschlag. Zum Mittagessen kochten wir Paprika-Schnitzel, Kartoffeln und Salat, zum Nachtisch rauchten wir einen Joint.

Einmal zeigte mir seine Mutter, vor ihrer Abreise, wo das Bügelbrett stand, und legte mir ans Herz, die Bundeswehrklamotten für Gerd zu bügeln.

Ich glaube, ich spinne, dachte ich. Wieso sollte ich dem die Klamotten bügeln? Konnte der das nicht selbst? Bügeln war mir schon immer ein Gräuel.

Ich weiß nicht, warum ich dann doch das Bügelbrett aufstellte, vielleicht, weil ich Ehefrau spielen wollte. Aber der störrische Kampfanzug verdarb mir mein Spiel, den bekam ich einfach nicht glatt. Da hatte ich genug vom Ehepaar-Spiel.

Ich schrie Gerd an: »Mensch, bügle deinen Scheiß doch selbst. Bin ich deine Dienerin oder was?« Ich knallte das Bügeleisen mit voller Wucht auf das Bügelbrett.

»Was ist denn los?« Gerd sah mich fassungslos an, in

seinem Gesicht machte sich wie so oft dieses mir bekannte Fragezeichen breit.

Ich war sauer, auf ihn, auf mich, auf alles. Und genervt dachte ich an die Stoßerei heute und morgen, um die ich nicht herumkommen würde, und die ich auch noch schön finden sollte. Zu Beginn hatte ich beim Geschlechtsverkehr mit Gerd zwei- oder dreimal einen Orgasmus, als ich ihn dazu bringen konnte, mich vorher zu erregen. Aber jetzt war alles nur noch eine endlose Stoßerei, die ich hasste. Gerd kam immer gleich zur Sache. Er steckte seinen Schwanz jedes Mal sofort in meine brottrockene Scheide und dann begann die Tortur. Immer lag er auf mir wie ein Stein, und ich lag unter ihm wie ein Brett. Ich dachte nur immer: Hoffentlich ist er bald fertig. Gerd kam nicht auf die Idee, mich zu fragen, ob ich auch einen Orgasmus hatte. Vermutlich dachte er, dass der bei Frauen automatisch kam. Womöglich interessierte ihn das auch gar nicht. Nach dem Bumsen kam ich mir benutzt vor, wie eine klebrige, schmutzige Tasse. Aber ich konnte den Schmutz nicht abwaschen. Es war meine Pflicht, das über mich ergehen zu lassen. War es das allen Ernstes? Warum? Ich begann, mich in alle erdenklichen Krankheiten zu flüchten, um dieser Stoßerei zu entgehen. Mal hatte ich Kopf-, mal Bauchschmerzen, und zum Glück hatte ich ja alle vier Wochen meine Menstruation.

Manchmal musste ich an diesen Jacko von der Drogenwiese denken, wenn ich mit Gerd schlief. Ich stellte mir dann vor, wie es wäre, mit Jacko zu vögeln. Und das, was ich in meinen Tagträumen sah, gefiel mir, es war wild, leidenschaftlich und unanständig. Wenn ich mich selbst befriedigte, was ich oft tat, dachte ich niemals an Gerd, aber immer öfter an Jacko.

Vor zwei Jahren hatte sich meine Mutter dieses Buch über Rauschdrogen gekauft. Ich hatte das Buch natürlich heimlich gelesen und damals schon eine Menge ausprobiert. Erst nahm ich alle Tabletten, die mit Namen genannt waren, dann startete ich die Versuche mit natürlichen Drogen. In dem Buch stand, dass Muskatnuss einen Rausch erzeugen würde. Ich kaufte mir Muskatnüsse, rieb sie und aß das Pulver. Es schmeckte fürchterlich. Ich hatte große Angst, da in dem Buch stand, dass die toxische Wirkung nah bei der Rauschwirkung liege. Außer, dass ich Muskatnuss danach nicht einmal mehr riechen konnte, brachte mir dieser Versuch nichts ein. Ein anderes Mal aß ich die zitronengelben Blüten des Goldregens. Aber ich war mir nicht sicher, ob ich die Blüten oder die Samen essen musste, um einen Rausch zu bekommen. Außerdem wurde in dem Buch auf die Gefährlichkeit hingewiesen. Ich rauchte geröstete Bananenschalen, im Wald suchte ich nach Bilsenkraut und Tollkirschen.

Jetzt fiel mir beim Aufräumen dieses Buch wieder in die Hände. Vom Arzt hatte ich wegen einer Bronchitis ein starkes Mittel mit Codein verschrieben bekommen. Im Drogenaufklärungsbuch las ich, dass Codein ein Opium-Alkaloid sei. Ich probierte sofort eine Überdosis aus und war begeistert. Das Codein zauberte eine wohlig wattige Wärme in meinen Bauch, heiße Wallungen durchströmten meinen Körper. Mit Codein fühlte ich mich zufrieden und ausgeglichen. Codein machte mich glücklich.

Als ich die Flasche geleert hatte, ließ ich mir das Mittel erneut vom Hausarzt verschreiben. Danach besorgte ich mir auf den Namen meiner Mutter starke Codeintabletten. Gerd bekam von all dem nichts mit. Seit wir mit dem Trinken aufgehört hatten, nahm ich immer häufiger Tabletten und steigerte meine Dosis ständig. Meist ließ ich mir Tabletten vom Hausarzt verschreiben, sehr oft kaufte ich mir in der Apotheke zudem freiverkäufliche Medikamente. Wenn wir Haschisch in einer Drogenkneipe kauften, deckte ich mich zusätzlich bei dem Dealer heimlich mit Pillen ein.

Gerd drängte mich schon seit einiger Zeit, er wolle sich unbedingt mit mir verloben. Am liebsten hätte er mich gleich geheiratet. Er wollte mich für sich allein haben, er wollte mich besitzen. Diese Verlobungsidee begeisterte mich nicht sonderlich. Aber ich hatte mich an Gerd gewöhnt. Ein Leben ohne ihn konnte ich mir nicht mehr vorstellen. Und es war schön, geliebt zu werden. Natürlich schmeichelte es mir, dass Gerd mich so sehr liebte, dass er sich mit mir verloben wollte. Also warum sollte ich mich verweigern? Gerd suchte das Gespräch mit meinen und seinen Eltern. Ich sprach mich gegen eine Verlobungsfeier aus, denn ich ahnte bereits, dass unsere Beziehung nicht allzu lange halten werde. Dann war es so weit.

Diese Verlobung war nur wieder ein Spiel. Wir spielten Mann und Frau. Gerd und ich, wir waren schon seit langer Zeit ein alterndes Ehepaar, zusammengeschweißt durch die Gewohnheit. Mit Gerd zusammen, das bedeutete Alleinsein zu zweit. Seit dem Beginn unserer Beziehung spürte ich dieses Gefühl der Einsamkeit. Ich ging mit Gerd spazieren. Da war es! Ich lag neben ihm im Bett. Da war es! Ich schmuste mit ihm. Da war es! Immer nahm ich dieses Gefühl wahr. Dieses Gefühl, das mir sagte, dass irgendetwas in unserer Beziehung fehlte. Dieses Gefühl, das mich frieren ließ. Dieses Gefühl, für das ich mich so sehr schämte. Denn ich hätte Gerd gerne genauso geliebt, wie er mich liebte. Gerd sah gut aus, war ein toller Mensch und ein lieber Kerl. Was wollte ich mehr? Warum gab ich mich nicht mit dem zufrieden, was ich hatte?

Dann musste Gerd ins Manöver, mehrere Wochen verbrachte er bei der Bundeswehr. Zuerst saß ich allein zu Hause und schluckte meine Pillen. Plötzlich bemerkte ich, dass ich mich ohne Gerd weniger einsam fühlte. In der Kleinstadt, in der ich die Berufsfachschule besuchte, lernte ich Leute kennen, die eine Teestube eröffnen wollten. Ich schloss mich ihnen an. Und zum ersten Mal fühlte ich mich selbstständig. Wenn ich mit den Leuten vom Teestuben-Treff spielte und lachte, dann fehlte mir nichts. Sobald ich allein auf meiner Strohmatte saß, mit einem Gedichtband japanischer Haiku, daneben eine Kanne dampfender grüner Tee, dann fehlte mir nichts, ich besaß alles, was ich brauchte. Dann fühlte ich mich glücklich.

Immer wieder stellte ich mir die Frage: War ich jemals in Gerd verliebt gewesen? So verliebt wie in diesen Jacko, den ich gar nicht kannte? Nein, ich war niemals in Gerd verliebt gewesen. Er war da und es war bequem, mit ihm zusammen zu sein, aber ich liebte ihn nicht. Ich mochte Gerd gut leiden, er fungierte als guter Freund und Kumpel. Aber das reichte mir nicht mehr. Und dann diese Einsamkeit. Noch niemals war ich so allein gewesen wie in der Zeit, zusammen mit Gerd. Meine Einsamkeit, die ich schon zuvor gefühlt hatte, potenzierte sich in der Beziehung zu ihm um ein Vielfaches. Wir waren zusammen allein. Sollten wir heiraten, dann wären wir für immer zusammen allein. Ich hielt diese einsame Zweisamkeit keinen Tag, keine Stunde, keine Minute mehr aus. Ich wollte leben, endlich. Und ich wollte lieben, endlich. Es musste etwas geschehen. Aber was? In Gedanken versunken sortierte ich die Schallplatten von Gerd, seine Kleidungsstücke und die Verlobungsgeschenke seiner Familie wie auch seiner Freunde aus. Erst nach einigen Minuten begriff ich mein Handeln. Ich sortierte ihn aus. Ich entfernte Gerd aus meinem Leben. Das war die Lösung; ich musste unsere Beziehung beenden. Gerds Habseligkeiten verpackte ich nach und nach in große Tüten.

Und von Plastiktüte zu Plastiktüte reduzierte sich mein inneres Chaos. Ich fühlte mich gut.

Gerd kam sonntags mit dem Zug, direkt vom Manöver. Mein Vater fuhr zum Bahnhof, um ihn abzuholen. Gerd betrat mein Zimmer und sah die zahlreichen Tüten, vollgepackt mit seinen Besitztümern. Er hatte sofort begriffen, raffte sein Hab und Gut, und bat meinen Vater, ihn wieder zum Bahnhof zu fahren. Meine Eltern realisierten, was sich zwischen uns abspielte. Sie begannen zu schreien.

»Die ist doch nicht ganz dicht, die ist doch plemplem«, brüllte mein Vater.

»Jetzt versackst du total«, kreischte meine Mutter.

Gerd nahm mich in Schutz, indem er versuchte, meine Eltern zu beruhigen. Er war wahrhaftig ein feiner Kerl.

»Und wir haben gedacht, ihr heiratet«, schluchzte meine Mutter.

Schade, dass ich Gerd nicht liebte. Ich fühlte mich dermaßen schlecht, wie ich mich noch nie in meinem Leben gefühlt hatte. Trotz allem war ich mir sicher, die einzig richtige Entscheidung getroffen zu haben.

7. Was wäre, wenn? – März

Zum Thema Gebärmutterhalskrebs habe ich in den letzten Wochen eine Menge Fachbücher gelesen. Ich habe mich zu einer Expertin entwickelt. Je intensiver ich mich informiert habe, umso wuchtiger steigerte sich meine Angst.

Und dann, mitten in der Nacht, taucht der Gedanke auf: Was wäre, wenn? Was, wenn ich bei der Operation sterben werde? Dann war's das. Kann das schon alles gewesen sein? Aber, wer sagt denn, dass ich sterben muss? Es ist eine Routineoperation, die dort an der Uniklinik jeden Tag stattfindet. Ich weiß, ich sollte mich beruhigen. Wissen allein jedoch sediert mich keinesfalls.

Zwei Stunden liege ich wach. Dann stelle ich mir die Frage: Was würde ich bereuen, nicht getan zu haben, sollte ich bei der Operation sterben?

Da ist als Erstes dieses Buch, schon immer wollte ich einen Roman schreiben, vielleicht alles aufschreiben, was ich als Jugendliche und junge Erwachsene erlebt habe. Wenn ich jetzt sterbe, dann wird dieses Buch niemals geschrieben werden.

Doch da ist nicht nur dieses Buch in mir, ganz tief schlummern so viele Ideen für Kurzgeschichten. Auch die würde ich nur zu gerne ausformulieren. Schon immer wollte ich das alles aufschreiben. Leider ist es bislang beim Wollen geblieben.

Und das Dritte, welches ich bereuen würde, nicht getan zu haben, sollte ich sterben, ist ein Besuch bei Jaschas Mutter. Und in diesem Augenblick beschließe ich, dass ich diese drei Vorhaben angehen werde, sollte ich die Operation überleben.

Am Morgen schlage ich die Augen auf und habe sogleich diese drei Versäumnisse meines Lebens vor Augen. Ich bin mir sicher, dass ich sie nacheinander angehen werde. Mit Jaschas Mutter werde ich beginnen. Und dann werde ich eine Kurzgeschichte verfassen. Als Nächstes werde ich dieses Buch aus der Tiefe meines Unterbewusstseins befreien und zu Papier bringen.

Nach diesem Entschluss verflüchtigt sich meine Angst und ich kann die Zeit bis zur Operation nicht mehr abwarten. Ich möchte sie möglichst schnell hinter mich bringen, um meine Vorsätze endlich in die Tat umsetzen zu können.

8. Verspätete Kostenzusage

Es war mein erster Arbeitstag in meiner neuen Praktikumsstelle in einem städtischen Kindergarten. Die beiden älteren Erzieherinnen saßen schon den gesamten Vormittag zeitunglesend am Schreibtisch. Ich spielte mit den Kindern. Jetzt sollte ich mit den lieben Kleinen nach draußen auf den Spielplatz gehen. Auch die Kinder der anderen Gruppe stürzten aus der Haustür. In diesem hektischen Gewühl stürzte ein Kind, es schlug sich das rechte Knie auf.

Ich tröstete den weinenden Jungen. »Komm, ich mach dir ein Heftpflaster drauf.«

Mit dem Kind ging ich in Richtung Gruppenraum.

Da kam die eine Erzieherin meiner Gruppe wie eine Furie auf mich zu. »Kümmern Sie sich gefälligst um unsere Kinder. Das Kind aus der anderen Gruppe geht Sie gar nichts an.«

»Aber das Kind blutet und braucht ein Heftpflaster.«

»Ich sagte doch schon, dass Sie dieses Kind nichts angeht. Um dieses Kind sollen sich gefälligst die zuständigen Erzieherinnen kümmern.«

Blöde Kuh, dachte ich. Demonstrativ führte ich das Kind in unseren Gruppenraum und klebte ihm ein Heftpflaster aus unserem Verbandskasten auf die Wunde.

Bevor ich mit meiner Ausbildung zur Erzieherin beginnen konnte, musste ich zunächst ein einjähriges Praktikum in einer sozialen Einrichtung ableisten. Ich hatte mich für einen städtischen Kindergarten entschieden.

Aber alle Vorpraktikanten der Kleinstadt, in der ich arbeitete, mussten nach einem halben Jahr rotieren. Hierzu hatte ich nicht die geringste Lust, denn die Arbeit in dem

Kindergarten, in dem ich seit einem halben Jahr mein Praktikum absolviert hatte, machte mir großen Spaß. Der Abschied war mir sehr schwergefallen, besonders von Chris, einer Erzieherin, mit der ich mich gut verstanden hatte.

Schon am zweiten Tag packte mich in dieser neuen Stelle eine trotzige Unlust. Was sollte ich dort? Auf dem Weg vom Bahnhof zum Kindergarten kam ich an einer Apotheke vorbei, die schon geöffnet hatte. In den letzten zwei Monaten hatte ich keinen Alkohol getrunken und meinen Tablettenkonsum ausschließlich auf Codeinpräparate reduziert. Ohne zu zögern, marschierte ich jetzt in die Apotheke, um mir eine Schachtel Schlaftabletten zu kaufen. Noch im Gehen drückte ich mir fünf Stück aus der Folie und schluckte sie ohne Wasser. Ein kalter Schauer lief über meinen Nacken, da war dieses eisige Gefühl im Hals, in meinem gesamten Körper kribbelte es, mein Bauch wurde weich und warm, meine Bewegungen langsamer und ich fühlte mich seelenruhig. Jetzt erschien mir alles nur noch halb so schlimm.

Nach einigen Wochen hatte sich mein Tablettenkonsum extrem erhöht. Bei unserem Hausarzt ließ ich mir wieder Rezepte auf den Namen meiner Mutter verschreiben. Da gab es nie Schwierigkeiten. Eine Woche, ein Rezept auf den Namen meiner Mutter, die nächste Woche ein Rezept für mich. Meine Mutter litt an chronischer Bronchitis und Asthma, hierdurch kam ich problemlos an große Mengen Codein heran.

Durch das viele Codein der letzten Monate hatte ich einen betonharten Stuhl. Beim Scheißen biss ich mir vor Schmerzen immer wieder in die Hand. Meine rechte Hand wies schon zahlreiche Narben auf. Endlich suchte ich

einen Arzt auf. Ich hatte Hämorrhoiden, die regelmäßig
verödet werden mussten. Hierzu stand ich in einer Schlange mit über Siebzigjährigen. Aber ich konnte trotzdem
nicht vom Codein lassen. Lieber schluckte ich jetzt auch
noch Berge von Abführmitteln.

Morgens hatte ich keine Lust zum Aufstehen, ich kam
einfach nicht aus dem Bett. Ich wollte nicht in diesen
Kindergarten zu den beiden Giftnudeln. Da besorgte ich
mir Aufputschmittel, diese Pillen peitschten mein Blut mit
Düsenantrieb durch den Körper, dass es nur so brodelte.
Nach wenigen Minuten zeigte das Teufelszeug seine
Wirkung. Ich sprang aus dem Bett. Bevor ich das Haus
verließ, nahm ich einige Codein-Kapseln, um meinen
Kreislauf wieder halbwegs ins Gleichgewicht zu zwingen.
Jetzt fühlte ich mich gut. Ich liebte diese wattige Wärme
des Codeins. Mit meiner Tagesdosis, die ich mir schnell in
die Tasche steckte, fühlte ich mich für den Tag gerüstet.
Tagsüber schluckte ich weiter Codein und gegen Abend
fuhr ich mir eine hohe Dosis Schlaftabletten ein. Alkohol
trank ich zu dieser Zeit keinen.

Ab und zu versuchte ich, den Tag ohne Pillen zu überstehen, aber das war verdammt schwer. Schon morgens kam
ich nicht aus dem Bett.
Mehrmals nahm ich meinen ganzen Mut zusammen und
verließ morgens ohne meine Tablettendosis das Haus. Ich
hatte Angst. Alle Menschen sahen mich an. Was wollten
die von mir? Ich zitterte, konnte mich nicht richtig konzentrieren. Ohne Tabletten fühlte ich mich völlig hilflos
und ausgeliefert. Schon im Zug betete ich, dass die Apotheke gegenüber dem Krankenhaus geöffnet hatte. An
dieser Apotheke kam ich einfach nicht vorbei. Ich stürzte
hinein und verlangte mit zittriger Stimme meine Tabletten,

nahm zehn Stück wie Bonbons. Schlagartig ging es mir besser. Jetzt war die Angst verschwunden, und ich machte mich auf den Weg in den Kindergarten.

Seit drei Monaten hortete ich Berge von Pillen, Tropfen und Kapseln in meinem Kleiderschrank. Immer saß mir die Angst im Nacken, der Nachschub könnte versiegen. Vielleicht sagt der Hausarzt zu meiner Mutter: Ich habe Ihnen doch schon zu Beginn der Woche eine Packung dieses Medikaments verschrieben, oder der Arzt will von meiner Mutter wissen, warum sie dermaßen viel Codein einnimmt. Immer diese Angst, meine beste Tablettenquelle könnte austrocknen, denn die rezeptfreien Medikamente waren nicht so stark in ihrer Wirkung. War ich tabletten-abhängig? Ja, ich wusste, dies entsprach der Wahrheit. Allein konnte ich aus diesem Karussell der Sucht nicht mehr aussteigen. Es drehte sich schon wieder viel zu schnell. Ich brauchte jemanden, der dieses Karussell anhielt.

In der Stadt, in der ich immer die Drogenwiese besuchte, existierte eine Drogenberatungsstelle mit einem guten Ruf. Das hatte mich Theo, mein früherer Kleindealer, wissen lassen. Bei dieser Beratungsstelle rief ich jetzt an und bekam einen Termin für nächste Woche.

Conny, die Leiterin der Beratungsstelle, war leider schon in ein anderes Gespräch vertieft. Ein Sozialarbeiter mit Bierbauch schob mich in ein Nebenzimmer. Ich erzählte ihm von meinem bisherigen Alkohol- und Drogenkonsum und ging dann auf meine augenblickliche Tablettenabhän-gigkeit ein. Er schien zunächst ratlos. Dann gab er mir ein Informationsblatt der Anonymen Alkoholiker. Ich sagte ihm, dass ich schon seit Monaten keinen einzigen Tropfen Alkohol mehr getrunken hätte.

Plötzlich hatte er einen Einfall, von dem er sich selbst

überaus begeistert zeigte. »Die AA haben ja auch eine Tablettengruppe, dort kannst du hingehen.«

Er schrieb mir die Nummer auf, nach wenigen Minuten stand ich wieder vor der Tür.

Am Abend rief ich bei der Telefonnummer an, die er mir gegeben hatte. »Ach ja, die Tablettengruppe, die findet schon seit sechs Monaten nicht mehr statt, weil alle Leute wieder rückfällig geworden sind.«

Ich hätte schreien können.

Scheiß Sozialarbeiter! Speiste mich dieser Typ einfach mit einer Nummer von einer Gruppe ab, die seit einem halben Jahr nicht mehr existierte. Das durfte doch nicht wahr sein! Eine einfache und schnelle Beratung.

Ich warf mich auf mein Bett und flennte das Kissen nass. Mit einem Sack voller Hoffnung hatte ich mich in diese Beratungsstelle gequält. Wie konnte ich nur glauben, dass ich dort Hilfe bekommen würde? Ich ärgerte mich über mich selbst.

Mit den beiden älteren Erzieherinnen in der Kindergruppe kam ich überhaupt nicht klar, selbst dann, wenn ich mir größte Mühe gab. Auch die Arbeit mit den Kindern bereitete mir große Schwierigkeiten. Wenn ich ausschließlich Codein geschluckt hatte, fühlte ich mich euphorisch, dann machte mir die Arbeit mit den Kindern besonders viel Spaß. Manchmal mixte ich zu viele verschiedene Pillen, weil ich nicht ausreichend Codein zur Verfügung hatte, oder ich schluckte morgens eine zu hohe Dosis Aufputschmittel, dann bekam ich Herzflattern und war extrem nervös. Die kleinen Scheißer verwandelten sich in nervige, unausstehliche Monster, die mir auf der Nase herumtanzten. Am liebsten hätte ich sie in diesem Augenblick alle gegen die Wand geklatscht.

An einem Tag arbeitete ich allein mit den Kindern. Ich hatte schon morgens zahlreiche Pillen eingeworfen, war hektisch und nervös. Alle Kinder der Gruppe hatten sich seit einer Stunde in kleine Monster verwandelt. Ich tobte. Ich schrie. Ich drohte. Ohne Erfolg. Plötzlich begann mein Herz, wie wild zu rasen. Ich setzte mich, mir wurde schwarz vor den Augen. Ich zitterte am ganzen Körper, Panik erfasste mich: Ich werde sterben, hier in der Gruppe, vor den Kindern. Mein Herzrhythmus schlug Purzelbäume. Ich dachte: Gleich wird mein Herz aufhören, zu schlagen.

Marcel legte sein kleines Patschhändchen auf meinen Arm. »Hannah, gehst du jetzt tot? Kommst du dann in den Himmel?«

Ich musste Hilfe holen, sonst ging ich tatsächlich tot. Mit letzter Kraft schleppte ich mich in die Nachbargruppe und teilte der Erzieherin mit, dass ich mich krank fühlte. Im Personalraum legte ich mich auf die Liege. Jemand klopfte an die Tür, die Abteilungsleiterin, Frau Pauly kam herein. Sie fühlte mir den Puls.

»Ich werde einen Krankenwagen rufen.«

»Nein, nein, nein, so schlimm ist es nicht. Mir ist nur etwas schlecht geworden. Ich muss mich nur fünf Minuten ausruhen.«

Mit Mühe konnte ich sie davon überzeugen, dass es mir schon wieder besser ging.

Seit diesem Vorfall hatte ich immer Tabletten für den Notfall dabei.

Morgens Uppers und Codein, mittags Codein, nachmittags und abends Downers. Mir war bewusst, dass ich das nicht lange aushalten konnte. Mein Körper streikte, er machte das nicht mehr mit.

Es musste etwas geschehen. In einer Buchhandlung fiel mir ein Buch über die Free-Clinic Heidelberg in die Hände.

Ich hatte schon einiges von dieser Einrichtung gehört und kaufte mir das Buch. Begeistert las ich darin, langsam schöpfte ich wieder neuen Mut. Bestand die Möglichkeit, dass ich dort die Hilfe bekam, die ich brauchte?

An einem Montag Anfang Mai meldete ich mich morgens krank und fuhr mit dem Zug weiter nach Heidelberg. Vom Bahnhof aus lief ich in die Innenstadt zur Brunnengasse. Dann stand ich vor dem großen alten Gebäude, in dem sich die Free-Clinic befand. Ohne zu zögern, öffnete ich die Tür.

Das Wartezimmer sah aus wie das Wohnzimmer einer alternativen WG, gemütliche Möbel vom Sperrmüll, auf dem Tisch stand eine große Kanne dampfender Pfefferminztee. Außer mir saßen noch drei Leute im Wartezimmer: ein schwangerer Teenie und zwei junge Typen, die wie Junkies aussahen. Hier war ich richtig.

In der Praxis saß ich dann einer Frau gegenüber, die mir aufmerksam zuhörte.

»Am besten besprichst du dich mal mit Patty.«

Patty, eine schöne, selbstbewusste Engländerin mit einem sexy Akzent, sagte: »Hast du schon mal überlegt, eine Langzeittherapie zu machen?«

»Ich weiß nicht. Wie lange dauert denn so eine Langzeittherapie?«, wollte ich wissen.

»So ein bis anderthalb Jahre.«

Ich erkundigte mich: »Und wie lange wird es dauern, bis ich dorthin komme?«

»Na ja, so zehn Wochen. In der Zwischenzeit könntest du in der Free-Clinic einmal in der Woche eine Stunde Musiktherapie bei Fred machen.«

»Hm ...«

»Du kannst dich, wenn du magst, mit den Ordnern ins Nebenzimmer setzen und dich über die Langzeittherapien mit ihren jeweiligen Konzeptionen informieren. Ich rufe inzwischen bei der Drogenberatung an, dort vereinbare ich einen Termin, die Sozialarbeiter werden die Kostenübernahme für deine Therapie klären.«

Mit mehreren dicken Ordnern verzog ich mich ins Nebenzimmer. Langzeittherapie! Ich dachte: Ja, wahrscheinlich bietet sich dies als einziger Ausweg an, wenn ich ernsthaft mit den Tabletten aufhören will. Ich brauchte Hilfe, ich musste von zu Hause weg. Aber ich hatte Angst vor einer Therapie. Im Fernsehen hatte ich verschiedene Sendungen darüber gesehen. In einer Dokumentation hatten ehemalige Drogenabhängige geschrien und gewimmert. In einer anderen Reportage sagte der Therapeut eines Therapiezentrums: »Zuerst muss die Drogenpersönlichkeit völlig zerstört werden, dann bauen wir den Klienten wieder neu auf.« Ich wollte nicht schreien. Ich wollte nicht zerstört werden. Ich wollte auch nicht wieder neu aufgebaut werden. Patty hatte gesagt, es gäbe viele verschiedene Therapieformen und in der Drogenberatung werden sie schon die richtige Therapie für mich finden.

Der Termin mit der Drogenberatungsstelle wurde auf nächsten Montag festgelegt. Ich sollte zuerst in die Free-Clinic zu Patty kommen, sie wollte mich dann zur Drogenberatung begleiten.

Zum Abschied sagte Patty noch: »Am Wochenende findet in unserer WG ein Gartenfest statt. Wenn du magst, kannst du gerne kommen, du kannst auch übernachten bei uns.« Patty gab mir ihre Telefonnummer und ihre Adresse. Ich fühlte, dass sie diese Einladung ernst gemeint hatte. Ich hätte die Einladung gerne wahrgenommen, aber ich traute mich nicht. Was sollte ich dort bei den vielen fremden Menschen? Aber ich freute mich darüber, dass sie mich eingeladen hatte.

Am nächsten Montag nahm ich offiziell einen Tag Urlaub und fuhr nach Heidelberg. Faktisch hätte Patty mir ja nur die Adresse der Drogenberatung geben können, aber jetzt begleitete sie mich wie eine Mutter in die Beratungsstelle. Ich freute mich darüber, dass sie mitkam, zu ihr hatte ich Vertrauen.

In der Drogenberatung kochte Sarah, die für mich zuständig war, erstmal eine Kanne Kaffee. Schade, dass Patty nicht meine Bezugsperson bleiben konnte.

Patty sagte, in der Zeit bis zur Therapie sollte ich meinen Drogenkonsum so weit wie möglich reduzieren. Nach einer halben Stunde verließ sie die Beratungsstelle, ich blieb mit Sarah allein.

»Schreib zuerst einmal deine Drogenkarriere auf, die brauchst du für die Therapiebewerbung.«

Drogenkarriere. Was für ein Wort! Politiker machen Karriere, Frauen machen Karriere, Drogenabhängige machen also auch Karriere. Ich musste über das Wort lachen, es klang zynisch. Wenigstens hatte ich schon Karriere gemacht.

Ich wusste nicht, was ich schreiben sollte. Sarah notierte mir einige Stichpunkte. Dann nahm ich die Notizen, einen Kugelschreiber, mehrere leere Blätter und ließ mich im Nebenraum nieder.

Wann hatte meine Drogenkarriere begonnen? Mit vierzehn Jahren, mit dreizehn Jahren oder mit neun, als ich meinen ersten Rausch hatte oder schon mit meiner Geburt?

Diese weißen Blätter, die vor mir lagen, sahen rein aus, blank und sauber. Dieses Papier sollte ich jetzt mit meiner Drogenkarriere besudeln.

Ich schrieb die üblichen Daten, mit denen jeder Lebenslauf beginnt, das schien am einfachsten. Doch was sollte ich jetzt schreiben? Ich musste ehrlich sein, sonst bekam ich keinen Therapieplatz, darüber war ich mir im Klaren.

Ich beschloss, alles aufzuschreiben, was ich in Bezug auf Alkohol und Drogen erlebt hatte. Ich begann mit meinen ersten Alkoholerfahrungen und protokollierte die Zeit, in der ich jeden Tag Alkohol trank. Ich berichtete über die Zeit, als ich die Lösungsmittel schnüffelte, dann hielt ich meine Drogenversuche und meinen Tablettenkonsum fest. Ich beschrieb, welche Drogen ich wann, wie lange genommen hatte. Aber es fehlte noch etwas: Warum wollte ich eine Therapie machen?

Ich wollte eine Therapie machen, weil ich diese Abhängigkeit von Drogen nicht mehr aushielt, weil ich so nicht mehr weiterleben wollte, weil ich am Ende war, weil ich meine einzige Chance in einer Therapie sah. Ich schaffte es nicht mehr allein, ich wusste, dass ich Hilfe von anderen Menschen annehmen musste.

Ich hatte fast drei Seiten beschrieben. Sarah staunte. Wir verabredeten uns für nächsten Montag.

Jetzt ging ich noch einmal in die Free-Clinic.

Als ich dort ankam, war es kurz nach eins. Fred wartete schon auf mich. Die erste Stunde Musiktherapie hatte überhaupt nichts mit Musik zu tun, dafür eine Menge mit Therapie. Wir unterhielten uns.

Ich sagte: »Das ist aber komisch.«

»Was ist komisch?«, konterte Fred. »Komisch, das ist doch kein Wort, komisch gibt es nicht. Was meinst du damit?«

»Komisch, ich weiß gar nicht, was komisch ist.« Wir mussten beide lachen.

Ich verstand, was Fred mir sagen wollte.

Als ich *man* sagte, fuhr Fred mich an: »Wer ist man? Wen meinst du damit? Dich, mich oder alle?«

Das ist Therapie, dachte ich. Genauso werden es die

Psychologen und die Ex-User in der Langzeittherapie machen.

Ich musste mit der Abteilungsleiterin der Kindergärten, Frau Pauly, sprechen, sonst bekam ich montags keinen Urlaub mehr, die eine Erzieherin hatte schon etwas in der Art angedeutet, als ich sagte, dass ich am nächsten Montag wieder Urlaub nehmen wolle.

Ich rief Frau Pauly an. Sie zitierte mich umgehend in ihr Büro. Ohne große Umschweife gestand ich ihr meine Tablettenabhängigkeit und dass ich eine Langzeittherapie beginnen werde. Ich erzählte ihr auch, dass ich jeden Montag nach Heidelberg fahren möchte, weil dort in der Drogenberatung die Kostenübernahme für die Therapie geregelt werde und dass ich bis zum Beginn der Langzeittherapie an einer Musiktherapie in der Free-Clinic teilnehmen konnte. Da ich noch keinen Jahresurlaub genommen hatte, bekam ich von ihr die Genehmigung, meinen gesamten Urlaub auf die kommenden Montage zu verteilen.

Erleichterung machte sich in mir breit. Ich dachte: Ab jetzt wird mein Leben in eine andere Richtung verlaufen. Alles wird sich ändern. Alles wird gut.

Ich freute mich auf die Wochenanfänge in Heidelberg.

Meinen Eltern erzählte ich nichts von diesen regelmäßigen Fahrten. Das Haus verließ ich um die gleiche Zeit wie immer, in der Kleinstadt stieg ich um in den Zug nach Mannheim, von dort aus fuhr ich weiter nach Heidelberg.

Vom Bahnhof aus schlenderte ich gemütlich in die Altstadt. Ich liebte Heidelberg.

Die Musiktherapie bei Fred machte mir großen Spaß. Wir spielten Gitarre und sangen, manchmal korrigierte Fred englische Texte von Liedern, die ich selbst geschrieben hatte. Manchmal unterhielten wir uns die ganze Zeit.

Es kam auch vor, dass Fred keine Zeit hatte, dann saß ich im Wartezimmer der Free-Clinic, hörte Musik und trank Tee. In einer Ecke stand ein Besen, manchmal kehrte ich damit das Wartezimmer aus. Einmal war der Boden verschmutzt, da besorgte ich mir einen Eimer mit Wasser und einen Schrubber, damit wischte ich den Boden sauber.

Nach dem Besuch in der Free-Clinic schlenderte ich zum Neckar runter und stattete Sarah in der Drogenberatungsstelle einen Besuch ab. Meine Drogenkarriere war zunächst an zwei Therapieeinrichtungen geschickt worden.

Jetzt musste ich abwarten. Sarah meinte, ich solle mir nicht allzu große Hoffnungen machen. Es gab zu wenige Therapieplätze und meistens würden nur Junkies aufgenommen.

»Wenn die mich nicht nehmen, kann ich ja auch noch mit dem Drücken anfangen«, schlug ich vor.

In der Free-Clinic und in der Drogenberatung fühlte ich mich wohl. Dort behandelte man mich wie einen normalen Menschen. Für den Diakon bei meinem ersten Besuch in einer Beratungsstelle war ich in erster Linie eine Akte, wie ein Pfarrer von der Kanzel predigte er zu mir, von oben herab. Der Sozialarbeiter in der zweiten Beratungsstelle sah mich als ein lästiges Problem an, das er schnell wieder loswerden wollte. Die Leute in der Free-Clinic sowie in der Drogenberatung zeigten Spaß an ihrer Arbeit, sie strahlten Kompetenz aus. Auch sie waren mitnichten Supermänner und -frauen, im Gegenteil, sie zeigten ihre Schwächen, sie waren menschlich, das machte sie mir so sympathisch. Für sie stellte ich keine Akte dar, kein Problem, ich war ein Mensch, der in dieser augenblicklichen Situation Hilfe brauchte. Und sie halfen mir, sie setzten sich für mich ein.

Ich wollte unbedingt eine Therapie machen und konnte es kaum erwarten, bis die Antworten auf die Briefe eintrafen.

Langsam gelang es mir, meinen hohen Tablettenkonsum zu reduzieren. Ich nahm nur noch Codein und das in Maßen. Die Montage in Heidelberg waren meine Lichtblicke. Nachdem ich die Musiktherapie bei Fred beendet und mit Sarah in der Beratungsstelle gesprochen hatte, fuhr ich noch lange nicht nach Hause.

Heidelberg. Diese Stadt war voller Leben und strahlte doch eine tiefe Ruhe auf mich aus. Ich schlenderte durch die Altstadt und freute mich, dass ich das jetzt wieder konnte. Ich lief durch die Musikgeschäfte, mit dröhnenden Rhythmen im Hintergrund. In süßlich duftenden Teegeschäften kaufte ich mir grünen Tee. In Buchläden schmökerte ich in neuen Büchern und kaufte mir Gedichtbände mit japanischen Haiku. In einem chinesischen Laden erstand ich die gleiche blau-weiße, dünnwandige Tee-Schale, aus der ich in der Free-Clinic gerade frischen Pfefferminztee getrunken hatte.

An diesen Montagen ruhte ich in mir selbst. Ich war glücklich.

Ende April schickte mir die erste Therapieeinrichtung eine Absage. Ausschließlich Junkies fänden Aufnahme, so weit wäre ich noch nicht. Ich dachte: Jetzt muss ich doch noch mit harten Drogen anfangen.

Am nächsten Tag erhielt ich die zweite Antwort. Bei *Four-Steps* sollte ich einen Termin für ein Vorgespräch vereinbaren.

Ich hatte eine höllische Angst vor diesem Vorgespräch. In amerikanischen Filmen hatte ich des Öfteren Aufnahmegespräche bei Therapieeinrichtungen gesehen. Fünf Leute saßen auf Stühlen im Kreis; in der Mitte saß derjenige, der aufgenommen werden sollte, auf einem kleinen

Stuhl oder auf dem Boden, und wurde von allen anderen fertiggemacht. Sie ließen nicht locker, immer wieder schrien sie: »Was willst du überhaupt hier?« Zum Schluss lag derjenige, der aufgenommen werden sollte, auf dem Boden und flennte erbärmlich. Dann erst entschieden sie über seine Aufnahme. Manchmal wurden die Leute wieder weggeschickt, sie sollten wiederkommen, wenn sie so weit waren.

Was, wenn sie mich wegschickten? Was sollte dann aus mir und meinem Leben werden?

Für Anfang Mai hatte ich einen Termin mit *Four-Steps* vereinbart. Das Gespräch fand in der Drogenberatungsstelle in Pforzheim statt. Vor diesem Gespräch hatte ich große Angst, denn *Four-Steps* wollte in diesem Vorgespräch über meine Aufnahme entscheiden, es wurde als ein vorgezogenes Aufnahmegespräch durchgeführt. Auf einem Zettel hatte ich mir alles, was ich sagen wollte, notiert. Im Zug nach Karlsruhe las ich es immer wieder durch. Der Bummelzug nach Pforzheim brauchte eine Ewigkeit, aber ich hatte Zeit. Um vierzehn Uhr sollte mein Gespräch stattfinden.

Um dreizehn Uhr erreichte ich die Beratungsstelle. Da ich noch ausreichend Zeit hatte, trank ich in einer italienischen Eisdiele einen Milchshake, für einen Kaffee war ich viel zu aufgeregt. Meine Hände zitterten wie früher am Morgen. Ich dachte: In zwei Stunden werde ich wissen, ob sie mich nehmen oder nicht. Was werde ich tun, wenn sie mich ablehnen? Dann ist alles aus.

Immer noch kam ich viel zu früh in der Beratungsstelle an, die Tür war verschlossen.

Nach zehn Minuten ließ mich eine Frau herein. Ich setzte mich in den Vorraum der Beratungsstelle, ein richtiges Wartezimmer wie bei einem Arzt, mit Möbeln von *IKEA*.

Warum musste ich immer dermaßen schwitzen, wenn ich mich aufregte? Mein T-Shirt wies unter den Achseln klatschnasse Kreise auf.

Es klingelte, herein kam eine kleine schwarzhaarige Frau, die auch aufgeregt zu sein schien. Kurz darauf läutete es erneut, eine wunderschöne Blondine betrat den Warteraum, sie wurde von einer Beamtin in Uniform begleitet. Zu viert saßen wir an dem großen Holztisch und warteten.

Die schöne Blonde erzählte, dass sie im Mannheimer Knast wegen eines Apothekeneinbruchs einsaß. »Na ja, Therapie ist immer noch besser als Knast.«

Wir starrten gebannt auf die Zimmertür, als diese sich öffnete. Eine Frau rief meinen Namen. Ich fühlte, wie mein gesamtes Blut nach unten wegsackte; beim Gehen zitterten meine Knie.

Ich setzte mich auf den noch freien Stuhl. Gegenüber von mir saßen drei Leute.

»Ich bin der Psychologe. Die beiden anderen befinden sich in der vierten Phase von *Four-Steps*, sie sind Ex-User.«

»Erzähl mal, warum du bei uns eine Therapie machen willst«, forderte mich die einzige Frau auf. Sie hatte lange blonde Haare, die Schönheit und Figur eines Models.

Ich leierte alles, was ich fast auswendig gelernt hatte, herunter. Ich hatte Angst, etwas Wichtiges zu vergessen. Ich war extrem aufgeregt.

Der Ex-Junkie mit den langen braunen Spaghettihaaren unterbrach mich barsch: »He, sag mal, hast du das alles auswendig gelernt?«

Das Model wollte wissen: »Was tischst du uns denn hier auf? Du musst schon ehrlich zu dir selbst sein, wenn du willst, dass wir dich nehmen.«

Meine Angst wuchs. In meinem Kopf hämmerte es immerzu: Die nehmen mich nicht. Die nehmen mich nicht. Ich erzählte dann, dass ich alles, was ich sagen wollte, aufgeschrieben und es im Zug immer wieder durchgelesen hätte.

Der Ex-User raunzte mich an: »Warum bist du eigentlich so nervös? Du zitterst ja. Erzählst du uns hier Lügen oder was soll das alles?«

Mein Hals schnürte sich zu. Die drei gegenüber verschwammen vor meinen Augen. Ich verbat mir, loszuflennen. Nein! Jetzt nicht!

»So, und jetzt rück mal raus mit der Sprache. Was geht im Augenblick bei dir ab?«, wollte der Ex-Junkie von mir wissen und sah mir dabei mit einem durchdringenden Blick direkt in die Augen.

Ich erzählte dann von meiner Angst, die ich vor einer Absage hatte. Und dass ich in dieser Langzeittherapie meine einzige Chance sah, mein Leben zu ändern. Der Kloß in meinem Hals schwoll zu einem aufgeblasenen Ballon an. Ich zitterte am ganzen Körper, mit aller Kraft kämpfte ich gegen die Tränen an.

Nach dem Gespräch schleppte ich mich hinaus in den Vorraum und ließ mich in einen Sessel fallen.

»Na, wie ist es gelaufen?«, bestürmten mich die anderen.

Ich konnte zunächst nichts sagen, meine Kehle war wie zugeschnürt, dann presste ich – mit einer Gewissheit, die wehtat – hervor: »Die nehmen mich nicht.«

Ich war niedergeschlagen, am Boden zerstört. Die Frau aus dem Knast spielte mit dem großen Holzkugelspiel, das auf dem Tisch stand. Ich konnte nicht verstehen, wie sie jetzt, kurz vor ihrem Gespräch, die Kugeln mit ruhiger Hand in die Löcher verfrachten konnte. Lag es daran, weil sie nichts zu verlieren, sondern bloß etwas zu gewinnen hatte?

Nach wenigen Minuten öffnete sich die Tür ins Wartezimmer, der Ex-Junkie rief mich wieder herein.

»So, wir haben uns entschieden«, gab der Psychologe

bekannt. Ich hielt die Luft an.

»Du kannst die Therapie bei uns machen«, verkündete er überaus freundlich und lächelte.

Hatte ich richtig gehört? Ich konnte es nicht glauben.

Alle Anspannung fiel von mir ab. Am liebsten wäre ich den dreien um den Hals gefallen.

»Du musst noch die Kostenzusage klären, dann machen wir einen Termin aus. Vor der Aufnahme musst du zum klinischen Entzug in die Psychiatrie, dort holen wir dich dann ab.«

Ich verabschiedete mich bei jedem mit Handschlag, der Ex-Junkie lächelte mir nun aufmunternd zu und sagte: »Bis bald, Hannah! Schön, dass du zu uns kommst. Wir freuen uns auf dich.«

Ich fühlte mich überglücklich. Das Leben hatte doch noch einen Sinn. In diesem Augenblick war ich mir sicher: Alles wird gut. Ich werde es schaffen, mit den Drogen aufzuhören, dem Alkohol war ich inzwischen ja auch entwöhnt.

Bei Therapieantritt war das Vorhandensein verschiedener Bescheinigungen zwingend. Um die musste ich mich jetzt kümmern. Als Erstes benötigte ich eine Bescheinigung meines Hausarztes, dass bei mir eine Tablettenabhängigkeit vorlag. Vom Zahnarzt musste ich mir bestätigen lassen, dass meine Zähne so weit in Ordnung waren, dass ich mit großer Wahrscheinlichkeit ein Jahr lang ohne Behandlung auskommen werde. Fast alle meine Zähne waren kaputt. Ich würde vor Therapieantritt noch einiges aushalten müssen. Außerdem musste mir ein Arzt eine Einweisung in die Psychiatrie ausstellen, damit ich dort den klinischen Entzug durchführen konnte. Auch benötigte ich die Einverständniserklärung meiner Eltern zur Therapie, da ich noch minderjährig war.

Ich entschied mich, damit zu beginnen, es erschien mir
das Einfachste zu sein. Naiv dachte ich, meine Eltern
würden sich darüber freuen, dass ich endlich mit den
Drogen aufhören wollte.

Am Pfingstmontag berichtete ich meinen Eltern, dass ich
einen Platz in einem Therapiezentrum gefunden hatte. Ich
erzählte von dem Vorgespräch in Pforzheim. Das schlug
ein wie eine Bombe.

»Du spinnst doch, du hast doch nicht mehr alle Tassen
im Schrank«, schrie mein Vater mich an.

»Da gehst du nicht hin, eher bringen wir dich um«, tobte
meine Mutter. »Die spinnt doch, die hat sie doch nicht
mehr alle ...«

Ich war sprachlos. Die Reaktion meiner Eltern konnte
ich nicht nachvollziehen. Es kam mir vor, als hätte ich
einen meiner Alkohol-Filmrisse.

Jahrelang hatten meine Eltern die Augen vor meiner
Sucht verschlossen. Zuerst benahmen sie sich so, als
bemerkten sie nichts von meiner Alkoholabhängigkeit,
später wollten sie meine Medikamentenabhängigkeit nicht
sehen. Sie konnten unmöglich von all dem nichts mitbe-
kommen haben. Von den zwei Kästen Bier, die mein Vater
jede Woche kaufte, trank ich einen Kasten allein. Ich leerte
die Likör- und Schnapsflaschen in der Hausbar, brachte
den Alkoholbestand im Keller zum Schrumpfen. Im
letzten Jahr bediente ich mich immer wieder am Tablet-
tenvorrat meiner Mutter. Das alles aber war kein Thema.
Meine Eltern wollten davon nichts wissen. Sie verschlossen einfach die Augen, wie ein kleines, trotziges Kind,
welches die Augen zusammenpetzt. Was ich nicht sehe, ist
auch nicht vorhanden. Womöglich wollten sie nichts von
meiner Sucht wissen, weil sie ein Spiegelbild ihrer eigenen
Sucht darstellte. Und dann teilte ich ihnen mit, dass ich
eine Therapie machen möchte. Mit diesem Entschluss riss

ich ihre geschlossenen Augenlider mit Gewalt nach oben. Jetzt war meine Sucht eine Realität, die sie unmöglich verdrängen konnten. Denkbar, dass sich meine Eltern vor dem ängstigten, was die Verwandten und Bekannten dazu sagen würden. Mein Vater hatte sich immer eine süße Tochter zum Vorzeigen gewünscht, stattdessen konnte er jetzt sagen: »Meine Tochter absolviert eine Langzeittherapie für Drogenabhängige.«

Am nächsten Tag schlug ich meinen Eltern vor, dass ein Sozialarbeiter der Drogenberatung vorbeikommen könne.

»Der kommt hier nicht rein. Und wenn doch, dann schmeißen wir den hochkant raus. Wir sind doch keine Asozialen«, schrie mir meine Mutter entgegen.

Ich war enttäuscht von meinen Eltern, maßlos enttäuscht. In all den Jahren hatten sie mir keinerlei Hilfe angeboten, nicht einmal ein Gespräch. Und jetzt, wo ich ihre Unterstützung dringend brauchte, verweigerten sie mir diese. Andere Eltern suchen mit ihren Kindern eine Beratungsstelle auf, sie unterstützen sie, damit sie es schaffen, mit den Drogen aufzuhören.

»Eher bringen wir dich um.« Die Reaktion meiner Eltern hatte mich hart getroffen, damit hatte ich am allerwenigsten gerechnet. Ich dachte: Womöglich muss ich ihnen Zeit lassen, damit sie sich an den Gedanken gewöhnen können, dass ich eine Therapie machen werde. Wenn erst einmal die Kostenzusage vorliegt, dann wird sich alles klären.

Als Nächstes sollte mir mein Hausarzt bescheinigen, dass bei mir eine Tablettenabhängigkeit vorlag. Der Arzt war gerade zu einem dringenden Hausbesuch unterwegs. Ich brachte mein Anliegen bei seiner Frau vor, die in der Praxis mithalf.

»Es tut mir leid, aber ich kann Ihnen diese Bescheinigung nicht ausstellen. Wir wissen doch gar nicht, ob Sie tablettenabhängig sind.«

»Aber ich brauche diese Bescheinigung, sonst kann ich keine Langzeittherapie beginnen.«

»Woher hatten Sie denn die Tabletten, die Sie genommen haben?«

»Na, von Ihnen.«

»Von uns?« Betretenes Schweigen.

»Ja, ich habe alle Medikamente aufgeschrieben, die ich haben wollte, und Sie haben die Rezepte ausgestellt und Ihr Mann hat sie unterschrieben.«

Sie sah mich an, als hätte sie mich noch nie zuvor gesehen. »Sie ... Sie können die Bescheinigung morgen früh abholen.«

Das also hatte ich erledigt.

Beim Zahnarzt bekam ich das Attest nicht so problemlos. Ich erklärte ihm, dass meine Zähne möglichst schnell in Ordnung gebracht werden müssten. Das war problematisch. Ich hatte keinen Zahn im Mund, an dem der Zahnarzt nicht tätig werden musste. Gleich bei der ersten Behandlung bekam ich zwei Zähne gezogen.

Normalerweise dauerte die Zusage für die Kostenübernahme einer Therapie nicht dermaßen lange. Aber bei mir gab es Komplikationen. Da ich nur noch bis Ende Juli im Kindergarten mein Vorpraktikum ableistete, weigerte sich meine Krankenkasse, die Kosten für die Therapie zu tragen, sie versuchte, die Kostenzusage hinauszuzögern, bis ich dort nicht mehr versichert war. Die Rentenversicherung lehnte eine Kostenübernahme auch ab, da ihrer Meinung nach meine Krankenkasse hierfür zuständig sei. Das Sozialamt weigerte sich ebenfalls, eine vorläufige

Kostenzusage abzugeben, da entweder die Rentenversicherung oder die Krankenkasse als Kostenträger in Frage käme. Durch dieses Prozedere wurde ich von Schreibtisch zu Schreibtisch verschoben, eine Entscheidung blieb aus.

Sarah befand sich im Urlaub. Bert, ihr Vertreter, hatte meine Akte gelesen und schlug mir ein Gespräch in der für mich zuständigen Geschäftsstelle meiner Krankenkasse vor.

Mitte Juni traf ich mich dort mit Bert. Er war fast fünfzig Kilometer weit für dieses Gespräch gefahren. Als Erstes hielt er der Sachbearbeiterin meine Drogenkarriere unter die Nase, sie überflog diese in weniger als zehn Sekunden, bevor sie die drei Blätter in meiner Akte abheftete. Bert versuchte, ihr klarzumachen, wie wichtig eine Therapie für mich sei. Aber sie blieb hart, lediglich die Kostenübernahme für den klinischen Entzug bekam ich zugesichert.

»Aber was soll Hannah damit, ohne Kostenzusage für eine Therapie?« Bert reagierte richtig sauer. Nach einigem Hin und Her zauberte die Sachbearbeiterin einen dicken Ordner herbei.

»Das Einzige, was wir bezahlen, ist eine Therapie in einer Fachklinik für Alkoholiker. Diese Therapie dauert ein halbes Jahr.«

Auf meine Frage nach der Wartezeit für einen Therapieplatz, meinte die Sachbearbeiterin lapidar: »Die Wartezeit beträgt ein bis anderthalb Jahre.«

Bert wurde etwas laut: »Verstehen Sie das denn nicht? Hannah hat einen Therapieplatz in der Fachklinik *Four-Steps*, den sie sofort antreten kann. Sie braucht jetzt eine Therapie und nicht in einem oder zwei Jahren. Vielleicht braucht sie zu diesem Zeitpunkt überhaupt keine Therapie mehr, weil sie bis dahin schon an einer Überdosis Heroin gestorben ist. Hören Sie, die einjährige Langzeittherapie bei *Four-Steps* kommt die Krankenkasse weitaus billiger, als die Therapie in der Fachklinik für Alkoholiker, die nur ein halbes Jahr dauert. Hannah wäre dort doch fehlbelegt und außerdem diese lange Wartezeit.«

Aber es hatte alles keinen Zweck. Die Mitarbeiterin der Krankenkasse ließ sich nicht erweichen.

Bert lud mich noch im Bahnhofsrestaurant gegenüber zu einer Tasse Kaffee ein.

Ich war am Boden zerstört.

»Wir werden unsere Strategie ändern und versuchen, die vorläufige Kostenzusage über das Sozialamt zu bekommen. Hannah, es wird schon klappen«, versuchte Bert, mir wieder neuen Mut zu machen.

Auch nach insgesamt vier Monaten war die Kostenzusage für meine Therapie immer noch nicht geklärt. Mittlerweile hielt ich eine Therapie nicht mehr für zwingend notwendig, schließlich war ich im Augenblick weder tabletten- noch alkoholabhängig. Warum sollte ich also eine Langzeittherapie antreten?

Meine Eltern schienen auch dieser Meinung zu sein. Da ich inzwischen arbeitslos war, sollte ich mit einer Ausbildung beginnen. Meine Mutter übergab mir Adressen von Ärzten, die eine Ausbildungsstelle als Arzthelferin frei hatten. Ich wollte aber nicht Arzthelferin werden. Ich und Arzthelferin! Im wahrsten Sinne mein Traumberuf, da könnte ich mir meine eigenen Rezepte ausstellen.

Über meine Absicht, eine Therapie zu beginnen, verlor in unserer Familie niemand mehr ein Wort, überhaupt waren die Themen Alkohol und Drogen vollständig tabu. Sobald ich ein Gespräch darüber begann, blockten mich meine Eltern sofort ab.

Und dann, Anfang September passierte es.

Ich saß mittags am Wohnzimmertisch. Vor mir stand eine Flasche Orangenlikör. Plötzlich schmeckte ich die schwere Süße des Likörs auf meiner Zunge. Nach der langen Zeit hatte ich die Hoffnung auf eine Zusage für die Langzeittherapie aufgegeben. Was hatte ich für Gründe, nicht zu trinken? Mir fiel kein einziger Grund mehr ein.

Ich nahm die kantige Flasche fest in beide Hände.

Ja, ich wusste, diesmal gab es kein Zurück. Mir war klar, dass ich abhängig werde, wenn ich jetzt auch nur einen einzigen Schluck trank. Mir war bewusst, dass ich im Alkohol versinken werde. Ich wusste das alles. Und trotzdem.

Ich setzte die Flasche an und trank ein Drittel des Likörs, in einem Zug, ohne abzusetzen. Das Kratzen des Orangenlikörs im Hals fühlte sich an wie der feste Händedruck eines guten alten Freundes. Diesmal fing ich nicht klein an. Vom ersten Schluck an soff ich. Ich soff wie eine Besessene.

»Alkohol, du hast mich wieder. Nimm mich, nimm alles, was ich habe. Nimm mein Leben, es ist nicht mehr viel wert.«

Zwei Wochen später drückte mir der Postbote ein Schreiben der Drogenberatung in die Hand. Die vorläufige Kostenzusage vom Sozialamt lag vor. Ich konnte sofort mit der Therapie in der Fachklinik *Four-Steps* beginnen. Aber jetzt wollte ich keine Therapie mehr. Ich wollte Alkohol! Ich wollte Drogen! Ich hatte keine Lust mehr, mich bei *Four-Steps* von Phase zu Phase hochzuarbeiten. Noch vor drei Wochen hätte ich alles auf der Stelle aufgegeben, um diese Therapie antreten zu können. Um keinen einzigen Tag zu versäumen, wäre ich noch am Tag der Kostenübernahme ins Landeskrankenhaus gefahren, um den obligatorischen klinischen Entzug zu absolvieren. Aber jetzt? Ich wollte nicht in die Psychiatrie. Ich wollte nicht in Therapie. Ich trank wieder, und ich wollte weitertrinken. Ich musste weitertrinken.

Am Montag rief ich in der Drogenberatung an.

»Ich will keine Therapie mehr machen, ich saufe wieder. Ich will jetzt nicht mehr in Therapie.«

Bert war am Telefon. Stinksauer sagte er: »Mensch Hannah, jetzt haben wir monatelang geackert, bis wir endlich die Kostenzusage für dich bekommen haben und jetzt hast du keine Motivation mehr.«

Ich entschuldigte mich, bedankte mich für alles und legte den Hörer auf. Das war ein Scheißgefühl! Die Leute der Heidelberger Drogenberatung hatten sich ernsthaft für mich eingesetzt. Ich fühlte mich, als hätte ich sie betrogen.

Ich musste auch noch mit *Four-Steps* telefonieren. Sie reservierten schließlich noch einen Therapieplatz für mich. Dem Psychologen teilte ich mit, dass ich einen Rückfall gebaut hätte und im Augenblick keine Therapie mehr machen wolle.

»Ist in Ordnung. Solltest du es dir anders überlegen, kannst du jederzeit wieder einen Termin für ein neues Aufnahmegespräch mit uns vereinbaren. Vielleicht kommst du ja doch noch zu uns, Hannah.«

Das fühlte sich gut an. Er hätte ja auch sagen können: Das nächste Mal, wenn du wieder eine Therapie machen willst, brauchst du dich nicht mehr an uns wenden. Aber er ließ mir einen kleinen Funken Hoffnung, dass ich wiederkommen könnte – später vielleicht.

9. Küchengespräche im Home

Mitte September fuhr ich in die nahe gelegene größere Stadt. Ein düsterer, mit Wolken verhangener Tag, ein Tag, wie für einen Selbstmord gemacht.

Nach langer Zeit besuchte ich die Drogenwiese. Dort hielten sich nur wenige Leute auf. Nach einer halben Stunde trudelte endlich mein Kleindealer Theo ein. Ich freute mich, ihn zu sehen.

»Hallo Hannah, ich muss noch schnell ins *Home*. Kommst du mit?«

Vom *Home,* einer Übernachtungseinrichtung für Drogenabhängige ohne festen Wohnsitz, hatte ich schon eine Menge Geschichten gehört. Dort sollte es hoch hergehen.

Nachdem wir das freistehende, etwas heruntergekommene Haus betreten hatten, sagte Theo: »Du kannst dich da vorn ins Büro setzen, ich muss nur schnell was abgeben. Ich bin gleich wieder zurück.«

Ich betrat das Büro im Erdgeschoss. »Hallo! Kann ich einen Augenblick hier warten?«, fragte ich schüchtern einen etwa dreißig Jahre alten Mann, der wie ein Sozialarbeiter aussah, Nickelbrille und einen Stapel Akten vor sich auf dem Tisch. Er nickte.

Nachdem ich schon zwanzig Minuten auf Theo gewartet hatte, wurde ich unruhig. Hatte er mich vergessen? Ein Typ mit langen dunkelblonden Haaren, etwa in meinem Alter, betrat das Büro.

Er setzte sich neben mich: »Hi, hast du mal Tabak? Ich bin Uwe.«

»Ich heiße Hannah«, antwortete ich unsicher, während ich in meiner Tasche nach der angebrochenen Schachtel

Zigaretten kramte.

»Wenn du willst, kannst du mit nach oben kommen, Hannah, ich koche uns einen Kaffee.«

Dieser Uwe zwinkerte dem Sozialarbeiter zu, der schüttelte den Kopf und lächelte.

Uwe wohnte im ersten Stock. Er zeigte mir sein Zimmer. Eine richtige Drogenburg. Überall an den Wänden hingen bunte Tücher, in einer Ecke des Zimmers lag eine Matratze auf dem Boden, in der anderen Ecke stand eine große grüne Wasserpfeife. Es roch muffig.

»In der Wohnung wohnen noch zwei Frauen, Tina und Nina. Jeder hat ein eigenes Zimmer. Und jetzt unsere Küche ...«

Das hatte ich nicht erwartet. Eine richtige Küche, mit einem alten Küchenschrank wie bei meiner Oma, einem großen Holzküchentisch, um den alten ausgefransten Sessel vom Sperrmüll standen.

Uwe war klein und schmächtig, hatte dunkelblonde, schulterlange glatte Spaghettihaare und eingefallene Augen. Ob er drückt?, fragte ich mich.

»Wie alt bist du?«, wollte er von mir beim Kaffeekochen wissen.

»Ich bin siebzehn und du?«

»Ich bin achtzehn. Kuchen zum Kaffee habe ich keinen, aber ich habe was viel Besseres. Rauchst du?«

»Ja, klar«, sagte ich.

Er holte ein Stück Shit aus seiner Hosentasche und baute einen dicken Joint.

»Komm, wir gehen in mein Zimmer, man weiß nie, wer hier reinschneit.«

Wir setzten uns nebeneinander auf die Matratze.

»Magst du *Wishbone Ash*?«

»Ja, klar.« Ich fühlte mich unsicher, immer sagte ich: Ja, klar.

Uwe legte das Album *Live Dates* auf. Jetzt saß er direkt neben mir und legte seinen Arm um mich.

»Du gefällst mir, Hannah.«

»Ich mag dich auch.«

»Willst du mit mir schlafen?«

Was? Hatte ich richtig gehört? Das konnte doch nicht wahr sein! Deshalb hatte dieser Sozialarbeiter gelächelt und den Kopf geschüttelt. Uwe hatte mich abgeschleppt. Ich war aber auch naiv.

»Aber wir, wir, äh ... kennen uns doch gar nicht«, stotterte ich irritiert.

»Na und, das macht doch nichts«, meinte Uwe, »du gefällst mir halt.«

»Du gefällst mir auch, aber ich möchte dich erst etwas näher kennenlernen.«

»Geht in Ordnung.«

Uwe erzählte mir dann, dass er aus einem kleinen Dorf in der Nähe von Saarbrücken stamme.

»Irgendwann habe ich es zu Hause nicht mehr ausgehalten und bin durch die Gegend getrampt. Im *Home* wohne ich seit einigen Monaten.«

Uwe hätte früher an der Nadel gehangen, zurzeit drücke er aber nur ab und zu. Er kiffe öfter und manchmal werfe er einen Trip ein. Dann berichtete ich ein wenig über mich.

Nach drei Stunden verabschiedete ich mich.

»Du gefällst mir wirklich. Kommst du morgen wieder?«, wollte Uwe wissen.

Heute war Freitag, ich sagte, dass ich am Montag wiederkommen werde.

Mit großen Schritten hüpfte ich die Treppe hinab.

Ich fühlte, dass ich hierher gehörte. Warum nur hatte ich dieses Haus nicht schon früher besucht?

Am Montagnachmittag kaufte ich zwei Flaschen Wein, dann machte ich mich auf den Weg ins *Home*. Vergeblich suchte ich die Klingel an Uwes Wohnungstür im ersten Stock, daher klopfte ich laut.

Uwe öffnete die Tür und strahlte: »Hallo, Hannah, komm rein.«

Wir tranken den Wein, den ich mitgebracht hatte, hörten Musik, dabei rauchten wir eine Pfeife.

Uwe begann zu fantasieren: »Wir könnten zusammenbleiben und selbstgemachten Schmuck in Heidelberg verkaufen.«

Ich sagte ihm, dass ich keinen Schmuck basteln könne.

»Das ist doch ganz einfach«, behauptete er, »ich zeig dir, wie's geht.«

Und dann träumten wir zusammen weiter.

Am Abend wollte Uwe wissen: »Schläfst du hier? Ich würde mich freuen, wenn du bleibst.«

»Ich weiß nicht ...«

»Bleib doch«, bat mich mein neuer Freund.

Im Zimmer war es dunkel. Uwe zündete einige Kerzen an. Mit den vielen Tüchern wirkte das Zimmer jetzt richtig orientalisch.

Er zog sich aus. »Komm, wir gehen schlafen.«

Ich zog mir die Hose aus, mit Pulli und Unterhose legte ich mich ins Bett.

Uwe lachte. »Aber wir kennen uns doch jetzt schon seit drei Tagen, das ist doch wirklich lange genug.«

Zunächst wollte ich protestieren, aber er war schon dabei, mich zärtlich zu entkleiden, erst meinen Pulli, dann mein Unterhemd und meine Unterhose. Wir schmusten, ich streichelte seinen ausgemergelten Körper, dabei fühlte ich mich unsicher, ich wollte nichts falsch machen.

Er legte sich auf mich. »Du darfst dich nicht so verkrampfen, lass dich ganz gehen, Hannah.«

Der hat gut reden, dachte ich. Ich hatte einen Sack voll Angst, wie sollte ich mich da gehen lassen? Ich fühlte mich, als wäre ich noch Jungfrau.

»Leg mal deine Beine auf meine Schultern.«

Ich gehorchte.

Alles war neu und ungewohnt.

»Mit wie viel Männern hast du denn vor mir schon geschlafen?«, wollte Uwe wissen, als wir danach nebeneinanderlagen und rauchten.

»Mit einem und der hatte genauso wenig Ahnung wie ich«, gestand ich.

»Na, jetzt ist mir alles klar.«

Wir lachten.

In dieser Nacht bekam ich kein Auge zu, die ganze Nacht lag ich wach. Der muffige Geruch des Zimmers stieg mir in die Nase, es roch vermodert, nach Schimmel. Ich fror, denn die Decke war viel zu dünn. Das Fenster hatte keinen Vorhang, ständig kreisten die Scheinwerfer der Autos, die auf der Hochstraße in Fensterhöhe vorbeirauschten, durchs Zimmer. Nachts war es besonders laut, als würde die Schnellstraße mitten durch den Raum verlaufen.

Morgens kochte Uwe Kaffee. Zu essen gab es nichts, mir knurrte der Magen. Mittags kauften wir ein, am Nachmittag füllte sich die Küche mit allen möglichen Leuten. Auf dem Tisch stand Christstollen vom Discounter. Noch nie in meinem Leben schmeckte mir ein Kuchen derart köstlich.

Ich lernte Tina und Nina kennen, die die Zimmer neben Uwe bewohnten. Ina und Mike kamen, Mike fielen unablässig die Augen zu, weil er zu viel gedrückt hatte. Später trat Jimmy ein, der seine Gitarre holte und Lieder von *Bob Dylan* spielte. Jimmy! Auf ihn fuhr ich gleich beim ersten

Anblick ab. Blondes, lockiges Engelshaar, gepaart mit einem Lächeln, das mich in Schwebe versetzte.

Wir saßen schon zwei Stunden um den Küchentisch, als Eddy zur Tür hereintrat.

Er setzte sich neben mich, sah mir einige Minuten direkt in die Augen. »Dich kenn ich doch! Wir haben uns schon öfter im *Nest* gesehen.«

Alle lachten.

»Nein, nicht, was ihr jetzt denkt! Ich meine das *Nest*, die Kneipe.«

Ich musste laut lachen. »Ja, ich erinnere mich auch an dich.«

Eddy war mir vor zwei Jahren gleich in der Kneipe aufgefallen und ich hatte Jürgen, einen Junkie aus unserem Dorf, über ihn ausgefragt. Dass er sich allerdings an mich erinnerte, erstaunte mich, schließlich hatten wir im *Nest* nie ein Wort miteinander gewechselt.

Ich hatte ihn immer nur beobachtet und jetzt sagte er: »Ich kann mich ganz genau daran erinnern, als ich dich zum ersten Mal im *Nest* gesehen habe. Weißt du, ich habe dich nämlich immer beobachtet. Du heißt Hannah, stimmt's?«

»Ja, und dein Name ist Eddy.«

»Du hast mich also auch beobachtet! Soso!«

Ich lächelte ihm nur vielsagend zu.

Mir fielen Eddys traurige, aber wunderschöne aquamarinblaue Augen auf.

Dann holte er Uwes Plattenspieler in die Küche und sagte: »Ich spiel dir jetzt mal meine ganz persönliche Nationalhymne vor.« Er legt das Album *Sticky Fingers* von den *Stones* auf. Auf dem Plattenteller drehte sich *Sister Morphin*.

Eddy erzählte dann, dass er schon seit vielen Jahren heroinabhängig sei. Bevor er mit dem Heroin anfing, sei er schon Alkoholiker gewesen. Mit der Droge Morphin hätte er begonnen, zu einer Zeit, als es noch kein Heroin auf der Scene zu kaufen gab. Er berichtete auch ausführlich von seinen zahlreichen Knastaufenthalten. Ich mochte ihn sehr.

Als Eddy mal kurz die Wohnung verließ, berichteten die anderen von seinen Kontakten ins Zuhältermilieu und zur Rockerszene. Zu seinen guten Zeiten sei er eine richtige Größe im Drogengeschäft gewesen. Eddy hätte schon unzählige große Geschäfte direkt mit der Mafia eingefädelt, nicht selten sei es dabei um extrem große Mengen Heroin gegangen. Einmal hätte er allerdings eine ganze Garage voll mit Marihuana vertickt. Mike berichtete, nicht ohne Bewunderung in der Stimme, dass sich Eddy für alle seine Vermittlungen in Heroin bezahlen lasse, Geld nähme er für seine Drogengeschäfte niemals. Einmal hätte Eddy mit einem einzigen Geschäft derart viel Heroin verdient, dass er für mehr als zwei Jahre mit harten Drogen eingedeckt gewesen sei. Auch jetzt würde er immer mal wieder große Geschäfte mit der Drogenmafia vermitteln. Das alles beeindruckte auch mich gewaltig.

Wir lachten, aßen Kekse und Stollen, tranken Unmengen von Kaffee und rauchten einen Joint nach dem anderen. Hier fühlte ich mich wohl. Sauwohl.

Einige Tage danach waren alle im *Home* auf Trip, als ich am späten Nachmittag ankam. Uwe war total weggetreten. Er faselte dauernd etwas von einer Katze.

»Sie ist so groß. Gleich kommt sie. Diese Katze. Dann steige ich zum Fenster raus und fliege auf die andere Straßenseite. Diese Katze. So große Krallen. Viel zu große Krallen. Katze. Große Katzenkrallen. Krallenkatze.«

Zuerst war ich mir nicht sicher, ob Uwe tatsächlich einen Trip eingeworfen hatte, oder ob er sich das ganze

Zeug von der großen Katze nur zusammenspann, um damit anzugeben. Was er von sich gab, klang so klischeehaft.

Jimmy kam herein, er hatte als Einziger von den Bewohnern des *Home* keinen Trip eingeworfen. Es setzte sich neben mich. Uwe wankte auf das Fenster zu und öffnete es.

»Ich glaube, er will fliegen«, sagte ich besorgt.

Jimmy trat ruhig an Uwe heran, hielt ihn fest und ich schloss das Fenster. Uwe setzte sich dann in eine Ecke des Zimmers und redete mit sich selbst in einer uns unverständlichen Sprache.

»Du musst heute Nacht auf deinen Freund aufpassen«, ermahnte mich Jimmy.

»Ja, ich bleibe hier«, antwortete ich.

Dann holte Jimmy seine Gitarre, er spielte Lieder von *Bob Dylan* und *Donovan* – nur für mich. Ich hätte ihm stundenlang zuhören können. Er spielte wie ein Profi. Zwischen den Liedern lächelte er mich an, mit einem Lächeln, das direkt in mein Herz eindrang. Seine Stimme klang zärtlich, sie erinnerte mich an den Geruch von Lavendel, schade, dass er nicht zu seinen Liedern sang. Jimmy!

Am nächsten Morgen stand Uwe neben sich selbst. Er wollte ein Bad nehmen, um wieder klar zu werden.

In der Küche saßen einige Leute, die genau ins Bad sehen konnten, denn in beiden Zimmern fehlten die Türen. Ich hatte ein unangenehmes Gefühl, da die anderen uns beim Baden von der Küche aus zusehen konnten. Es war mir schon die ganze Zeit über peinlich, wenn ich auf der Toilettenbrille saß, mit Blick in die lachenden Gesichter der Leute, die sich um den Küchentisch fläzten. In der ersten Woche fuhr ich zum Scheißen nach Hause.

Manchmal reichte es nur bis zum Bahnhofsklo, aber das war mir immer noch lieber als diese öffentliche Toilette hier im *Home.*

Uwe bemerkte mein Zögern und sagte nur: »Sei kein Frosch.«

Natürlich wollte ich kein Frosch sein. Ich ließ schüchtern meine Kleider fallen und stieg zu Uwe in die Badewanne.

Irgendetwas stimmt nicht, etwas fehlt, dachte ich. Zuerst wusste ich es nicht, aber dann wurde es mir schlagartig klar: Das Badewasser war nicht smaragdgrün, himmelblau oder klatschmohnrot. In der Wanne schwappte schlicht und einfach lauwarmes Wasser. In diesem Augenblick wurde mir bewusst, wie privilegiert ich doch war, solchermaßen privilegiert, dass ich noch niemals zuvor in Badewasser ohne Badezusatz gebadet hatte. Aber ich war gerne bereit, auf alle Privilegien zu verzichten, wenn ich nur im *Home* bleiben durfte. Uwe verschwand nach dem Baden. Als er wieder zurückkam, verhielt er sich anders. Er hatte sich einen Schuss gesetzt, ich sah es an seinen Augen. Ich hatte das Gefühl, er befand sich auf einem anderen Stern, auf dem ich ihn unmöglich erreichen konnte.

Einen Tag später saßen Uwe und ich bei Ina und Mike im Zimmer, die beiden schmusten miteinander. Uwe erzählte mir von seiner früheren Freundin Biene, die einzige Frau, die er tatsächlich geliebt hätte.

»Jetzt ist sie schon seit fast zwei Jahren tot.«

Ina und Mike krochen unter die Decke und fingen an zu bumsen. Mir war diese Situation extrem unangenehm, ich wollte nicht in die Intimsphäre der beiden eindringen.

Deshalb sagte ich zu Uwe: »Sollten wir die beiden nicht besser alleine lassen?«

»Wieso denn?«, meinte Uwe völlig verständnislos.

Zu Ina und Mike sagte er: »Stören wir euch? Hannah ist der Meinung, wir stören euch.«

»Wieso denn?«, stöhnte Ina. »Ihr könnt ruhig unter die Decke kommen und mitmachen. Ihr könnt euch aber auch weiter unterhalten, ganz wie ihr wollt.«

»Uns stört ihr wirklich nicht«, keuchte Mike, »ganz im Gegenteil.«

Uwe erzählte mir, dass seine Freundin beim Trampen vergewaltigt worden war.

»Sie wurde tot in einem Waldstück aufgefunden. Ich habe sie geliebt, wirklich geliebt.«

Das Stöhnen im Hintergrund irritierte mich. Ich dachte, gleich kommt Ina. Es fiel mir schwer, mich auf das zu konzentrieren, was Uwe mir erzählte, aber er wollte unbedingt bleiben.

»Den Täter haben sie nie gefasst.« Uwe berichtete von Biene, wie sie aussah, wie sie sprach, wie sie sich bewegte. Er liebte sie immer noch.

»Vorher habe ich nur gekifft. Mit H habe ich erst nach Bienes Tod angefangen.«

Was sollte ich darauf nur antworten? Ich wollte ihn trösten, aber ich wusste, dass es unmöglich war. Dieses Leid erschien mir unüberwindbar groß. Sollte ich etwa sagen: Uwe, das Leben muss doch weitergehen.

»Manchmal möchte ich mir einen goldenen Schuss setzen, damit alles aufhört und ich endlich zu ihr komme«, schluchzte Uwe.

»Aber sie hat dich doch geliebt, das hätte sie am allerwenigsten gewollt«, versuchte ich hilflos einen Tröstungsversuch.

»Jaahh, Jaaahh, uhh, uhh, uhh, ahh, ahh, ahh, ahhhhh.«
Endlich bekamen Ina und Mike einen Orgasmus.

Ich nahm Uwe in den Arm, wie ein kleines Kind kuschelte er sich an mich. Ich hätte ihm gerne geholfen, seine

Wunden zu heilen. Aber ich wusste, dass ich diese Wunden nicht schließen konnte. Höchstens etwas Puder darauf streuen konnte ich. Mit Heroin verband Uwe seine große Wunde, damit sie für einige Stunden nicht mehr derart unmenschlich schmerzte.

Als ich einen Tag später ins *Home* kam, verhielt sich Uwe abweisend mir gegenüber. Ich nahm an, es tat ihm leid, dass er sich mir gegenüber so verletzlich gezeigt hatte. Bislang war Uwe immer recht verschlossen gewesen, über sich erzählte er wenig. Er ließ mich in seinem Zimmer sitzen und blieb unauffindbar.

Und da kam Jimmy, er sagte: »Das macht Uwe öfter. Wenn er seinen Rappel kriegt, rennt er weg und besorgt sich was zu drücken. Bestimmt hat er dir von Biene erzählt. Dann ballert er sich die nächste Zeit zu.«

»Aber er hat doch gesagt, er drückt nur selten.«

»Ach Hannah, das sagen die Junkies doch alle.«

Jimmy mit seiner sanften Stimme und diesem warmen Lächeln brachte mich immer mehr aus der Ruhe. Schon seit Tagen saß ich in der Küche immer neben ihm. Ab und zu setzte ich mich neben ihn, aber nicht immer. Trotzdem saß ich irgendwann im Laufe des Tages immer wieder neben Jimmy. Einmal wollte ich es genau wissen und setzte mich, als ich von der Toilette kam, in einen anderen Sessel. Jimmy stand sofort auf, hantierte am Küchenschrank herum, danach setzte er sich nicht auf seinen alten Platz, sondern auf den noch freien Stuhl neben mich. Es lag also nicht nur an mir, dass ich immer neben Jimmy saß.

Ich konnte Uwe gut leiden, aber ich liebte ihn nicht, genauso wenig wie er mich. Allerdings, wenn ich Jimmy ansah, da sprühten die Funken, wie die einer Wunderkerze. Von Tina erfuhr ich, dass sie vor mir eine Beziehung mit

Uwe hatte und dass sie gerne wieder mit ihm zusammen sein möchte. Eine Beziehung mit Uwe hatte ich, wenn ich ehrlich war, nicht. Zu Beginn hatten wir ein paar Mal miteinander geschlafen und uns öfter unterhalten. Aber in der letzten Zeit hatte ich das Gefühl, für Uwe überflüssig, manchmal sogar störend zu sein. Außerdem verschwand er immer öfter, wenn er wieder auftauchte, war er zugedrückt, mit ihm reden konnte ich dann nicht.

Ich beschloss, das Feld zu räumen. Ich wollte frei sein, frei für Jimmy. Ich hatte mich verliebt in Jimmy. Verliebt in sein Lächeln, in seine zärtliche Stimme, in sein Gitarrenspiel.

Ich wartete einen verhältnismäßig klaren Moment von Uwe ab und teilte ihm mit, dass ich nicht mehr ins *Home* kommen werde. Ich packte meine Sachen zusammen. Jimmy schrieb mir seinen Namen und die Telefonnummer des *Home* auf.

»Wir sehen uns ganz sicher wieder«, sagte Jimmy zum Abschied. »Ruf doch mal an oder schreib mir einen Brief.«

Zu Hause warf ich mich auf mein Bett, dort flennte ich Rotz und Wasser. Da half nur noch ein Rausch, aber ein Rausch, der in einer Bewusstlosigkeit endete. Die Tage, die ich in den letzten Wochen nicht in der Drogeneinrichtung, sondern im Haus meiner Eltern verbracht hatte, endeten alle mit dieser Art Komarausch.

Immer wieder starrte ich den Zettel an, den mir Jimmy in die Hand gedrückt hatte. Aber ich konnte ihn doch unmöglich schon am ersten Tag anrufen. Ich würde einige Zeit verstreichen lassen. Ein Leben ohne das *Home* konnte ich mir nicht mehr vorstellen und ich musste Jimmy wiedersehen. Erst jetzt bemerkte ich, wie sehr mir das *Home* fehlte. Das Haus hier war jetzt noch größer, leerer und einsamer, als jemals zuvor. Kein lautes Lachen in der

Küche, kein Mensch, mit dem ich reden konnte, über dem Küchentisch vermischte sich kein Duft von frisch gebrühtem Kaffee mit der dampfenden Haschischwolke. Ich war allein, furchtbar allein. Diese Einsamkeit erdrückte mich. Ich fühlte mich lebendig in meinem Zimmer begraben. Das Haus war eine große, dunkle Gruft.

Am Wochenende beschloss ich, Jimmy einen Brief zu schreiben. Ich dachte: Wenn er tatsächlich an mir interessiert ist, dann wird er mich anrufen, wenn nicht, dann kann ich ja immer noch die Initiative ergreifen.

Drei Tage später klingelte das Telefon.

»Vielen Dank für deinen schönen Brief. Ich würde mich gern mit dir treffen. Morgen um drei im *Home*.«

Ich war überglücklich. Ich hätte die ganze Welt umarmen können, besonders aber Jimmy.

In meinem neuen rotgemusterten Maxirock und der weißen Bluse mit den Gummibündchen an den Ärmeln fühlte ich mich gut. Meine langen braunen Haare trug ich offen, es umgab mich eine Wolke aus Patschuli. Diesmal klopfte ich im zweiten Stock an die Wohnungstür. Mike öffnete mir. Im Zimmer von Mike und Ina saßen einige Leute und tranken Wein. Jimmy spielte auf seiner Gitarre. Ich setzte mich, Nina reichte mir ein Schillum. Jimmy lächelte mir zu. Wir saßen lange so beisammen.

Als der Abend dämmerte, wusste ich nicht, ob ich bleiben oder gehen sollte. Jimmy hatte, seit ich gekommen war, Gitarre gespielt. Mit mir hatte er noch kein einziges Wort gewechselt. Ich nahm meine Tasche und stand auf.

Jimmy kam auf mich zu. »Bleib doch. Ich würde mich freuen, wenn du bei mir schläfst.«

Ich setzte mich wieder.

Es war spät, als ich mich mit Jimmy in sein Zimmer

zurückzog. Der Raum war winzig, vielleicht wirkte er auch nur so. Auf dem Boden lagen zwei Matratzen. In einer Ecke des Zimmers hatte Jimmy Jeans, T-Shirts, Unterhosen und Socken zu einem unordentlichen Kleiderhaufen aufgetürmt. An der Wand stand Jimmys Konzertgitarre.

Wir legten uns unter die schmuddelige Decke und schmusten miteinander. Plötzlich lag Jimmy wie ein Stein auf mir und schnarchte.

Oje, das fing ja gut an! Wir hatten tagsüber reichlich gekifft und getrunken. Jimmy hatte noch keine zwei Sätze mit mir gewechselt. Ich wusste nicht, was es war, aber irgendetwas mit uns beiden lief in eine völlig falsche Richtung.

Ein Gestank nach Schimmel und Erbrochenem setzte sich in meiner Nase fest. Die alte ungewaschene Tagesdecke, mit der wir uns zudeckten, stank erbärmlich.

Ich war noch verliebt in Jimmy, aber die Funken hatten in dieser Nacht aufgehört zu sprühen. Bis zum Aufstehen bekam ich kein Auge zu.

Am nächsten Morgen konnte ich im gesamten *Home* keinen Kaffee auftreiben, zu essen gab es auch nichts. Ich war müde und hungrig. Ich wollte nach Hause. Jimmy brachte mich zum Bahnhof. Im Bahnhofsrestaurant tranken wir noch einen Kaffee.

»Bin ich dabei eingeschlafen, gestern Abend?«, wollte Jimmy etwas verlegen wissen.

»Ja, aber das macht nichts, ich war auch sehr müde«, log ich.

Wir verabschiedeten uns mit einem Kuss. Unser erster Kuss. Jimmy biss mich beim Küssen. Das war kein gutes Zeichen!

Diesmal freute ich mich auf zu Hause. Hier schlug ich mir den Bauch mit Leberwurstbrot voll und dann den

Kopf mit Wodka. Ich wollte nichts mehr spüren, nichts mehr denken, ich wollte alles vergessen. Aber der Alkohol machte mich nicht betrunken, er machte mich nüchtern. Das mit Jimmy und mir, das wird nichts, dachte ich. Aber warum nicht? Ich hatte mir doch alles wunderschön ausgemalt.

Zwei Tage später machte ich mich wieder auf den Weg ins *Home*. Diesmal nahm ich meine Elektrogitarre mit. Die Gitarre hatte ich mir vor zwei Jahren zu Weihnachten gewünscht, ich hatte nicht oft darauf gespielt.

Jimmy freute sich sehr über die E-Gitarre. Er schloss sie an eine Lautsprecherbox an und ließ die Seiten schreien.

Die Besuche bei Jimmy verliefen alle gleich. Wir saßen mit einer Menge Leute zusammen, kifften und tranken, Jimmy spielte die ganze Zeit über auf seiner Gitarre. Allein waren wir tagsüber nie. Jimmy unterhielt sich nicht mit mir. Abends fuhr ich nach Hause und ließ mich volllaufen. In unserer Beziehung stimmte etwas nicht. Warum konnte ich mich nicht mit Jimmy unterhalten?

Als wir an einem Abend allein waren, sprach ich ihn darauf an.

Er sagte nur: »Ich kann nicht reden. Ich kann auch nicht besonders gut denken. Alles, was ich kann, ist Gitarre spielen. Mehr kann ich nicht.«

Das war mir eindeutig zu wenig. Ich wusste nichts über Jimmy. Gar nichts. Er erzählte mir nie etwas über sich. Er sprach fast überhaupt nicht mit mir. Es passierte oft, dass Jimmy bis abends keine zwei Sätze mit mir gewechselt hatte, dann fuhr ich nach Hause und fühlte mich beschissen. Dort soff ich mich ins Koma.

Am kommenden Wochenende hatten meine Eltern vor, zu verreisen. Ich wollte die beiden Tage mit Jimmy bei mir zu

Hause verbringen. Naiv dachte ich, wenn wir längere Zeit zu zweit sind, können wir endlich miteinander reden. Für Samstag lud uns Manfred, der das Anerkennungsjahr als Sozialarbeiter im *Home* absolvierte, zu seiner Geburtstagsparty bei sich zu Hause ein. Jimmy sollte auf dem Fest Gitarre spielen.

Vor dem Fest bei Manfred hatte ich Angst, Angst vor den vielen fremden Menschen. Fremde Menschen machten mir immer Angst. Nur wenn ich betrunken war, hatte ich keine Angst, dann fühlte ich mich selbstsicher, dann konnte ich schlagfertig und witzig sein. Ohne Alkohol war ich mucksmäuschenstill, vergrub mich in ein tiefes Erdloch. Am liebsten wäre ich nicht zur Party von Manfred gegangen, aber Jimmy sollte danach mit mir nach Hause kommen.

Ich trank mir schon morgens Mut an, außerdem schluckte ich mehrere Tabletten.

Auf dem Fest fühlte ich mich unwohl. Alternative, Linke, kaltes Buffet mit Gesprächen über Politik. Ich saß nur dumm herum, kam mir deplatziert vor. Später saß ich mit den Frauen in der Küche, sie tauschten Kuchen- und Marmeladenrezepte aus, aber auch da konnte ich nicht mitreden. Ich war froh, als uns Manfred endlich zu mir nach Hause fuhr.

Dort legten wir uns auf meine Matratze. Jimmy zog mir die Unterhose runter, rollte sich auf mich, packte seinen Schwanz aus und steckte ihn in meine brottrockene Scheide, kein liebes Wort, keine zärtliche Berührung. Alles war kalt und mechanisch. Jeder Stoß in meiner trockenen Scheide schmerzte höllisch. Jimmy lag auf mir wie ein Sack Zement, und ich versuchte, mich so wenig wie möglich zu bewegen, damit die Schmerzen nicht noch größer wurden.

Ich bestand ausschließlich aus einem Loch ohne Körper.

Nachdem Jimmy seinen Samen in mich abgespritzt hatte, ließ er sich neben mich fallen und sagte: »Weißt du, du bist nicht besonders gut im Bett, es ist langweilig mit dir.«

Noch ehe ich etwas antworten konnte, rollte er sich zur Seite und schnarchte. Das durfte doch nicht wahr sein! War der vielleicht gut im Bett? Sollte dieses mechanische Gestoße aufregend sein? Ich lag die ganze Nacht wach und flennte. Zu Beginn liefen meine Tränen, weil er mich verletzt hatte. Zum Schluss weinte ich nur noch vor Wut. Ich hatte Wut auf mich selbst, dass ich mir diese Unverschämtheit hatte bieten lassen. Ich hätte ihn einfach mitten in der Nacht vor die Tür setzen sollen. Was für ein Arschloch!

Am nächsten Morgen rief Jimmy Manfred an, der ihn, nach einem Frühstück in unangenehmer Stille, abholte.

Ich flennte von morgens bis abends und trank alles, was mir zwischen die Finger kam. Am nächsten Tag konnte ich mich nur noch daran erinnern, dass Jimmy mit Manfred wegfuhr. Danach totaler Filmriss. An den vielen leeren Flaschen und den Kippen im Aschenbecher, konnte ich meinen enormen Konsum vom Vortag ablesen.

Als ich an einem der nächsten Tage ins *Home* kam, sagte Jimmy: »Ich muss mit dir reden.«

»Ja, ich auch mit dir.«

»Ich habe keine Böcke mehr«, meinte Jimmy nur.

»Ja, ich auch nicht. Ich habe mir das mit dir alles völlig anders vorgestellt«, sagte ich, nahm meine Tasche und verließ das *Home*.

Jetzt saß ich wieder allein in diesem einsamen Haus. Schon vor dem Aufstehen griff ich unter das Bett und trank die

Schnapsflasche leer, die ich dort deponiert hatte. Dann suchte ich das nächstgelegene Lebensmittelgeschäft auf, um Nachschub zu besorgen.

In meinem Gedächtnis endeten alle Tage mittags. An die Zeit danach konnte ich mich nicht mehr erinnern.

10. Weihnachtsfeier im Home

Eine Woche soff ich mich ununterbrochen in die Bewusstlosigkeit. In einer halbwegs klaren Minute fiel mir ein, dass ich meine Schallplatten wie auch die E-Gitarre im *Home* zurückgelassen hatte. Ich beschloss, meine Habseligkeiten abzuholen.

Wie aus heiterem Himmel peitschten plötzlich Wassermassen auf die Straße, als ich zum Bahnhof lief. Ich fluchte, denn ich hatte keinen Schirm dabei und wurde nass bis auf die Haut. Mit dem Zug fuhr ich in die Stadt.

Im Hausflur des *Home* traf ich Uwe. Nur zwei Schallplatten hatte er von mir, die ich mitnahm. Meine restlichen Platten seien im gesamten Haus verstreut, die meisten davon hätte Carlos. Den kannte ich noch nicht, er hatte die letzten Wochen mit einem gebrochenen Bein im Krankenhaus gelegen. Carlos wohnte im dritten Stock. Ich klopfte.

»Hallo! Ach, du bist die Hannah. Die Leute hier haben mir eine Menge von dir erzählt. Dir gehören all die geilen Schallplatten. Komm doch rein, Hannah. Ich koche uns einen Kaffee.«

Carlos humpelte mit seinem Gipsbein in der Gegend herum, er brachte mich in sein Zimmer.

Ich staunte. Das war keine Junkburg. Hier sah es aus wie bei Oma. In der einen Ecke des Zimmers stand ein richtiges Bett, ein schönes, altes Holzbett. Das erste Bett, das mir im *Home* begegnete. An der Wand standen ein Kleiderschrank und ein Sofa. In der Mitte des Zimmers waren vier Holzstühle um einen runden Tisch gruppiert. Auf dem Tisch lag – das konnte doch nicht wahr sein – ein gehäkeltes Deckchen.

Carlos kam mit zwei Tassen Kaffee herein, die er auf einem silbernen Tablett servierte, wie der Kellner eines Cafés. Wo zum Teufel hatte dieser Carlos nur das Tablett im *Home* aufgetrieben?

Er erzählte, dass er neunundzwanzig Jahre alt sei. Wir unterhielten uns dann über alles Mögliche. Mit Carlos konnte man reden. Er war so ganz anders als der maulfaule Jimmy. Carlos sah lustig aus. Er hatte kurze dunkelbraune Haare, einen Schnurrbart und eine Halbglatze, die ihn interessant machte. Seine grünen Augen schienen ständig zu lächeln.

Carlos wollte mein Sternzeichen wissen und es stellte sich heraus, dass wir am gleichen Tag Geburtstag hatten. Allerdings war Carlos zwölf Jahre älter als ich.

»Das ist ein Zeichen, Hannah«, stellte er fest.

Als ich ging, wollte ich meine Schallplatten mitnehmen.

»Kann ich deine Platten nicht noch ein bisschen behalten, die sind so wahnsinnig geil. Du hast ja alle Alben von *Genesis* und *Wishbone Ash*, da stehe ich voll drauf.«

»Ich möchte sie aber mitnehmen, weil ich nicht mehr ins *Home* komme.«

»Das finde ich sehr schade. Du kannst doch gerne ab und zu vorbeikommen. Ehrlich, ich würde mich riesig freuen, wenn du mich wieder mal besuchen würdest.«

Ich verließ das *Home* mit zwei meiner Alben, die restlichen Schallplatten blieben bei Carlos. Erst am Bahnhof bemerkte ich, dass ich die E-Gitarre völlig vergessen hatte. Ich überlegte, ob ich umkehren sollte, aber dann dachte ich: Je mehr von mir im *Home* zurückbleibt, umso mehr Gründe habe ich, wieder dorthin zurückzukehren.

Einige Tage trank ich wieder bis zur Bewusstlosigkeit.

Das Telefon klingelte. Es war Carlos.

»Woher hast du denn meine Telefonnummer?«, fragte

ich überrascht.

»Von Jimmy. Ich wollte dich zum Essen einladen. Ich würde mich sehr freuen, wenn du morgen Mittag kommst; ich koche Spaghetti à la Carlos.«

Freudestrahlend begrüßte mich Carlos am nächsten Tag: »Hallo Hannah! Schön, dass du gekommen bist.«

»Kann ich dir beim Kochen helfen?«

»Die Tomatensauce ist schon fertig. Ich muss nur noch das Wasser für die Nudeln kochen. Setz dich schon mal in mein Zimmer.«

»Hallo! Ich bin Cowboy, letzte Woche bin ich in das Zimmer nebenan eingezogen.«

Er sah in der Tat aus wie ein Cowboy. Aber nur wegen des großen Cowboyhuts, den er auf seinen langen dunkelblonden Haaren trug.

»So, das Essen ist fertig.«

Carlos servierte ein Festmahl.

»Das sind Spaghetti à la Carlos. Ich bin nämlich Koch von Beruf«, klärte er mich auf.

Wir lachten und mampften. Es schmeckte herrlich.

»Hier riecht es aber gut«, meinte Eddy, der schon die Topfdeckel hochhob.

»Hol dir einen Teller«, sagte Carlos, »es ist genug für alle da.«

Eddy erzählte, dass er auch mal wieder ins *Home* eingezogen sei. Er wohnte in einer der Dachkammern, in der zweiten Dachkammer wohnte Udo, der mit seiner Freundin Vera vorbeikam, als wir Kaffee tranken.

»Das war ein tolles Essen. Jetzt bräuchte man was zu trinken«, stellte Eddy fest. »Wer geht Wein holen?«

»Der, der so dumm fragt«, schlug Tina vor.

»Aber ich habe doch überall Hausverbot«, stellte Eddy betrübt fest.

»Ich gehe.« Vera lachte.

»Ich komme mit.« Ich stand auf und suchte meine Tasche.

Vera besuchte ebenso des Öfteren das *Home*. Sie war ein Jahr jünger als ich und wollte auch Erzieherin werden. Sie absolvierte gerade ihr Vorpraktikum in einem Kindergarten. Im nahen Lebensmittelgeschäft legten wir unser Geld zusammen und erstanden fünf Flaschen Wein. Als wir damit ins *Home* kamen, klatschte die Bande Beifall. Wir tranken, kifften und lachten.

Als ich am Abend das *Home* verlassen wollte, begleitete mich Carlos zur Tür. »Es war sehr schön, dass du da warst. Kommst du morgen wieder?«

Er sah mir tief in die Augen, dabei berührte er zärtlich meinen Arm.

»Ja gerne, ich freu mich drauf.«

Ich stürzte die Treppen hinunter und nahm wieder mal zwei Stufen auf einmal. Ich fühlte mich unendlich glücklich, dass ich wieder ins *Home* kommen konnte. In Carlos war ich nicht verliebt, keine sprühenden Funken, aber ich mochte ihn. Carlos hatte mir verraten, dass er Ex-Junkie und Alkoholiker war, da passten wir gut zueinander. Ich war auch wieder alkoholabhängig. Ich trank nicht mehr nur, um mich zu berauschen. Ich musste schon morgens vor dem Aufstehen trinken, um das Zittern meiner Hände unter Kontrolle zu bringen.

Am nächsten Tag kaufte ich zwei Flaschen Wein und machte mich auf in Richtung *Home*.

Im Zimmer von Carlos war die Hölle los. Seit er wieder im *Home* wohnte, schien sein Refugium der Mittelpunkt der Drogeneinrichtung zu sein und nicht mehr die Küche im ersten Stock. Die dicke Luft hätte man schneiden können. Ich erntete Applaus für den mitgebrachten Wein.

»Zur Feier des Tages schmeiß mal das Schillum rüber.«
Udo füllte es mit einem Gemisch aus Tabak und Haschisch.

»Wau, der Shit ist aber astrein«, meinte Cowboy.

Ich dachte, ob er den Hut beim Schlafen auflässt?

Als ich ihn danach fragte, bekam ich zur Antwort: »Der
ist angewachsen, ehrlich.«

Ich fühlte mich wieder pudelwohl im *Home*.

Am Abend, als ich gehen wollte, nahm mich Carlos zur
Seite: »Schläfst du heute Nacht bei mir?«

»Falls du damit meinst, ob ich mit dir schlafe, muss ich
dich enttäuschen. Da ist im Augenblick nichts drin.«

»Na, das ist doch großartig. Da brauchst du keine Angst
zu haben, dass ich schlimmer Mann dich verführe.«

Wir lachten.

Carlos küsste mich. Was für ein Kuss!

»Du bist wirklich ganz schlimm«, sagte ich schmunzelnd
zu ihm.

Wir legten uns ins Bett.

»Hannah, wehe, du ziehst mir heute Nacht die Decke
weg. Schnarchst du eigentlich?«, wollte Carlos wissen.

»Du bist ganz schön frech.«

Ich kitzelte ihn. Er haute mir das Kopfkissen auf den
Kopf, eine wilde Kissenschlacht begann. Wir waren
ausgelassen und tobten wie kleine Kinder durchs Zimmer.

Als wir wieder nebeneinander im Bett lagen, sah mich
mein neuer Freund zärtlich an. »Hannah, du gefällst mir
sehr.«

»Ich mag dich auch, Carlos.«

Am nächsten Morgen kochten wir den restlichen Kaffee. Zu essen gab es nur ein altes verschimmeltes Stück
Brot. Mir knurrte der Magen. Ich sagte Carlos, dass ich
nach Hause fahren und morgen wiederkommen werde.
Zu Hause packte ich ein Care-Paket mit Nudeln, Toma-

tensauce, Öl, Butter, Dosenwurst, Marmelade und Kaffee, außerdem holte ich zwei Flaschen Wein aus dem Keller. In einer Bäckerei in der Stadt kaufte ich noch ein großes frisches Brot.

Carlos freute sich wie ein kleines Kind, als ich damit beladen im *Home* ankam.

»Du denkst aber auch an alles – und sogar Kaffee.«

Im Zimmer von Carlos hatten sich wieder eine Menge Leute versammelt. Als sie sich am Abend in ihre eigenen Zimmer aufmachten, konnten wir uns endlich ungestört unterhalten.

Carlos erzählte von seiner Ausbildung als Koch.

»Danach habe ich als Schiffskoch gearbeitet. Alle auf dem Kahn haben gesoffen und irgendwann habe ich mitgesoffen. Es war so stinklangweilig auf dem Schiff, weit und breit nur Wasser und Männer. Ich habe immer mehr gesoffen und dann konnte ich mit dem Zeug nicht mehr aufhören.«

Carlos schilderte seine Hochzeit. Zusammen mit der Frau, die er innig liebte, habe er auf dem Kiez in Hamburg eine Imbissbude betrieben. Beide wären damals heroinabhängig gewesen. Als seine Frau an einer Überdosis starb, da sei er völlig ausgetickt. Nach einiger Zeit habe es ihn wieder hierher in seine Heimat verschlagen.

»Ich habe ziemlich lange gedrückt. Vor einigen Jahren habe ich eine Therapie gemacht. Im Augenblick drücke ich ab und zu. Ich schlucke viele Pillen und ohne Alkohol kann ich nicht leben.«

Danach erzählte ich von mir, wie es bei mir mit dem Alkohol anfing, auch wie ich zu den Tabletten kam. Carlos hörte mir aufmerksam zu und stellte viele Zwischenfragen.

Als an einem der nächsten Tage das Zimmer spätabends immer noch voller Leute war, flüsterte Carlos mir ins Ohr:

»Soll ich die jetzt alle mal rausschmeißen?«

Ich musste lachen und nickte.

Carlos verkündete: »Wisst ihr Leute, ich liebe euch alle, wirklich. Aber könnt ihr trotzdem das Zimmer wechseln, damit Hannah und ich mal ganz gepflegt miteinander vögeln können?«

Alle lachten, erhoben sich sofort, suchten ihre Sachen zusammen, bevor sie nebenan im Zimmer von Cowboy verschwanden. Carlos schloss die Tür ab.

Ich hatte große Lust auf Sex mit Carlos. Noch nie zuvor hatte ich solche Lust, mit einem Mann zu schlafen. Wir zogen uns aus, bevor wir uns ins Bett legten.

Carlos sah mich von der Seite her an und sagte: »Ich habe eine Überraschung für dich. Heute erlebst du den größten Orgasmus deines Lebens.«

Ein aufgeregtes Flackern trat in meine Augen, für einen kurzen Augenblick dachte ich, er wollte mich anfixen. Uwe hatte mir erzählt, der Kick des Heroins würde einem Orgasmus gleichen, wäre jedoch abertausend Mal stärker.

Natürlich erriet Carlos meine Gedanken, missbilligend schüttelte er den Kopf. »Nein, DAS meine ich nicht. Ich rede von einem echten Orgasmus.«

»Den Orgasmus kannst du dir abschminken, da bin ich nicht so schnell drin. Ich glaube, ich muss mich erst auf einen Mann einstellen.«

»Wetten, dass du heute einen Orgasmus bekommst? Und was für einen! Du wirst dich wundern.«

»Ich glaube, mit dir wette ich besser nicht.«

Und dann erregte mich Carlos, wie mich noch nie ein Mann erregt hatte. Endlich ein Mann, der etwas von Frauen verstand! Wir beide waren sehr wild. Liebevoll, vollständig ohne Worte, lotste mich Carlos durch die verschiedenen Stellungen. Mitten in der Nacht lagen wir am anderen Ende des Zimmers auf dem Boden. Nach Stunden hatte ich einen Orgasmus bekommen. Und was für einen!

»Du bist echt klasse«, stellte Carlos anerkennend fest und umarmte mich.

»Und du erst! Wenn der Lehrer, von dem man lernt, ein Meister ist, ist es verdammt leicht, eine gelehrige Schülerin zu sein. Und du bist wirklich ein wahrer Meister deines Fachs. Carlos, wenn es im Bumsen einen schwarzen Gürtel gäbe, ich bin mir sicher, du hättest ihn.«

»Wau, das ist ja ein echtes Wahnsinnskompliment.«

»Ehrlich, ich hätte niemals gedacht, dass vögeln so schön und aufregend sein kann«, sagte ich und gab Carlos einen langen wilden Kuss. Endlich wurde mir klar, warum die Erwachsenen so einen Zirkus um diese Sache veranstalteten.

Ich verbrachte jetzt die meiste Zeit im *Home*. Wenn ich ab und zu nach Hause fuhr, brachte ich danach immer einen riesigen Schwung Lebensmittel mit in die Drogeneinrichtung.

Hier im *Home* ging immer die Post ab. Abends wurde es gemütlich. Dann waren wir eine große Familie. Wir saßen alle im Zimmer von Carlos, hörten Musik, tranken, kifften und lachten. Manchmal sahen wir uns Musiksendungen im Fernsehen an.

Und samstagabends kam immer das Sportstudio an die Reihe. Dann saßen wir bei Cowboy im Zimmer vor seinem kleinen Fernsehgerät. Ich konnte es zuerst nicht glauben, aber die Männer im *Home* ließen sich auf keinen Fall das Sportstudio entgehen. Als Cowboy beim ersten Mal ankündigte: »Leute gleich fängt das Sportstudio an«, musste ich lachen. Ich dachte, das sei ein Scherz. Ich staunte nicht schlecht, als wenige Minuten später die

Meute vor der Sportsendung saß. Es sah irre aus. Da saßen die verrückten Typen, die Beine auf dem Tisch und die Pfeife machte ihre Runde. Dazwischen blöde Sprüche wie: »Mann Alter, das war doch ein Foul, das sieht doch ein Blinder mit Brille.« »O Fuck, der Schiri ist doch eine absolute Pfeife.« »Ja, ist der Torwart denn voll auf Dope?« »Tooor!«

Ich hatte mich zuvor nicht unbedingt für Fußball oder das Sportstudio begeistern können, aber hier saß ich natürlich auch dabei. Ich genoss dieses Familienleben im *Home,* wenn alle bekifft vor dem Fernsehgerät saßen. An diesen Abenden war ich oft die einzige Besucherin. Manchmal blieb auch Conny über Nacht. Sie kannte die Giftschränke aller Krankenhäuser der Gegend, sie spazierte dort rein und klaute das *Valoron.* Deshalb wurde sie von allen nur die Valoron-Conny genannt. Sie war in meinem Alter und besuchte eine private Handelsschule. Conny hatte schon ihre erste Verhandlung wegen Betäubungsmittel hinter sich, seitdem passten ihre Eltern höllisch auf sie auf, zumindest versuchten sie es. Aber Conny verstand es, ihre Eltern auszutricksen. Unter falschem Namen musste ich öfter bei ihnen anrufen, um zu fragen, ob Conny zu mir nach Hause kommen durfte, um bei mir Mathe zu lernen.

Über dem Bett meiner geliebten Oma Anna prangte ein großes Heiligenbild mit einem Schutzengel, der seine Arme über zwei Kinder ausbreitete, die eine Brücke überquerten. Dieses Bild faszinierte mich als Kind. Meine Großmutter erzählte mir, dass jeder Mensch mindestens einen Schutzengel hätte, manche hätten sogar mehrere.

Eddy war einer meiner Schutzengel. Er wurde zu meiner Vertrauensperson im *Home.* Mit ihm konnte ich über alles reden. Ich mochte ihn sehr. Er wusste, wovon er sprach, wenn er zu mir predigte, ich solle die Finger von harten Drogen lassen, schließlich war er schon seit vielen Jahren alkohol- und heroinabhängig, unzählige Male hatte er im Knast gesessen. Eddy sagte immer ehrlich, was er dachte, deshalb vertraute ich ihm. Manchmal war Carlos nicht da, wenn ich ins Home kam. Unten im Büro traf ich auf Eddy. »Mensch Hannah, meine Hände zittern so, guck mal. Kannst du nicht mal ne Flasche Amselfelder besorgen?«

Klar konnte ich, wenn ich Geld hatte. Wir leerten die Flasche dann gemeinsam. Manchmal suchten wir zusammen eine Kneipe auf.

Eddy erzählte mir von seiner Familie. »Mein Vater war ein Tyrann und Sadist. Alle mussten ständig nach seiner Pfeife tanzen.«

»Hat er dich geschlagen?«, wollte ich wissen.

»Ja, und wie. Das Schlimme war, man wusste nie, wann er ausrastete. Er war Alkoholiker, einer von der aggressiven Sorte. Er hat uns Kinder, aber auch meine Mutter, oft geschlagen. Besonders hatte er es auf meinen älteren Bruder und auf mich abgesehen. Uns hat er ständig mit seinem Gürtel verdroschen. Als ich älter wurde, habe ich irgendwann zurückgeschlagen.«

»Hast du noch Kontakt zu deiner Familie?«

»Nein, ich habe schon lange keinen Kontakt mehr, außer zu meiner jüngeren Schwester. Mit ihr treffe ich mich manchmal.«

Und als er von ihr erzählte, bemerkte ich, wie sehr er sie liebte. Auch mich behandelte Eddy, als wäre ich seine kleine Schwester. Er beschützte mich und fühlte sich für mich verantwortlich.

Eddy appellierte immer wieder an mein Gewissen. »Hannah, du bist noch so jung. Du schaffst es, mit diesem ganzen Zeug aufzuhören. Aber du darfst nicht mit dem Drücken anfangen. Lass die Finger weg vom H. Schau

122

mich an, wie kaputt ich bin. Ehrlich, lass die Finger weg davon.«

Immer wieder musste ich Eddy versprechen, dass ich niemals mit harten Drogen anfangen werde.

Ein anderes Mal erzählte ich Eddy, dass ich mit achtzehn offiziell ins *Home* einziehen werde.

»In der Haussitzung werde ich dagegen stimmen«, sagte Eddy schroff.

Was? Hatte ich eben richtig gehört?

»Wieso willst du denn nicht, dass ich ins *Home* einziehe? Ich denke, du bist mein Freund?«, fragte ich irritiert, fast den Tränen nahe.

»Hannah, gerade weil ich dein Freund bin, wirst du niemals ins *Home* einziehen. Wenn du dauerhaft hier wohnst, dann wirst du dir irgendwann deinen ersten Schuss setzen. Und wenn du es mit dem Heroin genauso treibst, wie mit dem Alkohol und den Tabletten, dann wirst du das Drücken nicht allzu lange überleben. Du bekommst doch jetzt schon nie genug Rausch. Irgendwann wirst du dir dann eine Überdosis H reinknallen. Hannah, du bist noch so jung, du bist erst siebzehn. Du schaffst es vom Alkohol und den Tabletten wegzukommen. Aber du darfst auf keinen Fall mit harten Drogen anfangen. Und deshalb darfst du nicht offiziell hier einziehen. Das wäre dein Untergang. Das musst du mir einfach glauben.«

Schade, ich wäre so gerne ins *Home* eingezogen. Aber Eddys Bestimmtheit, hatte etwas Endgültiges.

Später besuchte ich Carlos. Cowboy hatte sich aus unerfindlichen Gründen in seinem Zimmer nebenan eingeschlossen und kam nicht mehr heraus. Alle Bewohner klopften an seine Tür, aber Cowboy reagierte nicht. Keiner wusste, was mit ihm los war.

Jetzt machte Cowboy schon den zweiten Tag die Tür

nicht auf. Am Nachmittag beschloss ich, etwas zu kochen. Ich kaufte drei Dosen Linsensuppe. Aber mit diesem vorsintflutlichen Dosenöffner bekam ich nicht einmal ein Loch in die Dosen.

Ich klopfte an Cowboys Zimmertür. »Cowboy, kannst du mir helfen? Ich will Linsensuppe kochen, aber ich bekomme die Dosen nicht auf.«

Zu meinem Erstaunen drehte sich der Schlüssel im Schloss und Cowboy kam grinsend aus seinem Zimmer.

Als die Suppe kochte, ging ich durchs Haus und trommelte alle Leute zum Essen zusammen, danach spülte ich die Badewanne leer, dort hatte sich wieder das gesamte Geschirr aus dem *Home* angesammelt. Cowboy half mir beim Abtrocknen.

Manchmal, wenn samstagabends im Zimmer von Cowboy das Sportstudio über den Äther flimmerte, spürte ich seinen Blick für eine längere Zeit auf mir ruhen. Wenn ich ihn dann direkt ansah, sagte er nur spöttisch: »Ja, ja, die Hannah.« Mein Herz begann dann, wie wild zu rasen. Cowboy verunsicherte mich. Aus ihm wurde ich nicht schlau.

Ich mochte ihn, sehr sogar. Aber durch seine Verschlossenheit, auch den großen Hut, hatte er etwas Unnahbares. Cowboy hatte einige Jahre gedrückt, wegen Handel mit Betäubungsmitteln hatte er über zwei Jahre im Knast gesessen. Dann brachte er eine Langzeittherapie hinter sich, inzwischen war er seit vielen Monaten clean. Ich hatte noch nie einen Menschen gesehen, der derart gut mit Kindern umgehen konnte. Cowboy betreute oft stundenlang den dreijährigen Sohn von Carola, die auch im *Home* wohnte. Mit dem Kind verlor Cowboy seine Verschlossenheit, er erzählte ihm selbst erfundene Geschichten und Märchen; im Spiel mit dem kleinen Jungen wurde Cowboy selbst wieder zum Kind.

»Warum machst du keine Ausbildung zum Erzieher?«, wollte ich jetzt von ihm wissen. »Du wärst der beste Erzieher, den ich mir vorstellen könnte.«

Cowboy sah mich betrübt an. »Wie soll ich denn Erzieher werden? Ich habe nicht mal die Mittlere Reife.«

»Aber die könntest du doch nachholen«, sagte ich.

»Ja, vielleicht könnte ich das sogar. Aber, kannst du mir sagen, wer stellt schon einen wegen BTM vorbestraften Erzieher ein?«

Darauf wusste ich leider auch keine Antwort.

Seit Carlos bemerkt hatte, dass wir beide am gleichen Tag Geburtstag haben, hielt er das für einen Wink des Schicksals. Nächstes Jahr Ende Februar wurde Carlos dreißig und ich achtzehn.

»Hannah, an unserem Geburtstag heiraten wir und dann machen wir in der Geburtstags-Hochzeitsnacht ein Kind.«

Zuerst lachte ich köstlich darüber. Aber Carlos fing immer wieder davon an.

»Mit dir als Frau und einem Kind, ich glaube, dann könnte ich es schaffen. Ich würde keinen Alkohol mehr trinken, und auch kein Heroin mehr anrühren, ehrlich. Ich würde mir eine Stelle als Koch suchen, und wir würden ein ganz normales Leben führen. Wir wären eine ganz normale Familie.«

»Carlos, ich bin viel zu jung zum Heiraten und ein Kind will ich auch nicht.«

Nach einigen Tagen gelang es mir endlich, ihm diese Schnapsidee von unserem Eheglück wieder auszureden.

Kurz vor Weihnachten füllte sich das *Home*.

»Am heiligen Fest kommen die Ausreißer, sie halten den scheinheiligen Weihnachtsrummel zu Hause nicht aus«, erklärte mir Eddy.

Am Abend unterhielt ich mich mit der fünfzehnjährigen Susi, die seit drei Tagen hier in der Einrichtung schlief. »Warum machst du nicht wenigstens die Hauptschule zu Ende?«, wollte ich wissen.

»Was kann ich mir denn dafür kaufen?«

»Na, vielleicht kannst du später mal eine Ausbildung machen.«

»Es gibt keine Ausbildung, mit der ich so viel Kohle verdienen kann wie jetzt. Also gehe ich lieber weiter auf den Strich. Dazu brauche ich keine Hauptschule und keine Ausbildung.«

Tja, auch eine Einstellung.

Am Abend kam Andy ins *Home*.

»Weißt du, an Weihnachten im Knast, das halte ich einfach nicht aus, da werde ich verrückt. Bisher bin ich an Weihnachten noch überall rausgekommen, die letzten beiden Jahre aus dem Knast, aus den Heimen, in denen ich davor war, bin ich auch immer an Weihnachten abgehauen. Und dann treibt es mich in Richtung Heimat, aber bei meiner Familie kann ich mich nicht blicken lassen, dort suchen mich die Bullen zuerst. Also komme ich ins *Home*.«

Der achtzehnjährige Andy hatte die Gesichtszüge eines Kindes. Carlos erklärte mir, dass Andy zwei Jahre Knast abreißen müsse, weil er jedes Jahr abhaue, komme immer noch was dazu.

Ob Gott, wer hat dieses Kind für zwei Jahre ins Gefängnis gesteckt? Statt Liebe und ein bisschen Halt bekommt er Knast, Knast und noch einmal Knast. Wie sollte er denn jemals lernen, in Freiheit zu leben?

Da Carlos ein weiches Herz hatte, füllte sich in dieser Nacht sein kleines Zimmer. Wir beide schliefen in seinem Bett. Auf dem Teppich nächtigten Susi und Andy.

Die Ausreißerin verschwand am nächsten Morgen. »Hier ist ja nichts los, völlig tote Hose. Ich geh jetzt nach

126

Berlin. Dort geht echt geil was ab.«

Jetzt blieb noch Andy, der nachts bei uns schlief. Aber Andy störte nicht, im Gegenteil. Andy war einfach nur ein lieber Junge.

Weihnachten war auch im *Home* ein Thema. In der Haussitzung wurde beschlossen, dass für die Leute, die im *Home* wohnten, eine Weihnachtsfeier stattfinden sollte. Zu dieser Feier durften auch Freunde eingeladen werden. Iris, die Psychologin, nahm die Feier in die Hand.

Ich sagte meinen Eltern Bescheid, dass ich Weihnachten im *Home* verbringen werde.

Als ich am Tag vor Heiligabend ins *Home* kam, war Carlos total zu. Er hatte Whisky getrunken, Tabletten genommen und sich dann auch noch einen Schuss gesetzt. Er lag im Bett, sobald er zu röcheln begann, gab ihm Cowboy rechts und links eine saftige Ohrfeige.

»Der hat ne Überdosis.«

»Meinst du nicht, wir sollten einen Arzt rufen?«, fragte ich sachte an.

»Ach was, der wird schon wieder.«

»Warum ist denn das Fenster im Zimmer kaputt?«, fragte ich irritiert. Die eine Scheibe fehlte gänzlich, nur noch am Rand standen einige Glaszacken.

»Carlos hat das Fenster mit der Tür verwechselt. Er wollte dort hinaus.«

Ich fror, die Temperatur im Freien betrug zwölf Grad minus. »Es ist saukalt hier drin. Ich koch mal einen Tee.«

Carlos musste auf die Toilette. Cowboy wollte ihm dabei helfen, aber er schrie ihn an: »Geh weg! Ich kann alleine pinkeln. Mach, dass du rauskommst.«

Plötzlich hörten wir einen dumpfen Schlag, gleich darauf ein Splittern. Wir rannten beide ins Badezimmer. Carlos lag auf der Erde und schnarchte.

»Nimm du die Beine!«, befahl Cowboy. Er packte meinen Freund an den Schultern.

»Der ist aber ganz schön schwer«, stöhnte ich.

Gemeinsam schleppten wir Carlos in sein Zimmer, dort legten wir ihn wieder ins Bett. Er schnarchte laut. Wir beseitigten die Scherben im Bad.

»Jetzt ist das Fenster im Bad auch noch kaputt. Hier zieht es ja furchtbar und es ist saukalt«, sagte ich vor Kälte bibbernd.

»Carlos schläft jetzt. Komm, wir gehen runter in den Aufenthaltsraum. Wir können ja ab und zu nach ihm schauen«, schlug Cowboy vor.

Am nächsten Tag schlief Carlos bis zum Nachmittag. Als er aufwachte, wollte er erstaunt wissen: »Mensch, welcher Idiot hat denn das Fenster eingeschlagen?«

»Der Idiot warst du. Das Fenster im Bad hast du übrigens auch demoliert.«

Heute war Heiligabend, um neunzehn Uhr sollten sich alle Hausbewohner mit Freunden im großen Gruppenraum im Erdgeschoss einfinden.

Als ich mit Carlos herunterkam, standen schon einige Leute vor dem Aufenthaltsraum.

»Die Tür ist abgeschlossen«, stellte Uwe fest.

Eddy feixte: »Iris schmückt gerade den Weihnachtsbaum.«

Alle lachten. Ich hielt das für einen Scherz, die meisten anderen wohl auch.

Aber nein! Das konnte doch nicht wahr sein!

Als Iris feierlich die Tür zum Gruppenraum aufschloss, brannten am geschmückten Tannenbaum die Kerzen. Auf einem Tisch lagen die Geschenke bereit. Auf dem Couchtisch standen Schalen mit Weihnachtsplätzchen neben Platten mit Kuchen. Und ich dachte, mit dieser Einladung wäre ich dem häuslichen Weihnachtskitsch entflohen. Aber Pustekuchen! Weihnachten machte auch vor den Toren des *Home* nicht halt.

Wir, die Bewohner dieser Einrichtung, konnten uns ein Lachen nicht verkneifen. Ich kam mir vor wie ein grunzendes Schwein an einer Hochzeitstafel, vollends fehlplatziert.

Plötzlich tauchte eine wunderschöne schwarzhaarige Frau auf, die überhaupt nicht ins *Home* passte. Es stellte sich heraus, dass es Rosi, die Exfreundin von Eddy, war. Sie schenkte ihm eine schwarze Jeans. Er zog seine Jeans aus und die neue an, sie passte wie angegossen. In Rosis Blick für Eddy lagen dermaßen viel Liebe und Sehnsucht, aber zugleich auch Trauer und Hoffnungslosigkeit. Es tat mir fast weh, die beiden so zu sehen. Eddy und Rosi und diese große Liebe, mit der Rosi nicht mehr wusste, wohin damit.

Unvermittelt sah ich klar vor Augen, dass es mir in naher Zukunft einmal ebenso ergehen wird wie Rosi. Ich werde mit dem Mann zusammen sein, den ich über alles liebe, mich aber von ihm trennen und dann nicht mehr wissen, wohin mit dieser großen Liebe. In meinen Augen wird sich die gleiche Angst spiegeln wie in Rosis, die Angst, den Mann, den man über alles liebt, irgendwann einmal ganz zu verlieren.

Jetzt teilte die Psychologin – wie der Weihnachtsmann – die Geschenke aus, sie rief auch meinen Namen auf. Damit hatte ich nicht gerechnet.

Iris überreichte mir ein kleines Päckchen. Ich packte mein Geschenk aus. Es war ein blauer Taschenkalender für das neue Jahr.

Ein richtiges Weihnachtsprogramm hatte die Psychologin zusammengestellt. Das Programm sah vor, dass Carolas Mann und Jimmy zusammen Gitarre spielen sollten.

»Aber bitte nicht ›Stille Nacht, heilige Nacht‹«, sagte ich lachend zu Jimmy.

Als ich an Andy dachte, wurden meine Augen feucht. Andy! Wie sehr hatte er sich auf Weihnachten gefreut. Vorgestern Abend zog er zusammen mit einem anderen Typen los. Beide fuhren mit einem gestohlenen Auto durch die Gegend, als sie von einer Polizeistreife überprüft wurden. Andy wurde verhaftet, da er auf der Fahndungsliste stand. Jetzt lag Andy höchstwahrscheinlich heulend in einer Gefängniszelle, seine Haftstrafe würde sich erneut um einige Monate verlängern.

Nach einer Stunde trauten Zusammenseins rauschte Uwe ab. Kurze Zeit später kam er feierlich mit Carlos‘ silbernem Tablett hereinspaziert.

»Zur Feier des Tages.«

Wir applaudieren. Auf dem Tablett lagen: ein Stück Haschisch, große Papers, ein Schillum und eine Pfeife. Die Psychologin verzog säuerlich das Gesicht. Iris hatte noch eine Praktikantin zur Weihnachtsfeier mitgebracht, die auch pikiert guckte.

Uwe, der ihren Blick gesehen hatte, rief ungerührt: »Abstimmung! Wer ist für Joint? Wer für Schillum? Und wer für Pfeife?« Die meisten Hände erhoben sich – wie auch meine – bei Pfeife.

»Es ist doch Weihnachten«, sagte Iris wie ein kleines, trotziges Kind.

»Eben deshalb«, antwortete Uwe. Mit höchster Konzentration führte er seine Arbeit aus.

Die Pfeife machte dann die Runde.

»Das ist aber ein astreiner Weihnachtsshit«, meinte Tina anerkennend.

Uwe schmunzelte. »Den habe ich auch extra für die Heilige Nacht aufgehoben.«

Später verschwanden immer mehr Leute nach draußen, ich nahm an, dass ein Dealer mit Heroin eingetroffen war.

»Wo gehen die denn alle hin?«, wollte Iris naiv wissen.

»Überleg doch mal, wo die hingehen, die feiern«, entgegnete ihr Jimmy.

Iris schien zu begreifen.

Nach einiger Zeit kamen die Leute mit stecknadelgroßen Pupillen wieder zur Weihnachtsfeier zurück. Uwe baute noch einen riesengroßen Joint. Jimmy spielte Lieder von Bob Dylan und Eric Clapton auf seiner Gitarre.

Als Abschluss der Weihnachtsfeier sah das Programm der Psychologin den Besuch der Christmette in Oggersheim vor. Einige hatten keinen Bock drauf. Ich wollte mir das Spektakel nicht entgehen lassen. Wir fuhren dann mit dem hauseigenen VW-Bus zur Kirche. Schließlich hatte der Pfarrer das *Home* gegründet und freute sich, wenigstens einmal im Jahr, seine rabenschwarzen Schäflein in der Kirche begrüßen zu dürfen.

Ich saß zwischen Carlos und Eddy. Während der Pfarrer seine Predigt hielt, rülpste Carlos laut. Ich sah ihn mit einem strafenden Augenaufschlag an. Alle schauten zu uns herauf. Wir saßen auf der Empore. Eddy hatte sich eine Zigarette angezündet, den Rauch blies er nach unten.

»Eddy, mach sofort die Zigarette aus!«, sagte ich leise, aber in dem schneidenden Ton einer Mutter, deren Kind sich im Kaufhaus vor allen Leuten danebenbenimmt.

»Aber es hängt doch nirgends ein Schild, auf dem steht, dass Rauchen hier verboten ist.«

»Bitte Eddy, mir zuliebe«, versuchte ich es auf die sanfte Tour.

Eddy warf die Zigarette auf den Boden und trat sie aus.

Nach der Weihnachtspredigt begannen einige Homebewohner zu applaudieren. Am liebsten wäre ich im Erdboden versunken. Unten tuschelten einige Leute, andere sahen böse und kopfschüttelnd zu uns herauf. Da musste auch ich lachen. Der Pfarrer blickte nur freundlich zur Empore hoch, und später verabschiedete er uns alle mit Handschlag.

Mir hatte dieser Heiligabend großartig gefallen, auch wenn er nicht genau nach dem Programm der Psychologin abgelaufen war.

Am ersten Weihnachtsfeiertag mussten wir früh aufstehen, denn Carlos kochte das Mittagessen für das gesamte Home. Auf der Speisekarte stand: Paella à la Carlos.

Vor dem Kühlschrank im Flur stehend, öffnete er Dosen mit Krabben und Muscheln. In viel zu kleinen Töpfen wurde eine Unmenge Reis gekocht. In dem kleinen Flur, in dem neben dem Herd ausschließlich der Kühlschrank Platz fand, traten sich nach kurzer Zeit die vielen Helfer auf die Füße. Carlos war in seinem Element, ein leidenschaftlicher Koch. Wie er mit den Töpfen herumhantierte, hier nachwürzte, dort abschmeckte, da musste ich wieder an seine Worte denken: »Ich suche mir eine Stelle als Koch und wir führen ein ganz normales Leben.« Wenn der Alkohol und die harten Drogen nicht wären, dann hätte aus Carlos gewiss ein hervorragender Koch, ein zärtlicher Ehemann und ein liebevoller Vater werden können.

In der Badewanne türmte sich wieder ein riesiger Geschirrberg, den wir Helfer wegspülten, bevor wir das Festmahl hinunter in den großen Gruppenraum trugen.

Die Festtafel sah elegant aus. Iris hatte ihr bestes Geschirr und Besteck von zu Hause mitgebracht, sogar mit Stoffservietten hatte sie eingedeckt. Carlos hatte das Essen exzellent angerichtet. Es sah aus, wie in einem vornehmen Restaurant. Und so, wie es aussah, schmeckte es auch: einfach grandios. Im Gruppenraum herrschte völlige Stille, alle mampften andächtig.

Gerade mal drei Stunden hatte ich geschlafen, als mich meine Eltern am zweiten Weihnachtsfeiertag vor dem *Home* abholten. Mit fürchterlichen Krämpfen hatte ich stundenlang auf der eiskalten Toilette, mit dem eingeschlagenen Fenster, zugebracht. Jetzt fühlte ich mich wie gerädert. Meine Tante aus Dortmund, die zu Besuch war, begrüßte mich mit einem blendenden, strahlenden Lächeln und ich fragte mich: O Gott, wie kann ein Mensch nur derart lebendig sein? Müde stapfte ich durch die weiße Winterpracht, während mein rotgemusterter Maxirock im hohen, frisch gefallenen Schnee schleifte.

Nach zwei Tagen machte ich mich wieder auf ins *Home*. Am Abend tauchte eine Schönheit mit langen dunkelbraunen Haaren namens Anita auf, sie wollte im *Home* schlafen, aber Carlos setzte sie vor die Tür.

Am nächsten Morgen um sieben Uhr klingelte es, die Hübsche stand erneut vor der Tür, sie wollte zu Carlos.

Ich ließ sie rein, dann kochte ich uns einen Kaffee.

Anita war in Carlos' Alter, sie sah allerdings viel zu normal aus fürs *Home*, aber sie schien vollständig auf Carlos abzufahren. Garantiert hatte er mit ihr geschlafen, sich dabei mit Koks in Höchstleistungsform gebracht, und ihr im Rahmen seines Vögel-Marathons einen Mega-Orgasmus verschafft, wie beim ersten Mal mit mir.

Nach dem Kaffee suchte ich meine Habseligkeiten zusammen, um nach Hause zu fahren.

»Bleib doch«, bat mich Carlos, »ich will nicht, dass du gehst.«

Als ich am Nachmittag zurückkam, führte ich mit Carlos ein eindringliches Gespräch.

»Ich glaube, Anita liebt dich«, sagte ich zu ihm. »Wäre das nicht die ideale Frau zum Heiraten?«

»Ach, Quatsch!« Carlos winkte ab.

»Sie ist ein schönes, zärtliches Kätzchen. Ich könnte mir Anita wirklich gut als Ehefrau vorstellen. Und Kinder will sie garantiert auch von dir.«

»Hannah, du spinnst! Willst du mich etwa mit der verkuppeln?«

Aber ich bemerkte, dass ihn diese Schönheit nicht kalt ließ, da konnte er mir erzählen, was er wollte.

Am nächsten Morgen um acht Uhr klingelte es erneut.

»Mach bloß die Tür nicht auf«, stieß Carlos verschlafen hervor, »ich will die nicht sehen. Will die uns jetzt jeden Morgen aus dem Bett schmeißen?«

»Du kannst sie doch nicht vor der Tür stehen lassen. Carlos, sie liebt dich.«

Es läutete Sturm. Nackt stieg ich aus dem Bett und öffnete die Tür.

»Komm rein, Anita.«

Carlos schrie: »Scheiße, kann man hier nicht in Ruhe schlafen?« Mit dem Kopf legte er sich unter das Kissen.

Anita wollte wieder gehen, aber ich hielt sie zurück: »Setz dich, du frierst ja. Ich koche uns beiden einen Kaffee.«

Ich stellte einen Topf mit Wasser auf den Herd und zog mich an. Dann frühstückte ich mit Anita.

»Du bist in Carlos verliebt. Ich glaube, dich hat es ganz schön erwischt«, sagte ich zu ihr.

Sie lächelte mich unsicher an. »Ja, ich liebe Carlos. Aber ich will ihn dir nicht wegnehmen.«

»Weißt du, ich mag Carlos. Ich kann ihn sehr gut leiden, aber ich bin nicht in ihn verliebt.«

Anita schien erleichtert.

»Ich glaube, Carlos und du, ihr würdet ganz gut zusammenpassen. Ich gehe jetzt, mach's gut, Anita.« Wir umarmten uns.

Immer, wenn Anita auftauchte, trank ich noch einen Kaffee mit ihr, dann verschwand ich nach Hause.

Manchmal war Anita mittags, wenn ich kam, noch oder schon da. Dann kochte ich uns etwas zu essen. Am Nachmittag machte sich dann Anita aus dem Staub. Sie erschien mir immer mehr als die ideale Frau für Carlos. Ich dachte: Vielleicht könnte er mit ihr zusammen seinen Traum von einem normalen Leben verwirklichen.

An Silvester arbeitete Carlos bis zwei Uhr nachts in einem Restaurant als Koch. Ich wollte den Jahreswechsel aber trotzdem im *Home* feiern. Tina, Nina und ich beschlossen, zu dritt etwas zu unternehmen. Wir besuchten den Club *Music*. Tina und Nina kannten die halbe Diskothek, ständig gingen wir mit irgendwelchen Leuten nach draußen, etwas rauchen. Zu meiner Überraschung traf ich Harry im *Music*. Harry, den ich von der Drogenwiese kannte. In den letzten beiden Jahren hatte ich ihn nur einmal im *Music* getroffen. Er gefiel mir, und ehe ich mich versah, hatte ich mich schon wieder mal ein bisschen verliebt.

Harry lud mich für Freitagabend zu sich nach Hause ein: »Es kommen einige Freunde. Ich würde mich freuen, wenn du auch kommst, wir feiern eine kleine Party.«

Am nächsten Mittag traf ich Eddy unten im Büro.

»Komm, wir gehen in eine Kneipe. Ich muss mit dir reden«, gestand ich ihm.

Eddy sah mir tief in die Augen: »Probleme? Nein, du hast dich verliebt!«

»Ach Mensch, du weißt immer schon alles im Voraus«, sagte ich lachend.

In der Kneipe, einige Straßen weiter, in die wir beide uns schon des Öfteren geflüchtet hatten, erzählte ich ihm von Harry, nachdem wir beide ein großes Pils bestellt hatten. Eddy hörte mir aufmerksam zu. Mit seinen warmen und ehrlichen Augen sah er mich offen an. Plötzlich wusste ich, warum ich ein solch großes Vertrauen zu Eddy hatte. Es war dieser treue, ehrliche Blick.

»Wenn du in ihn verliebt bist, dann geh hin«, schlug Eddy vor.

»Eddy, du bist mein großer Bruder. Ich wollte immer einen großen Bruder, und du bist der liebste und einzigartigste große Bruder, den ich mir vorstellen kann.«

»Ja, mein kleines Schwesterchen.«

Wir umarmten uns, lachend und untergehakt schlenderten wir zurück ins *Home*.

Am Abend machte ich mich mit Eddys Segen auf den Weg zu Harry. Er wohnte in einem hässlichen Apartmenthochhaus. Ich läutete. Er meldete sich.

Im zwölften Stock erwartete er mich schon an der Wohnungstür. »Schön, dass du gekommen bist.«

Ich sah mich im Ein-Zimmer-Apartment um, bis jetzt waren wir nur zu zweit. Harry bereitete Kaffee in der Kochnische zu. Alles wirkte steril, wie die Plastik-Jugendzimmereinrichtung aus einem Möbel-Discounter. Auf seinem Schreibtisch stand, in Leder gerahmt, das Bild eines jungen, hübschen Mädchens. Nachdem ich von der Toilette zurückkam, fiel mein Blick erneut auf den Schreibtisch. Natürlich! Jetzt war das Bild verschwunden.

»Warum hast du denn das Bild von der Prinzessin auf deinem Schreibtisch entfernt?«, wollte ich wissen.

»Ach, ehm, äh, das ist doch nur so ein Mädchen«, stotterte Harry, »wir, äh, gehen jeden Dienstagnachmittag zusammen spazieren.«

So etwas Blödes hatte ich ja noch nie gehört. Mir lag auf der Zunge, zu sagen: Ich gehe mit Carlos auch öfter spazieren. Aber ich wollte mich nicht gleich in den ersten fünf Minuten mit Harry streiten, daher schluckte ich meine Bemerkung herunter.

In diesem Raum deutete nichts auf eine Party hin.

Daher sagte ich: »Ich denke, hier findet ne Party statt.«

»Eine Party? Ähh ... ach so, meine Freunde kommen gleich.«

Harry saß mir gegenüber, kerzengerade wie ein Stockfisch. Es klingelte.

Seine Freunde waren aufs Äußerste überrascht, mich hier zu sehen. Erst allmählich dämmerte mir, dass das, was ich für eine Party gehalten hatte, tatsächlich eine wöchentlich stattfindende Skatrunde war. Warum hatte mich Harry dazu eingeladen? Und warum hatte er gesagt, dass bei ihm eine Party stattfinden werde? Harry war ein komischer Typ. Ich wurde aus ihm nicht schlau.

Ich fühlte mich fehl am Platz, aus diesem Grund flüchtete ich mich ins *Home*, um bei Carlos zu übernachten.

Endlich bekam ich meine Periode, noch nie hatte ich mich über dieses Blut dermaßen gefreut. Wenn ich betrunken war, hatte ich mehrmals die Einnahme der Pille vergessen. Und als sich meine Periode eine Woche verspätete, hatte ich Angst, von Carlos schwanger zu sein.

Mittags kam Anita, sie war seit über einer Woche nicht mehr im *Home* gewesen. Ich freute mich über ihre Anwesenheit und fuhr nach Hause.

Wieder befand ich mich in diesem inneren Chaos. Ich wusste nicht, was ich wollte. Ich fühlte mich flatterhaft wie ein Schmetterling. Einerseits wollte ich unbedingt im *Home* bleiben. Das *Home* war mein Zuhause und meine Tagesstrukturierung geworden. Ich mochte Carlos gern leiden, mehr allerdings nicht. In Harry hatte ich mich etwas verliebt. Wie sollte ich mich entscheiden?

Ich beschloss, mit meinem großen Bruder Eddy zu reden. Er wusste immer einen Rat. Aber Eddy konnte nicht für mich eine Entscheidung treffen, das vermochte nur ich allein.

Nach einigen Überlegungen stand für mich fest, ich werde mit Carlos Schluss machen. Schließlich hatte er ja noch die schöne Anita, sie wird sich um ihn kümmern. Ich wartete eine halbwegs nüchterne Stunde ab, um mit Carlos zu sprechen.

»Schade, ich hätte dich wirklich gerne geheiratet.«

»Ach, Carlos, das sind doch alles nur Träume.«

»Ja, wahrscheinlich hast du Recht, Hannah. Ich bin dir nicht böse, dass du Schluss machst. Ich mag dich noch immer sehr gern.«

»Ich mag dich auch sehr gern, Carlos.«

Mir liefen dicke Tränen über die Wangen. Carlos umarmte mich und wir küssten uns. Er war so lieb.

»Ich habe noch eine Bitte«, sagte Carlos, »ich möchte, dass du noch eine Nacht bei mir schläfst. Lass mich diese eine Nacht nicht allein, einverstanden?«

Ich willigte ein.

Mit Anita hatte ich abgesprochen, dass sie am nächsten Morgen vorbeikommen wird, um sich um Carlos zu kümmern.

Am Abend war Carlos völlig breit. Mit Schuhen und Kleidern lag er schnarchend im Bett. Mühsam entkleidete ich ihn, dann legte ich mich neben ihn. Alles war ganz still. Das war also meine letzte Nacht im *Home*.

Cowboy, der im Zimmer nebenan wohnte, arbeitete schon den gesamten Tag über schwarz. Ich war froh, dass ich mich nicht von ihm verabschieden musste. Ich dachte an Carlos, an Cowboy, an Eddy und an Tina, da schossen mir die Tränen über die Wangen. Wie sollte ich ohne diese Menschen leben; sie waren zu meiner Familie geworden. Was sollte ich ohne das *Home* machen?

Plötzlich hörte ich, wie Cowboy seinen Schlüssel ins Schloss steckte. Cowboy! Mein Herz fing wild an zu rasen. Es klopfte an der Tür. Ich wischte mir die Tränen aus dem Gesicht und öffnete.

Als ich Cowboy vor mir sah, in diesem Augenblick begriff ich, warum ich mich nicht von ihm hatte verabschieden wollen.

»Hallo, Hannah, kannst du mir meine Hand neu verbinden?«

»Was ist denn passiert?«, fragte ich aufgeregt.

»Ich habe mir in die Hand gesägt.«

Ich wickelte den Verband von Cowboys Hand ab.

»Das sieht aber nicht gut aus. Meinst du nicht, du müsstest damit zum Arzt?«

»Was soll ich dem Arzt erzählen? Das ist mir bei der Schwarzarbeit passiert.«

Ich wickelte den Verband vorsichtig wieder um Cowboys Hand.

»Ich habe mit Carlos Schluss gemacht«, teilte ich ihm mit. »Es ist meine letzte Nacht im *Home*.«

Wir unterhielten uns noch einige Minuten, dann ging Cowboy in sein Zimmer.

Erst jetzt begriff ich alles. Ich fühlte mich, als stürzte ein Berg über mir zusammen. Jetzt wusste ich, warum mein Herz wild zu rasen begann, wenn mich Cowboy während des Sportstudios von der Seite her ansah und »Ja, ja, die Hannah«, sagte.

Warum wurde mir das alles erst jetzt bewusst? Jetzt, wo alles zu spät war. Warum hatte ich dieses Gefühl für Cowboy nicht schon früher zugelassen? Dieses Gefühl war immer mehr gewachsen, jetzt schien es mich zu erdrücken.

Habe ich mich nicht getraut, etwas für Cowboy zu empfinden, weil er durch seine Verschlossenheit und den großen Hut unnahbar wirkte? Nur die Wand befand sich zwischen uns. Nur diese dünne Wand trennte mich von ihm. Ich dachte: Was, wenn ich jetzt einfach zu ihm rübergehe? Was empfindet Cowboy für mich?

Ich war mir nicht sicher. Sonst erspürte ich meine Wirkung auf Männer immer. Warum zweifelte ich bei Cowboy? In einer Sekunde fühlte ich mich hundertprozentig sicher, dass er mich auch mochte und ich auf der Stelle nach nebenan gehen musste. In der nächsten Sekunde jedoch kam ich mir lächerlich vor.

Wie eine Nutte hatte ich mich im *Home* herumgereicht, von Stockwerk zu Stockwerk hatte ich mich nach oben gebumst. Und das alles nur, um im Vorbeigehen ein bisschen Zärtlichkeit einzuheimsen. Ich war nichts weiter als ein ausgekauter Kaugummi, völlig ohne Geschmack, den gab man niemanden mehr in den Mund, man spuckte ihn aus.

Schuld an allem war der Alkohol, wäre ich nicht ständig besoffen gewesen, hätte ich dieses Gefühl für Cowboy gespürt. Ich hatte es ertränkt, ertränkt in Unmengen von Wodka, Whisky, Wein und Bier.

Ich dachte: Ich muss mit dem Trinken aufhören. Ich werde mein Leben ändern! Überhaupt keine Drogen werde ich mehr nehmen. Nie wieder will ich dermaßen besoffen oder breit sein, dass ich nichts mehr von meinen Gefühlen mitbekomme. Nie wieder!

Aber wie sollte ich das bloß schaffen?

Am Morgen erinnerte ich mich an Harry. War ich nicht gestern Abend noch ein bisschen in ihn verliebt gewesen? Diese Empfindung, die ich ihm gegenüber verspürte, erschien mir kindisch, gegenüber dem, was ich für Cowboy fühlte.

140

Aber Cowboy war ein feiner Mensch, er verdiente eine andere Frau, eine bessere Frau als mich.

Ich dachte: Auf der Stelle muss ich weg hier, sonst werde ich verrückt. Ich stand auf, zog mich an, packte meine Schallplatten in eine Tüte und gab dem schlafenden Carlos einen Kuss auf die Stirn. Ich musste mich von Eddy verabschieden.

Uwe flitzte mit einer Kamera durchs Haus. Auch er hatte vor, heute das *Home* zu verlassen. »Ich gehe in die Gegend von Saarbrücken zurück.«

Er wollte ein Foto von mir schießen, ich streckte ihm die Zunge raus.

»Bleib so, das wird ein tolles Foto.«

Eddy saß im Gemeinschaftsraum. Wir umarmten uns, er hielt mich ganz fest. Dieser fürchterliche Kloß im Hals, gleich musste ich losflennen. Eddy verschwamm vor meinen Augen.

»Jetzt stehst du nicht mehr unter meinem persönlichen Schutz. Hannah, ab heute musst auf du dich selbst aufpassen. Du musst mir versprechen, dass du niemals harte Drogen anrühren wirst.«

»Ich werd's versuchen.«

»Das reicht mir nicht. Ich will, dass du mir versprichst, dass du niemals mit Heroin anfängst.«

»Ja, Eddy, ich verspreche es dir.«

Jetzt konnte ich die Tränen nicht mehr zurückhalten. Eddy wischte meine Tränen mit dem Handrücken seiner rechten Hand weg und streichelte sanft meine Wangen.

»Ich weiß, dass du es schaffen wirst, mit dem ganzen Zeug aufzuhören. Ich glaube an dich, ich glaube ganz fest an dich. Hannah, du bist noch so jung. Es wird ein Leben ohne Alkohol und ohne Drogen für dich geben. Aber du musst die Finger vom H lassen. Du darfst niemals damit anfangen. Niemals! Denk immer daran, dass du es mir versprochen hast.«

Wir umarmten uns noch einmal lange.

»Mach's gut, Hannah, pass gut auf dich auf.«

»Mach's gut, Eddy. Pass du auch gut auf dich auf. Das *Home* wird mir fehlen, und du, mein lieber großer Bruder, wirst mir am meisten fehlen. Ich hab dich lieb, Eddy.«

»Ich hab dich auch lieb, Schwesterchen Hannah.«

Vor dem *Home* sah ich hoch in den dritten Stock. Dort schlief Carlos, in dem Zimmer dahinter, Cowboy. Meine E-Gitarre hatte ich im *Home* zurückgelassen. Somit blieb wenigstens etwas von mir zurück in meinem verlorenen Paradies.

Gerade segelte ich mit einem Gleitschirm einen Berg hinab, dabei ruhte ich tief in mir und fühlte eine unvergleichbare meditative Stille. Jetzt höre ich Stimmen und komme langsam zu mir.

»Schau mal, die Neue, die genießt ihre Narkose, das sieht man richtig.«

»O Mann, die ist ganz schön breit.«

Die beiden Pfleger holen mich mit ihrer Lästerei in die Realität des Krankenhauses zurück.

Aber es stimmt, was sie sagen, ich bemerke es selbst. Ich bin total breit. Grinsend liege ich im Bett, ich fühle mich gut, wahnsinnig gut. Als ich versuche, die Augen zu öffnen, kommt ein Pfleger an mein Bett und teilt mir mit, dass die Operation problemlos verlaufen sei und ich mich im Aufwachraum befinde.

Mit meiner schweren Zunge, die mir noch nicht gehorchen will, lalle ich: »Sie haben echt gute Drogen hier, ich glaube, ich komme jetzt öfter.«

Die beiden Pfleger amüsieren sich köstlich.

Mir jedoch vergeht das Lachen, als ich – nach überstandener Operation – wieder nach Hause komme. Aus dem Nichts heraus hat mich dieses Raubtier, die Drogengeilheit, angegriffen. Ich hatte davon gelesen, dass Ex-Junkies nach jahrelanger Zeit der Abstinenz durch die Narkose bei einer Operation rückfällig werden können. Aber – ich war niemals ein Junkie. Lange Zeit habe ich in hohen Dosen Codein konsumiert, aber das ist eine Ewigkeit her. Kann das der Grund sein, für diesen erneuten Heißhunger nach Betäubung? Codein ist schließlich ein Opiatabkömmling.

Ich spaziere durch die Stadt. Überall sehe ich sie, die Junkies. Wo hielten sie sich auf, in den letzten Jahren? Nur noch ab und zu waren sie mir aufgefallen. Jetzt scheint es, als wäre die Hälfte der Bevölkerung auf Drogen. Überall sehe ich Menschen auf Dope. Meine Gedanken kreisen einzig um das Thema Drogen. Ich laufe durch den Park, sehe jedoch weder das zarte Grün der Zweige, noch die Knospen der aufblühenden Krokusse, auch nicht den ersten Zitronenfalter, stattdessen fällt mir sofort der örtliche Drogendealer auf. Ich beobachte ihn und denke, vielleicht könnte ich etwas zu rauchen bei ihm kaufen. Er verschwindet sofort sauer, als ich mich am anderen Ende seiner Parkbank niederlasse. Wahrscheinlich hält er mich für eine übermotivierte Lehrerin, die die Seelen ihrer lieben Kleinen um jeden Preis vor diesem bösen Drogendealer schützen möchte. Tja, wie Unrecht er doch hat!

Was passiert mit mir? Tauche ich gerade in diese mir nur zu gut bekannte Parallelwelt ab? Ich stehe im Treibsand, je stärker ich mich dagegen wehre unterzugehen, umso schneller versinke ich. Keine Chance habe ich, anzukämpfen gegen diese Welt mit ihren speziellen Gesetzen, ihrer eigenen Sprache, ihrem typischen Lebensstil, ihren besonderen Tagesnachrichten, ihren signifikanten Prioritäten. In immer kleiner werdenden Ellipsen umrunde ich die Scene. Diese beiden Welten – meine bisherige und die Drogenszene – liegen dicht nebeneinander, jedoch so unendlich weit voneinander entfernt.

Ich brauche Drogen. Unbedingt. Jetzt! Sofort! Ein Gefühl, als müsste ich erfrieren, wenn ich keine Drogen konsumiere. Nicht irgendeine Droge will ich, nein. Ich will Heroin! Ich verstehe nicht, woher dieser Zwang kommt. Wieso ist er da, so plötzlich? Dieser Heißhunger nach Betäubung ist derart stark, dass es fast wehtut. Ein tief in meiner Seele eingebunkerter Schmerz ist an die Oberfläche geschwappt, in meinem Körper hat er sich überall ausgebreitet, er hat sich festgefressen, in meinen Knochen, in meinen Gehirnwindungen, in meinem Herzen, in meiner Seele.

Ich greife in meine Jackentasche, fühle dort den Fünfziger, den ich mir eingesteckt hatte, bevor ich das Haus verließ. Erst jetzt wird mir klar, was ich vorhatte.

Woher kommt diese Sehnsucht nach Betäubung? Woher nur?

Fast hatte ich vergessen, dass es diese Welt gibt, derart sicher hatte ich mich in dieser anderen Welt eingerichtet. Und dann, von einem auf den nächsten Tag, ist diese Sicherheit zerstört, hat sich aufgelöst wie ein Hagelkorn in der Sonne.

Ich hatte mich wohlgefühlt im Aufwachraum nach der Operation, viel zu wohl. Seit diesem Tag kann ich mich nicht mehr spüren, mich nicht mehr auf mich selbst konzentrieren. Ich verliere mich in meiner Vergangenheit. Als wäre ich wieder die depressive Jugendliche von damals, verharre ich in dieser Regungslosigkeit, sitze auf meinem Stuhl, starre an die weiße Wand, minutenlang. Es ist, als wäre ich wieder fünfzehn. Nicht reifer bin ich geworden in all den Jahren, nur älter, viel älter. Was ist die Ursache dieser Versteinerung? Ist es die Angst, zu leben? Noch immer habe ich diese Angst, mich auf das Leben einzulassen, es zu genießen. Ein leichtes, schönes Leben verdiene ich nicht, kann es nicht zulassen.

Zu viele Kränkungen der Seele, die keiner sehen sollte. Durch Drogen wie auch Alkohol habe ich versucht, die Kälte zu verdrängen, diese Starre aufzulösen, mich zu spüren. Eine wohlige Wärme durchflutete mich, ein Gefühl der Glückseligkeit, meine Welt war in Ordnung, kein Hunger, kein Durst, satt, ich war satt, kurz bevor ich in dieses Alkohol- und Drogenkoma fiel, war ich selig.

Diese Vergangenheit ist verdammt hartnäckig und widerspenstig, sie lässt sich nicht verdrängen. Immer und immer wieder taucht sie in der Gegenwart auf. Diese Sehnsucht, dieser Schmerz, diese Trauer, sie kommen in Wellen wie die Flut.

Wenn ich es nicht verhindere, dann wird mich die Vergangenheit wie ein Tsunami überfluten, mit Gewalt zu Boden reißen, über meinem Kopf zusammenschlagen und mich ein für alle Mal unter einer Lawine von Schlamm begraben.

Ich sitze im Wohnzimmer auf meinem terracottafarbenen Ledersofa, starre auf den Fernseher und warte auf die nächsten Nachrichten. Es läuft irgendeine Daily-Soap, die ich aber nicht verfolgen will, gar nicht kann. In mir diese tiefe Gewissheit, die Welt wird untergehen, alles wird zusammenbrechen, die Welt wird sich selbst auslöschen. Dann endlich die Nachrichten. Alle Menschen werden dazu aufgerufen, in ihren Wohnungen zu bleiben. Zunächst überlege ich, ob ich mich umbringen soll. Wenn feststeht, dass die Erde unweigerlich untergehen wird, dann möchte ich mich lieber zuvor selbst töten. In einer Sondersendung wird darüber berichtet, dass sich weltweit schon viele hunderttausend Menschen umgebracht haben. Ich aber will nicht sterben. Ich will leben. Was, wenn ich meine Haustür zuschließe und abwarte? Eventuell besteht ja doch noch ein Funke Hoffnung. Vielleicht ist gar nichts passiert, diese Nachrichten sind möglicherweise nur Fake-News. Wer weiß das schon? Umbringen kann ich mich auch später noch, denke ich. Tagelang sitze ich in meinem Wohnzimmer und warte auf den Untergang der Welt. Der Strom ist inzwischen abgestellt. Auch alle Kommunikationsmittel haben ihren Geist aufgegeben. Aber es passiert nichts. Gar nichts! Nach Tagen der Unsicherheit beschließe ich, mich nach draußen zu begeben, um nachzusehen. Ich habe nichts mehr zu essen. Aus dem Wasserhahn fließt, zu meiner Verwunderung, noch immer Wasser. Ich habe Angst, große Angst vor dem, was mich da draußen erwartet. Zaudernd gehe ich die Treppe hinab und verlasse unser Haus. Aus dem Lebensmittelladen gegenüber kommen mehrere Familien mit ihren vollen Einkaufswagen heraus. Die Kinder lachen laut. Alles ist wie immer. Da fühle ich diese große Freude in mir, dass die Welt doch nicht untergegangen ist. Ich fühle eine tiefe Dankbarkeit dafür, noch am Leben zu sein. Und ich denke: Wenn ich mich umgebracht hätte, wäre es völlig umsonst gewesen.

Nachdem ich einige Tage über diesen Traum nachgedacht habe, bin ich mir sicher: Es stimmt, ich will nicht, dass meine kleine Welt untergeht. Ich will leben. Ich will nicht noch einmal zurück in diese Hölle der Abhängigkeit. Viel zu viel wäre umsonst gewesen.

Ich werde diesem Schmerz und diesem Heißhunger nach Betäubung auf den Grund gehen. Und ich beschließe: Ich muss noch einmal zurück. Zurück an den Ursprung. Zurück in meine Jugend. Zurück zu der Zeit mit Alkohol und Drogen. Zurück zu meiner großen Liebe, zu Jascha. Nur so habe ich eine Chance, diese Sehnsucht nach Betäubung vollständig auszulöschen. Ich habe meine Mitte verloren; ich will sie wiederfinden. Ich muss sie wiederfinden. Ich weiß, ich habe mich in meiner Vergangenheit verheddert. Manchmal muss man erneut eine weite Strecke zurücklegen, um vorwärtsschreiten zu können.

Ich werde mit meiner Vergangenheit Frieden schließen, mich mit ihr aussöhnen, um der Zukunft willen.

12. Süchtig nach Rausch

Tag für Tag, in einem unendlichen Rausch verbringend, verschanzte ich mich vollständig in meinem Zimmer. Seit Wochen hatte ich das Haus nur noch zur Alkoholbeschaffung und zur Deckung des Zigarettennachschubs verlassen.

Wenn ich morgens erwachte, hatte ich Angst, Angst vor dem bevorstehenden Tag und Angst vor dem vergangenen Tag. Ich dachte: Werde ich es heute wieder schaffen, meine notwendige Alkoholration zu sichern? Werde ich beim Klauen erwischt?

Der gestrige Tag war in meinem Gedächtnis wie ausgelöscht, es existierte nur eines dieser großen schwarzen Löcher, in denen alle Materie verschwindet. Ich konnte mich an nichts, an gar nichts mehr erinnern. Hatte ich womöglich das Wohnzimmer vollgekotzt? War irgendetwas Schlimmes passiert? Sobald ich morgens die Augen aufschlug, fiel diese Angst auf mich, sie grub sich tief in meine Haut wie eine ausgehungerte Zecke. Erst am Abend ließ diese Angst zäh von mir ab, wenn meine Eltern vergleichsweise normal auf mich reagierten. Dann wusste ich: Gestern ist nichts Peinliches passiert, nichts, für das ich mich schämen müsste. Ich trank immer mehr, um diese Angst unter Kontrolle halten zu können.

Unter meinem Bett hatte ich eine Flasche Bier deponiert, sobald ich sie leer getrunken hatte, fand ich die Kraft zum Aufstehen. Mein Frühstück, das ich im Bett einnahm, bestand aus zwei bis drei Zigaretten sowie einer halben

Flasche Wodka. Jetzt fühlte ich mich gut, meine Angst hatte sich verabschiedet. Unter der Bettdecke empfand ich das Leben wohlig warm, die Deckenlampe über mir zog sanft ihre Kreise. Nach einiger Zeit tauchte ich in einen tiefen Alkoholschlaf ab, aus dem ich erst gegen Mittag erwachte.

Jetzt kam die Hektik, ich musste für Nachschub sorgen. Mit meinem Fahrrad fuhr ich zum nahegelegenen Lebensmittelgeschäft. Wenn ich über genug Taschengeld verfügte, kaufte ich mir eine Flasche Schnaps, Zigaretten und eine Packung Kekse. Die Kekse brauchte ich nicht, sie jedoch ließen meinen Einkauf harmloser erscheinen. Hatte ich kein Geld, sah ich mich ängstlich um, bevor ich heimlich eine Flasche Schnaps, bevorzugt meinen Lieblingswodka, in meine große Tasche stopfte.

Des Öfteren fuhr ich nicht gleich nach Hause, sondern zunächst an die Bahngleise. Ich liebte es, im Fahrtwind der Züge zu stehen und mir vorzustellen, wie es wäre, auf den Gleisen zu liegen, wenn der Zug immer näherkommt. Ich fragte mich, ob die Gleise stark vibrierten.

Dann saß ich in meinem Zimmer, streichelte die Flasche Wodka, wie die sanfte, warme Haut eines Geliebten. »Wodka, ich liebe dich! Nur dich und deine Reinheit!« Der Rausch kam schnell und der Kater am Morgen ließ sich nicht blicken. Wenn ich hingegen größere Mengen Whisky oder Cognac trank, schüttelte ich mich beim Trinken, ich fühlte mich unwohl dabei, und am nächsten Morgen dann das große Kotzen.

Ich trank und trank. Alles Denken wollte ich im Wodka ertränken. Das Denken sollte aufhören. Es musste aufhören. Oft trank ich eine Flasche Wodka, dazu rauchte ich fünf Zigaretten. Das Denken wurde langsamer, jedoch hörte es nicht auf.

Manchmal bekam ich dann – wie heute – Besuch von Carlos und Eddy aus der Übernachtungseinrichtung *Home*. Ich freute mich, die beiden zu sehen. Mit ihnen konnte ich über alles reden, sie verstanden mich.

Eddy umarmte mich zur Begrüßung: »Na, mein kleines Schwesterchen, wie geht's?«

»Ach Eddy, mein großer Bruder, ich freue mich, dich zu sehen, ich habe dich so sehr vermisst.«

Eddy und Carlos wollten wissen, was ich den ganzen Tag über treibe, und ich schilderte ihnen meinen langweiligen Tagesablauf.

Carlos sagte: »Eddy, komm, erzähl was aus deiner Zeit in Afghanistan.«

»Mensch Leute, ich saß achtzehn Monate in Kabul an der Quelle aller Quellen. Endlich hatte ich Opium bis zum Abwinken, mehr als ich jemals konsumieren konnte. Könnt ihr euch das vorstellen? Ich lag in diesem billigen Hotelzimmer, na ja, Hotel konnte man das wirklich nicht nennen, es war die schlimmste Junkburg, in der ich jemals gehaust habe. Aber es war egal, ich war von morgens bis abends völlig breit. Das war der totale Wahnsinn.«

Eddy erzählte uns aufregende Geschichten aus diesem fernen, uns derart fremden Land, wir klebten gebannt an seinen Lippen.

»Niemals wollte ich dort wieder weg. Aber dann bekam ich diese Infektion, ich hatte sehr hohes Fieber und tagelang sehr starken Durchfall. Ich war völlig geschwächt und bin total abgemagert und irgendwann war ich nicht mehr ansprechbar, andere Süchtige haben mich in ein Krankenhaus geschafft. Ich hatte Typhus im fortgeschrittenen Stadium. Wenn ich nicht im letzten Augenblick nach Deutschland ausgeflogen worden wäre, ich hätte das alles nicht überlebt.«

Ich legte eine Hand auf Eddys rechten Arm und sagte:
»Ich bin verdammt froh, dass du das alles überlebt hast,
sonst hätte ich niemals einen so lieben, großen Bruder
bekommen.«

Eddy und Carlos lachten und ich stimmte fröhlich in ihr
Lachen ein.

Plötzlich fuhr ich zusammen. »Hannah, du bist verrückt,
du bist ganz allein, du redest mit dir selbst. Sieh nur, deine
guten Freunde sind nur Seifenblasen. Jetzt zerplatzen sie:
Peng! Peng!«

Ich musste trinken. Ich musste mehr trinken. Immer mehr.
Noch mehr. Warum nur konnte ich dieses Denken nicht
stoppen? Ich lag in meinem Bett und irgendwann fiel ich in
einen bewusstlosen Alkoholschlaf. Endlich hatte ich das
Ende des Denkens erreicht.

Erst am Abend wurde ich wieder wach. Ich hatte riesengroßen Durst, ich musste erst einmal eine Flasche Bier
trinken. Mein Kopf war schwer, zentnerschwer; es bereitete mir Mühe, ihn gerade zu halten. Ich fühlte mich ausge-
laugt, ausgepresst wie eine Zitrone. Ich musste aufstehen,
um nachzusehen, ob noch genug Alkohol für heute
Abend, heute Nacht und morgen früh vorhanden war.
Wenn der Alkohol nicht reichte, fuhr ich mit dem Fahrrad
abwechselnd zum Lebensmittelgeschäft, zum Kiosk oder
zur Tanke.

Schnell spülte ich das Geschirr, deckte den Tisch und
bereitete das Abendbrot zu, bevor meine Eltern nach
Hause kamen. Dann setzte ich mich vor den Fernseher.
Der Geschmack in meinem Mund war schal und in meinem Kopf nichts als diese dumpfe Leere.

Mit meinen Eltern aß ich zu Abend, dazu trank ich
möglichst viel Bier, dann saß ich noch einige Zeit vor der
Glotze. Meine Eltern gönnten sich ihre nötige Bettschwere

aus der Hausbar. Ich trank jetzt nicht mit, stattdessen mimte ich die Nüchterne. Aber eigentlich spielte es keine Rolle. Schließlich trank ich schon seit vier Jahren und meine Eltern wussten dies. Trotzdem wurde hierüber kein Wort verloren. Sobald ich dieses Thema ansprechen wollte, wurde ich abgeblockt. Wenn sie die Augen vor meiner Sucht verschlossen hielten, mussten sie sich auch nicht mit ihrem eigenen problematischen Trinkverhalten auseinandersetzen. Dann konnten wir alle drei weitermachen wie die letzten Jahre.

Als ich im Bett lag, trank ich, bis ich dermaßen betrunken war, dass mir die Augen zufielen und ich erneut in diesem Alkoholkoma versank. Wenn ich nachts erwachte, schlich sich das Denken wieder ein, ich begann über mein unnützes Leben und diese Sucht zu grübeln, mit dem Erfolg, dass ich nicht mehr einschlafen konnte. Nach einem großen Schluck aus der Flasche Wodka, die ich unter meinem Bett deponiert hatte, fiel ich wieder in wirre Träume.

Jeden Morgen begann dieser Tagesrhythmus aufs Neue.

Eines Abends spielte mir der Alkohol einen bösen Streich. Ich saß auf dem Sofa, als ich zu mir kam. Meine Eltern schrien wild durcheinander.

»Du hast doch nicht mehr alle Tassen im Schrank.«

»Bist du jetzt schon so besoffen, dass du gar nicht mehr weißt, was du tust?«

Meine linke Backe zog, eine Ohrfeige, sicherlich von meiner Mutter. Ich verstand das alles nicht. Was war geschehen? Völlige Ahnungslosigkeit. Totaler Filmriss!

Später sagte mir meine Mutter, dass ich den Rollladen hochgezogen hätte. Auf ihre Frage hin, was ich denn auf der Terrasse vorhabe, hätte ich geantwortet, dass ich zur Toilette wolle.

152

Ich musste an meinen ersten Filmriss mit neun Jahren denken. Bei einer Geburtstagsfeier meines Großvaters zapfte ich aus dem Bierfässchen für alle Gäste das Pils. Die Verwandten amüsierten sich köstlich darüber, dass ich bei jedem Glas die Krone, die sich einige Zentimeter hoch auf den Gläsern türmte, abtrank, um den Zapfvorgang zu beschleunigen. Später lief eiskaltes Wasser über mein Gesicht und tief in die Nase. Meine Mutter hielt meinen Kopf gnadenlos unter den voll aufgedrehten Wasserhahn. Warum, das wusste ich nicht. Ich bekam keine Luft mehr. In meiner Todesangst dachte ich an die kleinen Kätzchen, die Omas Nachbar im Teich seines Vorgartens ersäuft hatte. Und ich hoffte, dass alles gleich vorbei wäre. Wirklich alles.

Diese Angst, die mich ab jetzt morgens ansprang wie ein wildes Tier, sobald ich die Augen aufschlug, war übergroß. Sie wuchs sich zu einem riesigen Angstmonster aus. Ich musste immer mehr trinken, um diese Angst aushalten zu können. Das führte dazu, dass ich mich an immer weniger vom Vortag erinnern konnte, dies wiederum ließ meine Angst ins Unermessliche wachsen. Es war ein Teufelskreis.

In der letzten Zeit trank ich zwei Flaschen Schnaps, eine Flasche Wein und zwei bis drei Flaschen Bier über den Tag verteilt. Ich dachte: Das ist zu viel. Aus diesem Grund beschloss ich, den Alkohol zu reduzieren. Die nächsten Tage versuchte ich, bis mittags mit einer halben Flasche Wodka auszukommen. Ich teilte mir den Alkohol minutiös ein. Für jede Stunde legte ich die erlaubte Menge eines alkoholischen Getränks fest. Statt zwei Flaschen harte Alkoholika trank ich über den Tag verteilt bloß eine.

Dieses ständige Einteilen und Warten fixierte mich noch mehr auf den Alkohol. Meine Gedanken kreisten einzig um das nächste Glas. Ich saß gebannt vor der Uhr und verfolgte die Zeiger. Noch vierzehn Minuten und dreiundzwanzig Sekunden. Endlich! Ich kippte das Glas Wodka hinunter. In einer halben Stunde würde es mir erlaubt sein, das nächste Glas zu trinken. Wieder saß ich die Zeit über wartend vor der Uhr. Nach drei Tagen begann ich zu mogeln, dann ließ ich mein ausgeklügeltes Trinksystem wieder fallen.

Manchmal hing ich stundenlang irgendwelchen wirren Gedanken nach. Einmal zählte ich mir die verschiedensten Alkoholika auf: der Wodka, der Whisky, der Cognac, der Wein, der Aquavit, der Absinth, der Likör – alle männlich. Ich stellte mir die Frage: Ist das Genus aller alkoholischen Getränke maskulin? Das Bier kam mir in den Sinn, ein Neutrum. Aber mit femininem Genus fielen mir nur ein: die Milch, die Limo, die Cola. Ich konnte nicht glauben, dass es kein alkoholisches Getränk mit femininem Genus gab. Dieser Gedanke ergriff regelrecht Besitz von mir. Ich dachte und dachte, aber mir fiel kein entsprechendes Getränk ein. Das begriff ich als schmähliche Niederlage. Nur weit genug in mein Gehirn eindringen musste ich, um die Antwort herauskratzen zu können. Dieser Gedanke ließ mich nicht mehr los. Drei Stunden später versuchte ich, verzweifelt herauszufinden, welcher Gedanke derart stark Besitz von mir ergriffen hatte. Unbedingt musste ich wissen, über was ich mir vor Stunden den Kopf zerbrochen hatte. Aber es wollte mir einfach nicht mehr einfallen. Es fühlte sich an, als hinge mein Leben davon ab, dass ich diesen Gedanken wiederfände.

Ich verirrte mich in meinen, durch den Alkohol verdrehten und verbogenen Gehirnwindungen wie in einem ausweglosen Labyrinth.

Seit einigen Tagen hatte ich nicht mehr nur Angst vor jedem neuen und jedem vergangenen Tag, sondern auch vor jeder neuen Nacht. Sie suchten mich inzwischen fast jede Nacht heim. Ich wachte auf und dann sah ich sie. Überall an den Wänden: Gesichter, Grimassen, aus denen mich riesengroße, froschgrüne Augen anstarrten. Ich zitterte am gesamten Körper – vor Angst. Was wollen die von mir? Ich wollte schreien, blieb jedoch stumm. Diese Augen kamen näher, immer näher.

»Geht weg, geht doch weg! Verschwindet!«

Mein Herz! Es raste. Diese verzerrten Grimassen, diese schrecklichen Augen.

»Geht doch weg! Geht endlich weg!«

Ich musste sie vertreiben. Aber wie? Licht, Licht! Wo war der Schalter? Keine Ahnung. Völlig orientierungslos. In meinem eigenen Zimmer.

Endlich! Die Helligkeit blendete meine Augen. Ängstlich sah ich mich um. Nichts! Mein Puls überschlug sich immer noch. Die Bettdecke und mein Kopfkissen hatte ich nass geschwitzt. Angstschweiß! O Gott, ich hatte diese Augen, diese Grimassen tatsächlich gesehen. Ich träumte nicht. Nein, ich war hellwach gewesen.

Ein anderes Mal Schlangen, überall an den Wänden krochen sie hoch, hunderte, tausende, kleine Schlangen, große Schlangen, in allen nur möglichen Formen und Farben. Und wieder war ich hellwach und fühlte diese fürchterliche Angst. Todesangst.

Stand ich kurz vor dem Delirium? Der Alkohol. Es war der Alkohol. Er vergiftete meinen restlichen Verstand und machte mich verrückt.

Er war ein Teufel, der Alkohol. Beständig lockte er mich tiefer in seine Hölle. Mittags wusste ich nicht mehr, was ich am Morgen getan hatte. Schon am Abend formte sich der zu Ende gehende Tag zu einem undefinierbaren Klumpen banger Vergangenheit.

Ich liebte ihn, und ich hasste ihn. Ich liebte ihn, weil er mir diesen herrlichen Rausch verschaffte, und ich hasste ihn, weil er mich täglich schikanierte und tyrannisierte. Er konnte alles mit mir machen, ich war völlig abhängig von ihm, ich brauchte ihn, war ihm hörig. Ohne Alkohol fühlte ich mich wie ein ängstliches, zusammengekauertes, zittriges Wrack, ohne ihn war ich nur ein Häufchen klirrende Kälte. Er flößte mir jeden Tag erneut ein bisschen Wärme ein, für dieses künstliche Feuer musste ich teuer bezahlen, der Alkohol stahl mir dafür immer mehr von meinem Leben. Ich verlor jeden Bezug zur Realität: Weder wusste ich den Wochentag, noch das Datum oder den Monat. Hatten wir Januar oder Februar? Ich wusste es nicht. Und selbst, wenn ich mir dessen morgens bewusst war, hatte ich es bis mittags wieder vergessen. Ich konnte mich an nichts mehr erinnern. Abends hatte ich vergessen, was ich tagsüber gegessen hatte, wie viel ich getrunken hatte.

Wenn ich in den Spiegel sah, erblickte ich das aufgedunsene Gesicht einer Fremden. Ich löste mich in meine eigenen Bestandteile auf. Selbst meine Anwesenheit bemerkte ich nicht mehr, nur die vielen Kippen im Aschenbecher sowie die Unmenge leerer Flaschen zeigten mir, dass es mich noch gab. Ich war nicht mehr ich selbst. Ich bestand nur aus einem geistlosen Körper, einem Stück leblosen Fleisch.

Ich konnte nicht mehr lesen. Ich kannte die einzelnen Buchstaben, mit Mühe konnte ich sie entziffern, aber ihr Sinn, ihr Zusammenhang blieb mir genauso verborgen, als würde ich versuchen, chinesische Schriftzeichen zu entziffern. Mein Geist bröckelte immer mehr ab, er war alkohollöslich. Durch meinen Kopf flogen Gedanken, die ich nicht dachte. In meinem Kopf saß eine Schlange, sie grub sich tief in die Gehirnwindungen hinein, gierig stillte sie ihren Hunger, sie verschlang immer mehr Gehirnzellen, zurück blieb eine Leere, diese dumpfe Leere.

Sobald ich aus meinem tiefen Alkoholschlaf erwachte, waren meine Gefühle schockgefroren. Arme und Beine waren zentnerschwer. Die Glieder meines Körpers schmerzten. Mein Kopf war aus Glas. Die Haut um meine Hände und mein Gesicht herum spannte. Ich hatte einen großen Brand. Der Alkohol trocknete mich aus, er verbrannte mich bei lebendigem Leib. Dieser Blutsauger entzog mir unerbittlich alle Körperflüssigkeiten, dann drückte er mir die Kehle zu.

Es war, als hätte der Alkohol vor langer Zeit eine Vereinbarung mit mir getroffen, dass ich später mit meinem Leben für diesen endlosen Rausch bezahlen werde. Dieser Teufel hatte seinen Teil der Abmachung erfüllt, jetzt musste ich liefern, die Abrechnung war fällig.

In einer halbwegs klaren Minute las ich einen Artikel über einen Junkie, der nach Norwegen getrampt und immer, wenn er Entzugserscheinungen bekam, in einen eiskalten Fjord gesprungen war. Hierdurch hatte er den Entzug von den Drogen geschafft. Diese Geschichte begeisterte mich. Ich beschloss, nach meinem achtzehnten Geburtstag in den hohen Norden zu trampen. Obwohl ich spürte, dass Norwegen nur als Vorwand fungierte, packte ich meine Reisetasche. In Wahrheit wollte ich zuvor noch einen klitzekleinen Abstecher in Amsterdam einlegen. Statt in einem eiskalten Fjord wollte ich vielmehr vollständig in der Drogenszene untertauchen. Die Sucht in mir, dieses gefräßige, unberechenbare Raubtier, lechzte nach dem echten Flash, nach mehr Rausch, mehr Wärme, mehr Feeling, mehr Kick.

13. Der Tanz der Schmetterlinge

Die vergangenen Monate waren zusammengeschmolzen zu einem einzigen komatösen Rausch. So viele Jahre hatte ich meinem achtzehnten Geburtstag entgegengefiebert. Und nun konnte ich mich an diesen besonderen Tag nicht einmal mehr erinnern. Eingekerkert in den Bungalow, in dem die Einsamkeit sich allgegenwärtig zeigte wie ein böser Geist, hatte ich diesen so lange herbeigesehnten Tag ertränkt, ertränkt in Unmengen von Wodka, wie all diese anderen trostlosen Tage.

Freunde hatte ich nicht mehr viele, genau genommen nur noch eine einzige. Meine Freundin Gitti war schwanger, mit sechzehn, und seit sich meine beste Schulfreundin Sabine mit einem Polizisten verlobt hatte, traf ich auch sie nicht mehr. Die meisten meiner ehemaligen Klassenkameradinnen sahen verlegen, aber vehement an mir vorbei und benahmen sich, als würden sie mich nicht kennen. Mit einer wie mir, die soff und Drogen nahm, wollte niemand mehr etwas zu tun haben. Außer Laura, meine Freundin aus der Berufsfachschule.

Laura kam immer wieder bei mir vorbei und versuchte mich aus meinem selbst gezimmerten Suchtgefängnis herauszulocken. »Los, komm mit, wir gehen heute Abend in einen Club, du kannst doch nicht immer allein rumsitzen, du musst doch mal raus.«

Aber ich wollte nicht raus. Als sie mich wieder einmal dazu überreden wollte, mein Gefängnis zu verlassen, sagte ich zu ihr: »Beim nächsten Mal gehe ich mit, ich verspreche es.«

Ich sagte es nur, um sie schnell wieder loszuwerden, ich wollte in Ruhe weitertrinken. Ich dachte nicht im Traum daran, beim nächsten Mal mit Laura einen Club zu besuchen.

Zwei Tage später, Anfang März, stand Laura schon wieder vor der Tür.

»Heute kommst du mit, du hast es versprochen.«

Ich erzählte ihr, dass ich in einer Musikzeitschrift eine Geschichte über einen Junkie gelesen hätte, der nach Norwegen getrampt und dort clean geworden sei, indem er sich bei den ersten Anzeichen eines Turkeys kopfüber in einen eiskalten Fjord stürzte. Ich vertraute ihr an, dass ich auch vorhätte, bald nach Norwegen zu trampen, zur Bestätigung zeigte ich Laura die gepackte Reisetasche. »Außerdem lerne ich in den Clubs immer irgendwelche Typen kennen, lieber gehe ich nirgends hin.«

Laura versprach mir, mich auf jeden Fall am Abend wieder mit nach Hause zu nehmen, egal, wen ich kennenlernen würde.

»Wenn Gefahr im Verzug ist, dann sage ich nur: ›Norwegen! Norwegen!‹«, schlug Laura vor.

Ich fühlte mich zu schwach, um mich zu wehren, und willigte ein.

Abends fuhren wir in die nahe gelegene Kurstadt. Ich wäre am liebsten umgekehrt, was sollte ich dort?

Wir landeten vor dem *Römerkeller*, ich sah Laura mit großen Augen fragend an, sie sagte: »Das Lokal heißt halt so, früher war es eine Weinstube, jetzt ist es ein Club.«

Römerkeller, das versprach, langweilig zu werden. In dem proppenvollen Lokal dröhnten im Hintergrund seichte englische und amerikanische Hits aus den Charts. Was machte ich hier? Warum hatte ich mich dazu überreden lassen, mitzukommen? Ich ärgerte mich über mich selbst.

Laura stellte mir ihren Exfreund Micha vor.

Wir unterhielten uns kurz, ich berichtete ihm von meinem Vorhaben, nach Norwegen zu trampen.

Aus irgendeinem Grund stieg eine starke Unruhe in mir auf. Immer, wenn sich die Eingangstür öffnete, sah ich nach oben. Es war, als wartete ich auf jemanden, wusste aber nicht auf wen.

Dann setzten sich zwei GIs an unseren Tisch, der eine spendierte mir einen Cocktail. Ich dachte: Warum nicht? Dann legte er eine Hand auf mein rechtes Knie, als hätte er mich zusammen mit dem Drink erstanden.

Laura lächelte mich an und sagte: »Norwegen! Norwegen!«

»Da brauchst du dir keine Gedanken zu machen, nicht mein Typ.«

In diesem alten Gewölbe roch es tatsächlich wie in einem Weinkeller. Dieser Club war langweilig und spießig. Ich sah mich um. Niemand, der mich interessierte, oder doch? Ein außergewöhnlich gutaussehender Typ mit langen strohblonden Haaren fixierte mich schon zum fünften Mal, aber vielleicht sah er auch an mir vorbei.

Plötzlich öffnete sich die Tür erneut. Ich sah nach oben.

Mein Herzschlag setzte einige Sekunden aus.

War er das wirklich? Das gab es doch gar nicht?! Jacko! War das wahrhaftig Jacko? Er war es!

Unsere Blicke begegneten sich. Mein Puls galoppierte. Schnell stieß ich die Hand des GIs von meinem Knie. Jacko kam langsam die Treppe herunter, als wäre er der Star des Abends, der endlich die Bühne betrat.

Fast auf den Tag genau, heute vor drei Jahren, hatte ich Jacko zum ersten Mal gesehen und beschlossen, drei Jahre auf ihn zu warten. Nein, nicht nur beschlossen, ich hatte mir geschworen, dass ich drei Jahre auf ihn warten werde. Dass ich ihn heute hier traf, konnte unmöglich Zufall sein. Es war ein Zeichen! Es war Schicksal! Jacko sah fantastisch aus. Seine inzwischen kinnlangen Haare ließen seine Gesichtszüge weniger hart erscheinen.

Jacko stand an der Theke. Ich gesellte mich zu ihm.

»Hallo, Jacko, wie geht's denn so? Kennst du mich überhaupt noch?«

»Klar kenne ich dich, du bist die Hannah.«

Wir unterhielten uns kurz, dann begrüßte Jacko einige Freunde. Ich schlenderte an den Tisch zu Laura und den GIs zurück.

»Norwegen! Norwegen! Denk dran!«, meine Freundin schmunzelte.

»Laura, das spielt jetzt alles keine Rolle mehr. Auf Jacko habe ich seit drei Jahren gewartet. Jetzt oder nie! Ich werde diesen Jacko heute total anmachen, das kannst du mir glauben.«

»Du hast doch deine Sachen für die Reise nach Norwegen gepackt.« Laura sah mich besorgt an.

»Was soll ich denn in Norwegen, dort ist es doch viel zu kalt. Und außerdem wusste ich doch nicht, dass ich heute Jacko treffen würde.«

Laura schien von meinen Äußerungen mehr als irritiert zu sein, sie suchte ihren Exfreund, und fragte ihn über Jacko aus.

Micha kam sofort an unseren Tisch, um mich zu warnen. »Ich kenne diesen Jacko schon seit vielen Jahren. Das ist ein ganz übler Bursche, lass bloß die Finger von dem! Ehrlich, das ist ein ganz linker Typ. Jedes Mal, wenn er hier aufkreuzt, schleppt er eine andere Frau ab, und am nächsten Tag tut er so, als hätte er sie noch nie gesehen. Und dann besucht er den nächsten Club, um sich dort eine neue Frau für eine Nacht zu suchen. Der macht einen Schuppen nach dem anderen durch.«

Ich zündete mir eine Zigarette an und sagte: »Wenn ich das gewusst hätte!«

»Siehst du, jetzt wirst du vernünftig.« Michas Gesichtszüge entspannten sich wie eine glatt gezogene Tischdecke.

»Ja, ich werde vernünftig, endlich! Und ich habe diese Dorfdiskotheken und kleinen Clubs immer gemieden. Wenn ich gewusst hätte, dass Jacko dort sein Unwesen treibt, dann hätte ich sie doch längst aufgesucht.«

Micha schnappte nach Luft. »Du glaubst mir immer noch nicht, oder? Jacko schleppt wirklich jedes Mal eine andere Frau ab, du wärst eine unter vielen, nur für eine Nacht. Viele nennen ihn hier den Abschlepper.«

Soso, Abschlepper, denke ich und werfe meine langen, vollen Haare mit meiner rechten Hand schwungvoll nach hinten. »Na, wenn er so ein toller Abschlepper ist, dann wird er sich aber wundern, heute wird er nämlich von mir abgeschleppt.«

Lauras Ex gab nicht auf. »Dann will ich dir noch was sagen, Jacko ist ein Fixer. Der ist schon seit vielen Jahren drogenabhängig. Du wirst dich doch so einem nicht an den Hals werfen?«

Ja, ich würde mich sehr gerne an Jackos Hals werfen, dachte ich. Ich möchte seine großen, schlanken Hände auf meiner nackten Haut fühlen, ich möchte seine Zunge in meinem Mund spüren und ich will, dass er mit seinem Schwanz tief in mich eindringt. Ja, ich will ihn, ich will ihn.

Natürlich hatte ich Lauras Ex nicht mehr zugehört, stattdessen saß ich dämlich grinsend da. Micha sah mich mitleidig an, als hielt er mich für nicht ganz richtig im Kopf. Er sprach mit mir, als säße seine pubertierende Tochter vor ihm, unablässig schüttelte er seinen Kopf.

»Hannah? Hannah! Hörst du mir überhaupt zu? Jacko ist ein Krimineller. Der hat schon wegen Einbruch, Diebstahl, ja sogar wegen Raub im Knast gesessen.«

»Das ist ja schrecklich. Dieser Jacko ist aber auch ein schlimmer Finger«, zog ich das Gesagte ins Lächerliche.

»Du glaubst mir nicht und machst dich über mich lustig.«

»Micha, bist du jetzt fertig mit deiner Predigt? Du hättest Pfarrer werden sollen.«

»Hannah, du weißt nicht, auf was du dich einlässt.«

»O doch, das weiß ich ganz genau.«

Ich ließ Laura und ihren Ex sitzen und begab mich zur Theke.

Jacko holt sich gerade wieder etwas zu trinken.

»Wollen wir uns zusammen an einen Tisch setzen?«, fragte ich ihn.

»Ja, gerne. Da vorne wird ein Tisch frei.«

Wir setzten uns.

»Hannah, weißt du eigentlich, dass nichts auf der Welt verloren geht, kein einziges Sandkorn, kein einziger Wassertropfen. Nichts. Deshalb ist auch unsere Angst vor dem Tod überflüssig, wir sterben nicht, wir wechseln lediglich den Aggregatzustand.«

Jackos Augen ruhten tief und fest auf mir, während er weitersprach. »Wie ein Regentropfen, der zu Dampf wird und sich in der Wolke sammelt, vereinigt sich unsere Seele, wenn wir sterben, mit allen anderen Seelen. Weißt du Hannah, statt Seele kannst du auch Lebensenergie oder einen anderen Begriff benutzen.«

Schon seit mehreren Minuten hielt Jacko eine dünne, selbst gedrehte Zigarette zwischen Daumen und Zeigefinger. Jetzt zündete er sie an. Nach einem tiefen Zug bot er mir die Zigarette an, als wäre sie ein Joint. Ich zog kurz, wie Stahlwolle kratzte der starke Tabak in meiner Kehle und ließ mich husten. Jacko warf mehrere verschiedenfarbige Pillen ein, die mich an viele bunte *Smarties* erinnerten.

»Ich bin mir sicher, Hannah, dass dieses Ding mit unserer Seele genau so funktioniert. Aus diesem Grund habe ich auch keine Angst vor dem Tod.«

Die letzten Worte sprach er langsam, ganz so, als hätte er jedes einzelne Wort vor dem Aussprechen behutsam ausgepackt. Mit seiner linken Hand wedelte Jacko den Rauch weg, den er mir aus Versehen ins Gesicht geblasen hatte.

Ich nahm den Fingernagel meines rechten Zeigefingers aus dem Mund. »Ja«, stammelte ich, »ich, ich glaube, ich, verstehe, was du meinst.«

Es fühlte sich an, als hätte Jacko mit seinen Worten Streusalz auf meine Angst vor dem Tod geworfen. In mir breitete sich dieses warme Gefühl aus, ich erlebte es als kleines Kind, wenn ich vor dem Schlafengehen unter das Bett gesehen hatte, um mich davon zu überzeugen, dass dort niemand war, der mir Böses wollte. In diesem Augenblick konnte ich mir sogar vorstellen, morgens neben Jacko aufzuwachen und keine Angst vor dem bevorstehenden Tag zu haben. Fast schien es, als hätte ich endlich den Menschen gefunden, der all meine Fragen, die tief in mir schlummerten, beantwortete, noch bevor ich auch nur eine einzige Frage gestellt hatte.

Smokie überrollten mit *Lay Back in the Arms of Someone* die Schnattergeräusche dieser überfüllten Diskothek und doch waren wir beide vollständig allein auf der Welt. Ich sah Jacko an und wusste einmal mehr, dass ich ihn wollte. Ich wollte diesen Mann, auch wenn mich nicht nur der Ex meiner einzig noch verbliebenen Freundin Laura, sondern die ganze Welt vor Jacko warnen würde. Nicht nur auf den Tag genau drei Jahre, nein, mein gesamtes Leben hatte ich auf ihn gewartet. Und jetzt wollte ich keinen Tag und schon gar keine Nacht mehr ohne Jacko verbringen.

Flink drehte er sich eine neue dünne Zigarette, zündete sie an und inhalierte den Rauch tief. Eine Wolke seines würzigen Tabaks nebelte uns erneut ein.

164

»Soll ich dir etwas über mich erzählen?«

»Ja, gerne«, sagte ich.

»Vor sieben Jahren habe ich mir meinen ersten Schuss gesetzt.« In den letzten Jahren sei er abhängig von Heroin gewesen, es habe aber auch Monate gegeben, in denen er nur Tabletten genommen und Alkohol getrunken habe, und einige wenige Zeiten, in denen er clean war.

Die vielen Menschen um uns herum, die laute Musik, die schlechte Luft, die sich fast schneiden ließ, all das nahm ich nicht mehr wahr. Einzig wir beide existierten.

Wir unterhielten uns auch über Jackos Familie. Sein Vater sei gestorben, als er elf Jahre alt war, er hätte noch einen jüngeren und zwei ältere Brüder.

Plötzlich wollte Jacko wissen: »Was ist eigentlich mit dem Farbigen, der seine Hand auf deinem Knie liegen hatte, als ich zur Tür reinkam?«

Er hatte es also gesehen!

Ich sagte ihm, dass ich nicht einmal seinen Namen kenne und dass er mir etwas zu trinken spendiert und wohl gedacht habe, ich sei jetzt sein Eigentum.

»Hast du keinen festen Freund?«, erkundigte sich Jacko.

»Nein, im Augenblick nicht. Und du, hast du eine feste Freundin?«

Jacko verneinte.

Ich wollte wissen, wieso er Jacko hieß.

»Ich heiße Jascha, das ist die russische Form von Jakob. Ein Russe mit dem Namen Jascha hat meinem Vater mal das Leben gerettet, so kam ich zu meinem Namen. Irgendwer hat irgendwann Jacko daraus gemacht, keine Ahnung, warum, aber dabei ist es geblieben.«

»Ich finde, Jascha ist ein wunderschöner Name, viel interessanter als Jacko, vielleicht werde ich dich später einmal Jascha nennen.«

Mir fiel ein, dass ich das schon einmal zu ihm gesagt hatte, in der Diskothek *Heaven & Hell.*

Zwischendurch warf Jacko immer wieder wahllos verschiedenfarbige Pillen ein.

»Jetzt will ich aber auch etwas über dich wissen, Hannah.«

Ich schilderte Jacko meine Erfahrungen mit Drogen und Alkohol und verschwieg auch nicht, wie stark ich zurzeit abhängig von Alkohol war. Der Mann, auf den ich derart lange gewartet hatte, hörte mir überaus aufmerksam zu und stellte viele Zwischenfragen.

Dann suchte Jacko die Toilette auf.

Sofort kamen Laura und Micha an den Tisch, sie hatten noch einige Leute im Schlepptau, die alles, was Lauras Ex sagte, bestätigen sollten.

»Dieser Jacko ist ein absolut linker Typ. Er ist ein Fixer. Ein Krimineller. Ich kenne wirklich keinen Schlimmeren.«

»Das beruhigt mich aber«, gab ich spöttisch zur Antwort.

Lauras Exfreund hörte nicht auf mit seinen Warnungen. »Hannah, du glaubst mir nicht. Frag die anderen hier, jeder in diesem Club kann dir bestätigen, dass Jacko ein linkes Schwein ist. Der nutzt alle Frauen nur aus. Heute wickelt er dich ein, weil er mit dir ins Bett will und morgen schon sitzt du hier und flennst, weil er so tut, als hätte er dich noch nie gesehen.« Alle um den Tisch Stehenden bestätigten Michas Beteuerungen.

Laura wiederholte stetig: »Norwegen! Norwegen!«

»Laura, Norwegen spielt keine Rolle mehr. Ich weiß, was ich tue.«

»Hannah, das weißt du nicht, das kannst du gar nicht wissen«, versuchte mich Micha immer noch zu überzeugen. »Dieser Jacko taugt nichts, gar nichts. Er wird dich in den Abgrund reißen und du wirst als Fixerin auf dem

166

Strich landen.«

»Mensch Micha, jetzt mach mal halblang.«

»Wenn du unbedingt einen Mann brauchst, dann nimm mich«, schlug Lauras Ex vor. »Was hat dieser Jacko, was ich nicht habe?«

»Sei mir nicht böse, Micha, du bist bestimmt ein lieber Kerl, aber ich fahre nun mal auf Jacko ab.«

Jacko kam zurück und alle am Tisch Stehenden zerstreuten sich schlagartig in verschiedene Richtungen, wie eine Schar Tauben, die durch einen lauten Knall aufgescheucht wurde.

»Was haben sie dir denn Schlimmes über mich erzählt?«

»Ach nur, dass du ein linkes Schwein bist, ein Fixer, ein Krimineller, einer, der jeden Tag eine andere Frau in einem anderen Club abschleppt.«

»Vielleicht haben sie recht mit alldem, was sie dir über mich gesagt haben?«, meinte Jacko vielsagend.

»Ja, vielleicht«, ich schmunzelte, »wir werden sehen.«

»Du lässt dich nicht so schnell einschüchtern, du gefällst mir, Hannah. Willst du heute Nacht bei mir schlafen?«

»Du gefällst mir auch. Ja, Jacko, ich will sehr gerne heute Nacht bei dir schlafen.«

»Weißt du, du kannst es dir aussuchen. Du kannst mit mir kommen, wir schlafen miteinander, morgen gehst du weg und wenn wir uns dann wiedersehen, kennen wir uns nicht mehr oder wir beide fangen eine feste Beziehung an.«

Ich musste lachen. »Na, wenn ich schon die Wahl habe, dann entscheide ich mich für die feste Beziehung.«

»In Ordnung, Hannah, dann haben wir jetzt also eine feste Beziehung.«

Ich musste erneut lachen und dachte: Offenkundig nahm Jacko an, die Kleine werde ich schon wieder los, doch da wird er sich noch gewaltig wundern.

Inzwischen war es recht spät. Laura kam an unseren

Tisch: »Wir fahren jetzt.«

»Ich komme nicht mit, ich schlafe bei Jacko.«

»Du hast gesagt, wir sollen dich auf jeden Fall wieder mit nach Hause nehmen. Du musst mitkommen. Du musst!«

Meine Freundin war außer sich.

»Ich weiß ganz genau, was ich tue, Laura. Ich war seit Monaten, was sage ich, seit Jahren, nicht mehr so klar und nüchtern wie in diesem Augenblick. Ich schlafe bei Jacko.«

»Hannah, du machst einen großen Fehler, ich verstehe dich nicht.«

Laura, ihr Ex und einige ihrer Freunde, verließen das Lokal.

Kurz darauf brach ich mit Jacko auf. Da wir die letzte Straßenbahn verpasst hatten, trampten wir. Ein älterer Autofahrer hielt an und ließ uns einsteigen. Er fragte uns lallend, wo wir hinwollten. Nach wenigen Kilometern begann der Fahrer, Schlangenlinien zu fahren. Jacko bat ihn, auf der Stelle anzuhalten. Wir stiegen wieder aus.

»Jetzt müssen wir noch einige Kilometer durch Wald und Felder gehen«, kündigte Jacko an.

Ich fröstelte, die Nacht war sternenklar. Durch diese herrliche Nacht schritt ich Hand in Hand mit meinem Traummann. Ich dachte: Höchstwahrscheinlich werde ich gleich aufwachen und alles war nur wieder ein wunderschöner Traum. Ein Jahr hatte ich Jacko nicht mehr gesehen. Und wie oft hatte ich in den letzten drei Jahren von diesem Mann geträumt? Aber der Jacko neben mir war kein Traum; er war echt. Wir hatten beide viel getrunken, aber diese klare, kalte Luft ließ uns wieder nüchtern werden.

Wir stapften mitten durch den Wald. Der Mond leuchtete uns den Weg. Unendliche Stille. Nur ab und zu ließ der Wind die Äste in den Baumwipfeln sanft stöhnen.

Jacko zeigte in den wolkenfreien Sternenhimmel.

»Sieh mal, das hier ist der Große Wagen, er gehört zum Sternbild Großer Bär. Und dort ist der Kleine Wagen, das Ende der Deichsel weist direkt auf den Polarstern. Diese Sterne sind alle so wahnsinnig weit weg. Der Polarstern ist über vierhundert Lichtjahre von unserem Planeten entfernt. Das ist unvorstellbar, oder?«

»Diese Sterne sehen alle zum Greifen nah aus, wenigstens heute in dieser klaren Nacht«, stellte ich beeindruckt fest.

»Mit etwas Fantasie kannst du heute sogar das Haar der Berenike erkennen, man sieht es nur im Frühjahr am Sternenhimmel, meist kann man es nur erahnen.« Jacko zeigte in den Himmel. »Dort unter dem Großen Wagen, ganz in der Nähe des Sternenbilds Löwe, siehst du hier«, er wies nach oben, »da ist das Haar der Königin Berenike.«

»Ja, ich glaube, ich sehe das Haar der Königin.«

»Die ägyptische Pharaonin Berenike II lebte im 3. Jahrhundert vor Christus. Sie war sehr schön und tapfer, eine außergewöhnliche Frau, die sich nicht so schnell einschüchtern ließ, genau wie du, Hannah. Einige Tage nach ihrer Hochzeit zog ihr Mann, Ptolemaios III, in den Krieg. Berenike hatte wunderschöne lange Haare, sie waren fast so schön und fast so lang wie deine Haare, Hannah.«

Jacko strich sanft über mein langes nussbraunes Haar. Sein Blick schraubte sich dabei tief in mein Herz. Mein gesamter Körper überzog sich in Zeitlupe mit einer Gänsehaut, bei der sich jedes Haar einzeln hochzustellen schien.

»Berenike gelobte, der Liebesgöttin Aphrodite ihr Haar zu opfern, sollte ihr Gemahl siegreich und gesund aus dem Krieg zurückkehren. Und tatsächlich konnte sie nach Beendigung des Krieges ihren siegreichen Mann unversehrt in ihre Arme schließen. Zum Dank schnitt sie ihr prachtvolles langes Haar ab und brachte es in einem Tempel als Opfer dar. Doch am nächsten Tag waren ihre langen Zöpfe auf geheimnisvolle Weise verschwunden. Der Hof-Astronom, Konon von Samos, gab die Antwort: Das Haar der Berenike sei zum Firmament aufgestiegen und nahe der Konstellation Löwe zu einem eigenen Sternbild geworden.«

»Das ist ja eine wunderschöne Geschichte. Was du alles weißt!« Ich sah Jacko an und in meinem Bauch tanzten wieder diese Tausende von Schmetterlingen, sie flatterten hoch und runter, wie vor drei Jahren.

Wir blieben stehen und küssten uns sehr lange.

Noch nie hatte ich einen Freund, der auf diese Art erzählen und dermaßen gut küssen konnte. Ich war unendlich berauscht, von Jacko, diesem Kuss, dem Haar der Berenike, der klaren kalten Luft und dem atemberaubenden Sternenhimmel.

Wir schlenderten weiter Hand in Hand.

»Man schätzt, dass es im Universum hundert Milliarden Galaxien gibt. Was denkst du, Hannah, gibt es da oben irgendwo intelligentes Leben auf den anderen Planeten?«

»Ich bin mir ganz sicher. Warum sollte unser Planet der Einzige mit Lebewesen sein? Bestimmt gibt es da oben sehr viel intelligenteres Leben als auf der Erde. Ich glaube, wir Menschen gehören zu den ganz dummen Lebewesen. Bestimmt sitzen irgendwo da oben grüne Männchen oder gelber Glibber, die sich nicht dauernd gegenseitig bekämpfen und Krieg führen, vielleicht arbeiten sie alle zusammen und bündeln ihre Energie und Intelligenz, dann erreichen sie mit Sicherheit viel mehr als wir Menschen.«

»Ja, ich glaube auch, dass da oben eine Menge intelligentes Leben vorhanden ist. Sie sind bestimmt zu weit weg und können daher keinen Kontakt zu uns aufnehmen, oder sie wollen nichts von uns wissen, weil wir ihrer nicht würdig sind.«

»Hierfür hätte ich volles Verständnis.«

»Es besteht auch die Möglichkeit, dass sie schon da sind und keiner hat's gemerkt«, gab Jacko zu bedenken.

»Sie haben sich als Menschen getarnt und niemand weiß, wer vom anderen Planeten kommt und wer von der Erde stammt?«

»Bist du ein Alien, Hannah?«

»Vielleicht. Und du?«

»Ich garantiert«, behauptete Jacko.

Wir erzählten und lachten und am liebsten wäre ich immer weiter durch den Wald spaziert. Inzwischen hatten wir den Wald verlassen, in weiter Ferne zeichnete sich eine Ortschaft hinter den Feldern ab.

»In dem Haus dort vorne wohne ich, bei meiner Mutter, mein jüngerer Bruder und seine Freundin wohnen auch mit im Haus.«

In seinem Elternhaus stiegen wir die Treppe nach oben.

Jacko öffnete eine Tür. »Das ist mein Zimmer.«

Mein Atem stockte. Ein Déjà-vu! Genauso hatte Jackos Zimmer in meinen Träumen ausgesehen. In der einen Ecke lag eine Matratze auf dem Boden. Die Wand um die Matratze herum war mit einem bunten indischen Tuch bespannt. Gegenüber behauptete eine alte Holzkommode ihren Platz, in einer großen chinesischen Bodenvase war ein nackter schwarzer Zweig drapiert. Auf dem Boden, der Matratze gegenüber, stand ein Plattenspieler, an der Wand waren unzählige Schallplatten aufgereiht. In meinen Träumen allerdings hatte das Zimmer nicht derart muffig gerochen. Hier war wohl schon länger nicht gelüftet worden.

Jacko zündete mehrere Kerzen an.

»Hannah, möchtest du mit mir schlafen?«

»Ja, Jacko, ich möchte sehr gerne mit dir schlafen.«

Die Angst fiel mich erneut an und ich dachte: Gleich werde ich aus meinem Traum erwachen. Das alles konnte nur ein Traum sein. Ich zwickte in meinen Arm, um sicherzugehen. Der Schmerz überzeugte mich, dass es kein Traum war.

Jackos Zimmer war nicht geheizt, ich fror. Wir zogen uns nackt aus und ich bemerkte seinen prüfenden Blick. Ich hoffte inständig, dass ich ihm gefiel. Wir legten uns unter die Decke; unter der schweren Daunendecke wurde uns schnell warm. Wir streichelten uns lange. Bevor Jacko in mich eindrang, rollte er gekonnt ein Kondom über seinen Schwanz, weitere Kondome legte er in Reichweite. Oje, dachte ich, der hat ja einiges mit mir vor. Wie ein Dirigent taktierte er mich durch die verschiedenen Stellungen, die er mit mir ausprobierte. Beunruhigt dachte ich, dem Kamasutra meiner Eltern, das ich beim Abstauben im hinteren Regal unseres Wohnzimmerschranks gefunden hatte, hätte ich doch mehr Aufmerksamkeit schenken sollen. Ich versuchte, mich mächtig anzustrengen, weil ich Angst hatte, nicht gut genug für Jacko zu sein, schließlich verfügte er über eine Menge Vergleichsmöglichkeiten. Die Situation fühlte sich ein bisschen an, als müsste ich eine der wichtigsten Prüfungen meines Lebens bestehen.

»Es macht Spaß mit dir zu schlafen, du bist echt gut im Bett, weißt du das?«, lobte mich Jacko anerkennend, als er sich danach eine Zigarette drehte.

»Danke«, antwortete ich, »das Kompliment kann ich dir nur zurückgeben.«

Als wir uns schlafen legten, nahm Jacko meine Hand in seine und sagte: »Ich möchte dich spüren, während ich einschlafe, Hannah.«

Auch als Jacko schon lange schlief, lag ich immer noch wach und traute mich nicht, seine Hand loszulassen. Fast hatte ich Angst, er könne sich in Luft auflösen und ich hätte alles doch nur geträumt.

Als ich gegen Mittag erwachte, lag Jacko neben mir.

Ein Mensch, aus Fleisch und Blut. Niemals mehr, dachte ich, möchte ich mich von Jacko trennen. Mit diesem Mann will ich mein Leben verbringen.

Jacko wollte am Abend erneut in den *Römerkeller* und als ich mich verabschiedete, verabredeten wir uns für neunzehn Uhr in der nahegelegenen Kurstadt an der Buchhandlung.

Am Nachmittag konnte ich es nicht erwarten, Jacko wiederzusehen, und fuhr schon viel zu früh los. Am Treffpunkt hatte ich eine Stunde Zeit.

Jetzt stand ich unter den Arkaden der Buchhandlung und fror erbärmlich, der dauernde Nieselregen schien meine Haut zu unterspülen, die Kälte drang in meine Knochen ein. Immer wieder sah ich mir die Auslagen der geschlossenen Buchhandlung an. Ich wartete und wartete. Hatte ich Jacko falsch verstanden? Auf der anderen Straßenseite sah ich ihn. Endlich, dachte ich, er kommt. Mein Herz machte einen Satz, die Anspannung, die sich wie eine bleierne Hülle um mich gelegt hatte, fiel in Sekundenschnelle von mir ab. Meine Zweifel, die mich in den letzten Minuten erfasst hatten, waren mir peinlich. Er kam näher. Ich lächelte ihm zu. Jetzt änderte er die Straßenseite. Bestimmt will er mich necken, dachte ich. Er wird an mir vorbeigehen und so tun, als kenne er mich nicht, nur zum Spaß. Und dann lief er an der gegenüberliegenden Straßenseite auf meiner Höhe vorbei und ich sah, dass es nicht Jacko war. Wie ein Schraubstock presste diese Anspannung meinen Brustkorb erneut zusammen. Möglicherweise hatte Jacko die Straßenbahn genommen, auf der Strecke gab es einen Unfall und jetzt verspätete er sich. Oder ein guter Freund ist unerwartet bei ihm zu Hause aufgetaucht, mit einem Briefchen Heroin. Die beiden haben sich einen Schuss gesetzt und Jacko hat mich vergessen. Was, wenn er sich zu viel davon gespritzt hat? Schon sah ich ihn vor mir, die Spritze steckte noch in seinem linken Arm, sein Nacken nach hinten überstreckt. Nein, ich weigerte mich, den Rest der Bilder zu Ende zu denken. Inzwischen hatte Jacko fünfundvierzig Minuten Verspätung. Bisher hatte ich nicht realisiert, wie langsam Zeit vergehen konnte. Ständig sah ich auf meine Armbanduhr. Aber die Zeiger bewegten sich keinen Millimeter. War meine Uhr stehen geblieben? Was, wenn meine Uhr schon den gesamten Tag über defekt war? Vielleicht hatte Jacko vor Stunden hier auf mich gewartet. Ich beschloss weiterzugehen und meine Uhrzeit mit der Kirchturmuhr zu vergleichen, in diesem Augenblick sah ich, dass sich der Minutenzeiger einen Strich weiterbewegte. Ich wartete und wartete.

Zwei Stunden stand ich nun hier. Zwei ewig lange Stunden. Seit einer Stunde war Jacko überfällig. Inzwischen fühlte ich mich aufgeweicht, wie das Papiertaschentuch, das am Straßenrand lag. Zuvor beschlichen mich nur leise Zweifel, aber jetzt kam mir zum ersten Mal der Gedanke: Was, wenn alle anderen doch recht hatten? Was, wenn Jacko mich heute nicht mehr kennt? Nein, ich konnte es nicht glauben. Ich wollte es nicht glauben. Alles war wunderschön gewesen heute Nacht. Alles.

Nach einer weiteren halben Stunde kam mir der Gedanke, dass Jacko sicherlich schon im *Römerkeller* saß und dort auf mich wartete. Also machte ich mich auf in Richtung Club.

Als ich die schwere Eingangstür öffnete, wusste ich, was mich erwarten würde, wenn er nicht da wäre. Alle anderen würden da sein, alle, die mich vor ihm gewarnt hatten.

Jacko war nicht da.

Aber Laura und ihr Exfreund saßen zusammen an einem Tisch. Und es schien tatsächlich so, als seien alle anderen von gestern Abend auch wieder anwesend, nur um zu sehen, ob Jacko kommen würde oder nicht. Womöglich hatten sie Wetten abgeschlossen, nein, garantiert nicht. Ich dachte: Sie sind sich alle hundertprozentig sicher, dass Jacko auf keinen Fall kommen wird. Sie sind wegen mir da, sie wollen meine Reaktion sehen, wenn Jacko nicht kommt. Sie wollen mich leiden sehen.

Laura wollte wissen, ob ich mit Jacko verabredet gewesen sei, ich bejahte.

Micha triumphierte: »Siehst du, das habe ich dir alles schon gestern Abend prophezeit. Dieser Jacko ist ein ganz linkes Schwein, der wollte dich nur ein einziges Mal vögeln, jetzt kennt er dich nicht mehr.«

»Vielleicht kommt er ja noch«, versuchte ich, mir selbst Mut zu machen.

Ich begann mich zu fragen, woher ich diese Sicherheit genommen hatte, dass bei mir alles anders wäre? Warum sollte Jacko gerade mit mir eine Beziehung eingehen? Inzwischen hatte sich diese Gewissheit in eine aus Eis erschaffene Figur verwandelt, die langsam zu schmelzen begann.

»Der kommt garantiert nicht«, stänkerte Micha, »da wette ich mit dir, der schleppt heute in einem anderen Club schon die nächste doofe Tussi ab.«

»Du spinnst doch«, sagte ich ärgerlich zu ihm und begab mich zur Theke, um mir etwas zu trinken zu besorgen. Alle Augen waren auf mich gerichtet. Es war ein Spießrutenlauf, jeder ihrer Blicke traf mich wie der Hieb mit einer Weidenrute. Und in allen Gesichtern zeichnete sich diese gleiche Häme ab.

Was, wenn Micha recht behält, dachte ich. Was, wenn Jacko erneut auf Pirsch ist? Was, wenn er gestern Nacht und heute Mittag schon alle Sexspielchen, auf die er Lust hatte, mit mir ausprobiert hat, und ich jetzt uninteressant für ihn geworden bin? Ich musste an heute Mittag denken, gleich nach dem Aufwachen schliefen wir noch einmal miteinander. Als Jacko kam, zog er seinen Schwanz aus mir heraus und spritzte sein Sperma auf meinen Busen. Es schien ihm sichtlich Freude zu bereiten und erfüllte ihn mit Stolz, wie ein Kind, das eine besondere Leistung vollbracht hatte. Ich wollte die Pfützen auf meiner Brust wegwischen, aber er sagte: »Bitte lass es trocknen.« Dann legte er sich neben mich und rauchte eine Zigarette. Sein dickflüssiges Sperma trocknete schnell auf meinem Busen und erinnerte an Salzkrusten, die durch meine Bewegungen Risse bekamen. »Ich wisch dich sauber«, sagte Jacko und rannte weg. Er kam mit einem Handtuch zurück, die Hälfte des Tuches tropfte vor Nässe, damit weichte er die Spermakrusten auf und wischte sie weg. Er arbeitete dabei hoch konzentriert, als würde er eine äußerst wichtige Tätigkeit ausführen. Das Wasser auf meiner Haut war kalt, aber mit der anderen Seite des Handtuchs rieb Jacko mich trocken und warm, dabei rubbelte er so lange über meine Brustwarzen, bis sie rot und hart geworden waren. Dann sagte er: »Ich will dich noch einmal. Komm, setz dich rittlings auf mich drauf. Los, komm schon.« Ich fühlte mich müde, fast, als hätte ich auf der Stelle in einen langen Winterschlaf fallen können, aber Jacko zog mich ungeduldig auf sich und sagte: »Hannah, komm schon, ich will dich noch einmal.«

Danach fragte er mich, ob ich ihm eine Haarlocke schenkte. Ich wollte wissen, ob er von allen Frauen, mit denen er geschlafen hatte, eine Haarsträhne einfordere. Er sagte: »Ja, ich habe eine ganze Sammlung davon, möchtest du sie sehen?« Ich lehnte dankend ab. Nachdem er mir eine lange nussbraune Locke abgeschnitten hatte, druckste er herum, bevor er damit herausrückte, ob er auch eine

Schamhaarlocke haben könne.

Hatte mich Jacko wie einen Schmetterling statt mit der Nadel mit seinem Schwanz aufgespießt, nur, um mich ebenso wie meine Locken in seiner Sammlung zu archivieren? Ich konnte und wollte es nicht glauben. Aber wenn das der Wahrheit entspricht, dachte ich, dann werde ich mich derart volllaufen lassen, dass ich morgen nicht mehr wissen werde, dass es den heutigen Tag überhaupt gegeben hat.

Da war er wieder, der Interessante von gestern Abend mit den strohblonden Haaren. Er sah erneut zu mir herüber. Jetzt stand er auf und kam geradewegs auf mich zu.

»Hallo, ich bin Pitt, hast du Lust, mit uns zu kommen und was zu rauchen?«

»Ja, gerne.«

Zu Laura sagte ich: »Wenn Jacko aufkreuzt, sag ihm, er soll warten. Ich gehe nur mal kurz mit Pitt was rauchen.«

Ich stieg zu Pitt vorne in den VW-Bus, hinten nahmen drei weitere Leute Platz. Wir fuhren hoch zur Limburg, dort stiegen wir aus und setzten uns auf eine Bank. Vor uns erhob sich die erleuchtete Burgruine. Ein Joint kreiste. Ich bereute es ein bisschen, dass ich mitgekommen war. Was, wenn Jacko in der Zwischenzeit im *Römerkeller* auftauchte und dann wieder nach Hause fuhr?

»Du warst mit Jacko verabredet und er ist nicht gekommen. Ja, ja, der Jacko. Ich kenne ihn schon sehr lange, er ist nicht besonders zuverlässig.«

»Pitt, du kannst dir deine Aufklärungskampagne über Jacko sparen, das haben eine Menge anderer Leute gestern Abend schon besorgt.«

Nach einem zweiten Joint fuhren wir wieder runter.

»Kommst du mit in unsere Wohngemeinschaft? Du kannst gerne bei uns schlafen«, bot Pitt mir an.

»Danke, aber ich möchte in den *Römerkeller* zurück. Ich weiß, dass Jacko noch kommt. Ich fühle es.«

»Du bist verliebt in Jacko, stimmt's?«

»Ja, ich bin sehr verliebt in ihn.«

»Schade, Hannah, ich hätte dich gerne näher kennengelernt, aber ich wünsche dir viel Glück mit Jacko. Ich hoffe für dich, dass er noch kommt.«

»Danke, Pitt, du bist sehr lieb. Mach's gut«, verabschiedete ich mich von dem schönen Blonden.

Mein Brustkorb fühlte sich an, als wäre er fest mit Paketschnur umwickelt; das Atmen fiel mir schwer.

Zum zweiten Mal an diesem Tag drückte ich mit schwitzigen Fingern die schwere Eingangstür des Clubs auf. Ich dachte: Wenn Jacko jetzt nicht da ist, dann ...

Schon von oben sah ich ihn. Jacko war da! Er war da! Er saß bei Laura und Micha am Tisch. In großen Sätzen sprang ich, zwei Stufen auf einmal nehmend, die Treppe herunter.

»Hallo Jacko!«, sagte ich freudestrahlend.

»Hallo«, schnauzte Jacko zurück, »wenn ich mal ein paar Minuten später komme, haust du dann immer mit einem anderen Typen ab zum Kiffen? Machst du das immer so? Ist das deine Vorstellung von einer festen Beziehung?«

»Ein paar Minuten ist gut. Du hattest über zweieinhalb Stunden Verspätung. Ich war auch noch eine Stunde zu früh, weil ich so eine Angst hatte, dich zu verpassen. Ich habe also über dreieinhalb Stunden auf dich gewartet.

Kannst du dir die Häme dieser vielen Leute, des ganzen Clubs, vorstellen, als ich zur Tür reinkam und du warst nicht da? Kannst du dir überhaupt vorstellen, wie ich mich gefühlt habe? Ich war so sauer und traurig, weil ich dachte, du kommst nicht mehr. Ich dachte, vielleicht ...«

»Hattest du Angst, dass es stimmt, was sie alle über mich erzählt haben?«, fragte Jacko sanft.

»Ja, aber ich habe gewusst, dass du kommst, ich war mir ganz sicher. Deshalb bin ich nicht mit Pitt nach Hause, sondern habe mich wieder hier absetzen lassen.«

»Es muss schrecklich für dich gewesen sein. Ich kann mir vorstellen, was du dir anhören musstest. Es tut mir leid. Wirklich! Ich werde das nie wieder mit dir machen.«

Wir umarmten uns und Jacko hielt mich ganz fest.

»Ich möchte dir erklären, warum ich zu spät gekommen bin.«

»Du bist hier, du musst mir nichts erklären.« Ich wollte verhindern, dass Jacko mir irgendwelche fadenscheinigen Ausreden auftischte.

»Aber ich will, dass du es verstehst.«

»Dann erklär mir's.«

»Ich wusste nicht, ob ich kommen sollte, ich habe mit mir gerungen.«

Ich spürte, wie der Messerstich direkt in mein Herz geführt wurde.

»Du hast mit dir gerungen?«

»Ja, ich war sehr unsicher, ob ich kommen sollte.«

Das tat weh. Das tat verdammt weh. In meiner Kehle formte sich ein dicker Kloß.

Jacko bemerkte, wie stark mich seine Worte trafen. »Es liegt nicht an dir. Du gefällst mir, es war sehr schön mit dir. Das zwischen uns, ja, das ist etwas ganz Besonderes. Aber du bringst mein ganzes bisheriges Leben völlig durcheinander. Du stellst alles auf den Kopf.«

Ich fühlte mich wie ein angeschlagener Boxer, der unweigerlich begreift, dass die letzte Runde geschlagen hat, der weiß, beim nächsten Treffer wird er zu Boden gehen und der Kampf ist aus. Ich dachte, gleich wird er mir sagen, dass wir deshalb leider keine Beziehung haben können.

Ich hielt diese Spannung fast nicht mehr aus, daher wollte ich ein bisschen im Scherz wissen: »Du meinst, wenn wir eine feste Beziehung hätten, dann könntest du nicht mehr ein- bis zweimal in der Woche eine andere Frau abschleppen?«

»Ja, das auch. Aber, verstehst du, ich hatte schon lange keine feste Beziehung mehr.«

»Wie lange ist deine letzte feste Beziehung her? Ich meine eine, die länger als ein bis zwei Wochen gehalten hat.«

»Meine letzte längere Beziehung liegt über drei Jahre zurück. Ich war acht Monate mit dieser Frau zusammen, dann hat sie mich verlassen.«

»Du hast diese Frau sehr geliebt, oder?«

»Ja, ich habe sie geliebt. Es hat sehr wehgetan, als sie gegangen ist. Ich habe mich monatelang total zugeballert, aber der Schmerz wurde nicht weniger.«

»Liebst du diese Frau immer noch?«

»Da ist ein Gefühl, aber Liebe ist das nicht mehr.«

»Ich möchte ja keinesfalls wie eine Hobbypsychologin daherkommen, aber könnte es sein, dass du seit dieser Zeit keine feste Beziehung mehr eingegangen bist, weil da diese Angst ist, wieder enttäuscht zu werden? Vielleicht suchst du dir deshalb ständig neue Frauen, von denen du nach ein, zwei Tagen nichts mehr wissen willst. Du baust keine Bindung zu ihnen auf, so gehst du erst gar nicht die Gefahr ein, dass sie dich verlassen können.«

»Ja, bestimmt hast du recht.«

»Weißt du Jacko, es ist immer ein großes Wagnis, sich ganz auf einen anderen Menschen einzulassen, Liebe macht uns verletzlich, enorm verletzlich. Jedoch das, was ich für dich empfinde, ist sehr, sehr groß. Ich bin dazu bereit, mich ganz auf dich einzulassen. Ich habe grenzenloses Vertrauen zu dir. Und ich bin sicher, wenn du dich auch auf mich einlassen könntest, dann würden wir es

180

gemeinsam schaffen, eine Beziehung aufzubauen.«

»Ja, aber ich bin ein Junkie, es ist bestimmt nicht einfach mit mir.«

»Ich bin Alkoholikerin, auch mit mir ist es bestimmt nicht einfach. Du hast ja selbst schon gesagt, das zwischen uns, das ist etwas ganz Besonderes. Ich bin bereit für eine Beziehung mit dir. Ich möchte dich sehr gerne näher kennenlernen, denn ich bin mir sicher, wir beide gehören zusammen.«

»Ja, das Gefühl habe ich auch. Hannah, ich bin bereit für das Wagnis, auch ich möchte dich sehr gerne näher kennenlernen.«

Ich war froh, dass Jacko auf einer Erklärung bestanden hatte. Jetzt fühlte ich mich ihm noch viel näher als zuvor.

Wir hatten vor diesem Gespräch viel getrunken, doch durch diese ernste Unterhaltung waren wir beide wieder nüchtern geworden. Heute, am Samstag, konnten wir mit der Straßenbahn zu Jacko nach Hause fahren.

Am nächsten Morgen hatten wir beide einen dicken Kopf. Wir tranken einen starken Kaffee und Jacko sagte: »Hannah, du trinkst zu viel, du musst mit dem Alkohol aufhören, du machst dich kaputt.«

»Und was ist mit dir? Du machst dich mit dem Heroin und den vielen Pillen auch kaputt.«

»Vielleicht sollten wir beide mit dem ganzen Zeug aufhören.«

»Jacko, das wäre toll.«

Doch Jacko schwächte alles gleich wieder ab: »Ich weiß nicht, ob ich schon so weit bin, um mit den Drogen aufzuhören. Ich werde es mir überlegen.«

»Zusammen schaffen wir es, bestimmt.«

Mittags spazierten wir stundenlang durch die Felder. Jacko motivierte mich: »Du kannst mit dem Alkohol aufhören, wenn du es wirklich willst. Du wirst es schaffen. Ich werde dir dabei helfen, so gut ich kann. Ich werde für dich da sein, wann immer du mich brauchst, und ich werde in deiner Anwesenheit keinen Alkohol mehr trinken. Du wirst es schaffen, auch wenn die erste Zeit sehr schwer werden wird.«

»Ich werde mit dem Trinken aufhören, aber wir können doch zusammen entziehen.«

»Für dich bin ich bereit, keinen Alkohol mehr zu trinken. Doch du musst dafür Verständnis haben, wenn ich mit den Drogen nicht so schnell aufhören kann. Das mit dem Heroin, das schaffe ich nicht von heute auf morgen, so weit bin ich im Augenblick noch nicht.«

Ich musste an die Königin Berenike denken, wie gerne würde ich der Liebesgöttin Aphrodite mein langes seidiges Haar opfern, wenn Jacko den Krieg gegen die Drogen gewänne. Was hatte Jacko gesagt, als ich ihn zum ersten Mal auf der Drogenwiese sah, es waren die allerersten Worte, die ich aus seinem Mund vernahm: »Ich habe aufgehört zu drücken. Mit Heroin möchte ich nichts mehr in meinem Leben zu tun haben. Niemals wieder!« So viel mehr, als nur mein langes Haar, würde ich dafür opfern, sagte er diese Worte noch einmal.

»Ja, ich werde wirklich mit dem Alkohol aufhören«, bekräftigte ich. »Ab heute werde ich damit beginnen, meinen Alkoholkonsum zu reduzieren, um dann in einigen Wochen trocken zu sein.«

Ich liebte Jacko so sehr wie noch nie einen Menschen zuvor. Ich war mir sicher: Mit ihm zusammen werde ich es schaffen, mit ihm zusammen würde ich alles schaffen. Ich dachte: Wenn es mir gelingt, mit dem Alkohol aufzuhören, möglicherweise schafft Jacko es dann auch, mit den Drogen aufzuhören.

Wir gingen eine Weile schweigend Hand in Hand. Am Waldrand beobachten wir einen Zitronenfalter. Jacko erzählte, dass Zitronenfalter an einem Grashalm oder Zweig als Blatt getarnt in Winterstarre verharren und dort die kalte Jahreszeit überleben.

»Ich zeig dir irgendwann mal einen Zitronenfalter, der an einem Zweig überwintert.«

Ein zweiter Zitronenfalter kam hinzu und die beiden umkreisten sich trudelnd.

»Sieh mal Hannah, das ist der Tanz der Schmetterlinge.«

Dann sah Jacko mir tief in die Augen. »Hannah, ich möchte auch mit dem Heroin aufhören. Im Augenblick packe ich das noch nicht. Aber ich weiß, irgendwann werde ich mit dem ganzen Gift aufhören, dann wird es für uns beide eine Zeit ohne Drogen und ohne Alkohol geben. Wir beide werden ein ganz normales Leben führen. Ich bin mir ganz sicher.«

In meinem Bauch tanzten wieder diese verrückten Schmetterlinge, zu Tausenden, alle gleichzeitig wie auf Kommando, sie demonstrierten ihre Flugkunst, die mich schwindlig werden ließ.

Auch ich sah meinem Traummann tief in die Augen. »Ja, Jacko«, sagte ich, »auch ich spüre die Gewissheit, dass es genau so sein wird. Wir werden ein ganz normales Leben führen, ohne Alkohol und ohne Drogen.«

Jedoch drang in mein Bewusstsein in diesem Augenblick noch etwas anderes. Ich fühlte, dass bis zu unserem gemeinsamen Leben noch ein unendlich langer Weg vor uns lag. Aber auch, wenn wir dieses Glück noch nicht greifen konnten, wusste ich doch, dass es in weiter Ferne auf uns beide wartete.

14. Dieses neue Leben

Am Montagmittag trampte ich bis zum Nachbarort, von dort aus spazierte ich Lieder summend durch den Wald in unser Dorf. Ich ging nicht, ich hüpfte, ich tanzte, ich flog. Alles in mir war federleicht. Ich war ein einziges Strahlen. Sobald ich an Jacko dachte, fühlte ich wieder diese Schmetterlinge, die zu Tausenden in meinem Bauch ihren verrückten Tanz aufführten. Diese Liebe zu Jacko hatte eine monumentale Kraft in mir freigesetzt, den Willen, mit dem Trinken aufzuhören, und die Sicherheit, es zu schaffen.

In Schweiß gebadet, schlotternde Knie, zitternde Hände, eingeholt von einer Zeit, die in meinen Gedanken schon zur Vergangenheit geworden war. Fast vergaß ich zu atmen bei diesem Anblick. Alles Leichte und alle Zuversicht waren von einem auf den anderen Augenblick verschwunden, als hätten sie niemals existiert, und ich sackte elendig, von einer fremden Macht überwältigt, zusammen.

Da stand eine ganze Batterie leerer Flaschen: Wein, Wodka, Whisky, Korn, Cognac, Bier, mindestens dreißig Flaschen; sie alle standen für mich rechts und links im Flur Spalier. Ich erkannte sie sofort.
Meine Mutter musste am Wochenende in meinem Schrank herumgeräumt haben, und dabei die leeren Flaschen gefunden und sie nun alle fein säuberlich im Flur rechts und links nebeneinander aufgereiht haben. Die Türen meines Kleiderschranks standen sperrangelweit offen.

Ich überlegte: Das wird dicke Luft geben, heute Abend. Sollte ich wieder zu Jacko fahren? Dies würde mein Problem nicht lösen, sondern nur verschieben, daher beschloss ich, das hier erst einmal hinter mich zu bringen.

Als meine Eltern abends nach Hause kamen, schrie mich meine Mutter an: »Wie konntest du das nur tun?«

Ich ging davon aus, dass sie damit meinte, wie ich derart viel trinken konnte und ich sagte: »Ich brauche das Zeug, ich bin abhängig davon.«

»Dass du trinkst, ist ja schlimm genug. Aber wie konntest du deinem Vater das nur antun?«

Ich verstand nicht, was meine Mutter damit zum Ausdruck bringen wollte, und fragte irritiert nach: »Was denn, dass ich trinke?«

»Wie konntest du zwei Flaschen von dem besten Wein, den dein Vater im Keller liegen hat, wie Wasser herunterkippen? Das wird dir dein Vater niemals verzeihen.«

Das konnte doch nicht wahr sein! Mir blieb die Spucke weg. Mein Vater sagte zu alldem nichts. Er schmollte, sah durch mich hindurch, er redete kein einziges Wort mehr mit mir.

Ich konnte es nicht fassen. Meine Eltern regten sich nicht darüber auf, dass ihre achtzehnjährige Tochter schwer alkoholabhängig war. Nein, es brachte sie lediglich in Rage, dass ich zwei Flaschen des besten Weines meines Vaters entkorkt und das Zeug wie Wasser abgekippt hatte.

Ich versuchte, meiner Mutter zu erklären, dass ich mit dem Alkohol aufhören werde. Ich erzählte ihr, dass ich jemanden kennengelernt hätte und dass ich ihn sehr, sehr liebe und deshalb mit dem Trinken aufhören werde.

»Das brauchst du doch gar nicht erst zu probieren, du wirst sowieso wieder rückfällig«, klatschte mir meine Mutter, wie eine Ohrfeige, entgegen.

Ich lag in meinem Bett und dachte: Jetzt wird es sich zeigen, ob wir beide tatsächlich eine feste Beziehung haben. Als ich vor drei Tagen mit meinem Fahrrad zu Jacko gefahren war, kam ich unterwegs in einen Wolkenbruch und traf völlig durchnässt bei meinem Freund ein. Vor zwei Tagen war ich wieder mit ihm verabredet. Er verfügte über kein Telefon und ich konnte ihm nicht mitteilen, dass ich krank war. Jetzt hatte ich Angst, dass er sich nicht meldete.

Doch am nächsten Tag läutete endlich unser Telefon: »Was ist denn mit dir los? Warum kommst du denn nicht mehr?«, wollte Jacko besorgt wissen.

Ich berichtete ihm, dass ich Fieber hatte und eine Stunde später stand er vor der Haustür.

Ich fühlte mich unendlich glücklich. Mein Traummann war hier. Ich ging mit ihm durch den Bungalow.

»Hier wohnst du also«, stellte Jacko erstaunt fest, als wir nach dem Rundgang im Wohnzimmer angekommen waren. Sein Blick fiel auf den Wohnzimmerschrank aus Palisanderholz und auf die große braune Ledergarnitur, er runzelte die Stirn. »Hannah, ich werde dir niemals so ein Haus bieten können; das alles werde ich dir niemals bieten können.« Mein Traummann sah mich mit traurigen Augen an.

»Ach Jacko, du musst mir doch überhaupt nichts bieten. Ich brauche kein eigenes Haus, keinen Schrank aus Tropenholz und keine Ledergarnitur. Ich will dich, nur dich. Du bist alles, was ich brauche.«

Wir umarmten uns lange.

Ich musste mich wieder ins Bett legen, denn mir schlotterten die Knie und meine Hände zitterten stark. Ob die Erkältung die Ursache dafür war oder meine drastische Alkoholreduzierung, wusste ich nicht. Seit dem Beginn meiner Grippe trank ich täglich nur noch vier Flaschen

Bier, die ich über den Tag und die Nacht verteilte.

Am nächsten Tag besuchte Jacko mich wieder. Und er war noch da, als meine Eltern abends nach Hause kamen.

Später nahm mich meine Mutter zur Seite. »Wie der schon aussieht, das ist doch bestimmt ein Drogenabhängiger, das sieht man doch. Der ist total verwahrlost und arbeiten tut der bestimmt nix.«

»Ich weiß wirklich nicht, über was du dich aufregst. Ich bin eine arbeitslose Säuferin«, sagte ich trotzig, um meine Mutter zu provozieren, »da passen Jacko und ich doch hervorragend zusammen.«

Ich versuchte, weiterhin den Alkohol zu reduzieren, aus vier Flaschen Bier wurden zunächst drei, dann zwei Flaschen. Meine Hände zitterten, als würde ich an Morbus Parkinson leiden, meine Augen tränten unaufhörlich und mein Kreislauf brach immer wieder zusammen. Mein Herz begann plötzlich unkontrolliert zu rasen und mir wurde schwarz vor den Augen. Ich hatte Schüttelfrost, meine Zähne klapperten laut aufeinander und ich wusste nicht: War es die Grippe oder der Alkoholentzug? Nach einigen Tagen fühlte ich mich etwas besser, aber ich war noch immer kraftlos und erschöpft. Mit meinem Fahrrad fuhr ich zu Jacko. Meine Beine waren zentnerschwer. Mein Blutdruck geriet ständig außer Kontrolle, mein Puls schlug wild entfesselt. Mehrmals musste ich anhalten und abwarten, bis sich mein Kreislauf wieder halbwegs stabilisiert hatte.

Jacko freute sich riesig, mich zu sehen. Am Nachmittag spazierten wir durch die Felder.

»Du kannst mit dem Alkohol aufhören, wenn du es wirklich willst. Du wirst es schaffen.« Wieder versicherte mir Jacko: »Ich werde für dich da sein, wann immer du mich brauchst. Und ich werde in deiner Anwesenheit keinen Alkohol mehr trinken. Die erste Zeit wird sehr schwer für dich werden, du wirst sehr stark sein müssen, aber du schaffst das, ich bin mir ganz sicher.«

Ich wollte Jacko davon überzeugen, dass wir doch zusammen aufhören könnten, aber er sagte nur wieder: »Hannah, ich werde dir helfen, wo immer ich kann, aber ich selbst bin noch nicht so weit, um mit den Drogen endgültig aufzuhören, später irgendwann, ganz bestimmt.«

Wir umarmten und küssten uns und klammerten uns aneinander wie Ertrinkende.

Ich liebte Jacko so sehr. Wie konnte man einen Menschen nur derart leidenschaftlich lieben? Ich liebte alles an ihm. Seine kinnlangen pechschwarzen Haare, diese wilde Mähne, seinen Schnurrbart, der jetzt in der Sonne rötlich leuchtete, und seine rehbraunen, kupferstichigen Augen, mit diesem unendlichen Blick einer unstillbaren Sehnsucht. Ich liebte alle Falten und Furchen in seinem Gesicht, seine langen schlanken Hände, seine sinnlichen, weichen Mick-Jagger-Lippen. Ich liebte es, wie er mich ansah, wie er mich berührte, wie er mich küsste, wie er mit mir schlief. Ich liebte Jacko mit jeder Zelle meines Körpers. Mit meinen anderen Freunden hatte ich immer das Gefühl, als fehlte mir irgendetwas, ich war mit ihnen zusammen, aber doch allein. Mit Jacko war das völlig anders. Es war, als wäre er der mir fehlende Teil, der mich vervollständigte, der mich erst als Ganzes erscheinen ließ. Mit ihm war ich so glücklich wie noch nie zuvor.

Als ich zu Hause ankam, lag im Briefkasten ein Schreiben der Fachschule für Sozialpädagogik in Mainz. Ich wusste: Diese Zu- oder Absage wird über meine Zukunft entscheiden. Mit zittrigen Fingern öffnete ich den Brief und zerriss ihn dabei fast. Mein Herz schlug so laut, dass ich es hören konnte.

Eine Zusage! Ab dem 1. September konnte ich mit der Ausbildung zur Erzieherin in Mainz beginnen. Ich machte einen Luftsprung. Jetzt hatte ich noch einen Grund mehr, um mit dem Trinken aufzuhören.

Seit drei Tagen trank ich nun keinen Tropfen Alkohol mehr. Mein Körper spielte völlig verrückt. Zum Glück hatte ich die letzten drei Wochen meinen Alkoholkonsum schon drastisch reduziert. Ich war eine tickende Zeitbombe, die jeden Augenblick explodieren konnte. Nichts hatte ich mehr unter Kontrolle, nicht meine Gefühle, nicht meine Körperfunktionen, nicht meine Tränenflüssigkeit. Mein Kreislauf brach mehrmals am Tag zusammen, mein Blutdruck erreichte schwindelnde Höhen, mein Puls überschlug sich. Ich hatte höllische Gliederschmerzen, ich fühlte jeden einzelnen Knochen meines Körpers. Meine Knochen waren mürbe, sie würden zersplittern, sobald ich mich bewegte. Mein Kopf war eine Glaskugel, die zerspringen würde. Ich hatte heftige Kopfschmerzen, so stark, dass ich den Kopf immer wieder gegen die Wand schlug, weil ich diese höllischen Schmerzen nicht mehr aushielt. Ich bekam einen Schweißausbruch, riss mir meine Kleider vom Leib, im nächsten Augenblick allerdings begann ich zu frieren, so sehr, dass meine Zähne aufeinander klapperten. Ich zog zwei Pullover übereinander, legte mich ins Bett, und deckte mich mit mehreren Decken zu. Aber jetzt begann ich wieder zu schwitzen, der nächste Schweißausbruch kündigte sich an. Ich war aggressiv, derart aggressiv, wie ich mich noch nie erlebt hatte. Ich wollte Tassen und Teller an die Wand werfen, ich wollte hören, wie alles Porzellan zerschellt. Doch nicht eine einzige Tasse zertrümmerte ich, denn schon im nächsten Augenblick erfasste mich ein Weinkrampf und schüttelte mich. Ich hatte Angst, große Angst, aber ich wusste nicht, wovor ich Angst hatte.

Ich wollte sterben. Ich wollte, dass diese höllischen Schmerzen aufhörten, und diese Angst, diese Unsicherheit, diese Aggressivität, dieses Herzrasen, dieses Schwitzen, dieses Frieren. Ich schluckte Unmengen Kopfschmerztabletten und *Valium*, aber die vielen Tabletten zeigten keinerlei Wirkung. Die Nächte waren am schlimmsten, sie zogen sich unendlich lange hin. Auch mit Schlaftabletten gelang es mir nicht, die Augen auch nur für kurze Zeit zu schließen. Nächtelang lag ich wach und wälzte mich verzweifelt und schweißgebadet in meinem Bett, bevor ich nach Tagen endlich in einen komatösen Schlaf fiel.

Warum war es so verdammt schwer, mit dem Alkohol aufzuhören? Warum hielt ich diese fürchterlichen Kopf- und Gliederschmerzen aus? Ich wusste, ich müsste lediglich in den Keller gehen und eine Flasche Wein hochholen oder ein Saftglas Likör aus der Hausbar abfüllen, dann wären alle meine Schmerzen und Probleme wie weggeblasen. Warum ertrug ich dies alles?

Ich konnte nicht mehr. Ich wollte laut schreien, aber aus meinem Mund kam kein einziger Ton. War ich plötzlich stumm geworden? Ich schaffte es nicht! Ich konnte nicht mehr! Ich kapitulierte. Der Alkohol war stärker als ich. Ich gab auf.

Als wären die Stufen vereist und ich könnte auf jedem Treppenabsatz ausrutschen, eierte ich unsicher und vorsichtig die Kellertreppe hinab. Unschlüssig, mit einem schlechten Gewissen und einem flauen Gefühl im Magen, stand ich lange schweratmend vor dem Weinregal. Dann griff ich zögernd nach einer Flasche Merlot und krallte sie, wie eine schwer erkämpfte Beute, fest in meiner Hand, während ich sie behutsam nach oben in mein Zimmer trug.

Ich entkorkte die Flasche und füllte ein großes Saftglas mit Wein. Minutenlang hielt ich das Glas in meinen Händen, immer wieder roch ich an dem schweren Rotwein, bevor ich das Glas endlich zum Mund führte und trank. Statt den Merlot herunterzuschlucken, rannte ich ins Bad und spuckte den Wein ins Waschbecken. Jetzt war das Waschbecken dunkelrot von meinem Blut. Ich verblutete innerlich. Ja, ich fühlte den starken Schmerz, den die klaffende Wunde tief in mir ausgelöst hatte. Dann nahm ich die geöffnete Flasche und schüttete den Rotwein in die Toilette.

Als ich den Wein herunterschlucken wollte, musste ich an Jacko denken. Ich liebte ihn. Ich liebte ihn so sehr. Und ich dachte: Mit seiner Hilfe werde ich mit dem Trinken aufhören. Ich werde es schaffen!

Und plötzlich hörte ich die Worte, die Eddy immer zu mir sagte: »Hannah, du bist noch so jung, du schaffst es, mit dem ganzen Zeug aufzuhören. Ich glaube an dich, ja, ich glaube ganz fest an dich. Du wirst jemanden lieben, eine Ausbildung machen und ein Leben führen, in dem Alkohol und Drogen keine Rolle spielen werden. Da bin ich mir ganz sicher.«

Ja, Eddy, mit Jackos und deiner Hilfe werde ich für immer mit dem Trinken aufhören. Aber es ist so furchtbar schwer.

Und in diesem Augenblick erinnerte ich mich an eine Fernsehsendung über die Anonymen Alkoholiker. Darin war berichtet worden, dass sie vor dem Alkohol kapitulieren und ihr Leben in Gottes Hand geben. Auch ein Kernsatz der Anonymen Alkoholiker wurde vorgestellt: »Heute das erste Glas nicht zu trinken.«

Und in meiner Verzweiflung faltete ich meine Hände und betete: »Lieber Gott, ich gebe mein Leben in deine Hand, denn der Alkohol ist stärker als ich. Bitte, bitte, gib mir die Kraft, heute das erste Glas stehen zu lassen.«

Ja, ich beschloss, heute das erste Glas nicht zu trinken, das erschien mir viel einfacher, als nie mehr zu trinken. Das konnte ich schaffen. Und morgen würde ich wieder das erste Glas stehen lassen.

Nach einigen Tagen fühlte ich mich etwas besser, und ich fuhr zu Jacko. Er war für mich da. Stundenlang wanderten wir durch den Wald und die noch brachliegenden Gemüsefelder. Jacko erzählte mir von den Entzugserscheinungen, die er regelmäßig erlebte, wenn er versuchte, sich das Heroin abzugewöhnen.

Ich berichtete ihm von meinen Erfahrungen der letzten Tage. »Im Augenblick habe ich oft das Gefühl, als wäre mein Körper ein riesiger, wuselnder Ameisenhaufen. Tausende von Ameisen wandern durch meinen Körper in Richtung Kopf. Überall ist dieses Kribbeln. Ich werde noch wahnsinnig.«

Jacko gab mir wieder neuen Mut. »Das vergeht, bald ist das alles vorbei. Auch, dass dein Kreislauf in der nächsten Zeit noch oft zusammenbricht, das ist normal. Langsam werden die Ameisen aufhören zu krabbeln, die Kopf- und Gliederschmerzen werden nachlassen, auch deine Ängste und Aggressionen werden weniger. Du wirst ruhiger werden und das alles hinter dir lassen. Die nächste Zeit musst du stark sein. Es wird noch sehr schwer werden, aber ich weiß, du packst das.«

Ja, ich wusste es: Ich werde es schaffen. Mit Jackos Hilfe werde ich endgültig mit dem Trinken aufhören. Auf ihn konnte ich mich hundertprozentig verlassen.

Wenn ich mit Jacko zusammen war, dann war alles viel leichter. Aber sobald ich zu Hause die Haustür öffnete, löste sich das Vertrauen in meine alkoholfreie Zukunft in

Luft auf. Überall in meinem Elternhaus standen alkoholische Getränke herum. Wenn ich morgens zum Frühstückstisch kam, hatte dort mein Vater schon eine Flasche Rum deponiert. Auf dem Wohnzimmertisch stand eine angebrochene Cognacflasche vom Vorabend und überall in der Wohnung waren halbvolle Bier- und Weinflaschen verteilt.

Manchmal saß ich da, sah die einzelnen Flaschen an und schmeckte nacheinander die jeweiligen Alkoholika auf meiner Zunge, bevor ich die Wirkung des Alkohols in meinem Bewusstsein fühlte wie einen Flashback. Meine Eltern wussten, dass ich keinen Alkohol mehr trinken wollte. Warum räumten sie nicht wenigstens die angebrochenen Flaschen außer Reichweite?

Als ich meine Mutter daraufhin ansprach, sagte sie: »Du musst dich hier schon nach uns richten, wir werden uns wegen dir nicht einschränken oder unser Verhalten ändern. Du fängst ja doch wieder an zu saufen.«

Einmal saßen wir beim Abendessen, mein Vater reichte mir ein volles Bierglas und sagte: »Trink doch.«

Die meiste Zeit verbrachte ich daher bei Jacko. Er war auch das schwarze Schaf der Familie. Seine Mutter, seine Brüder, alle waren gute Mitglieder der Gesellschaft und gingen einer Arbeit nach, nur Jacko nicht. Er bekam es zu spüren. Seine Mutter sagte ihm: »Drogenabhängige taugen nichts, du bist Abschaum.«

Am Anfang unserer Beziehung war Jackos Mutter zu mir extrem unfreundlich. An einem der ersten Tage hörte ich, als ich die Toilette aufsuchte, wie sie in der Küche schrie: »Mensch Jascha, das hier ist doch hier kein Puff, jeden Tag sollen wir ein anderes Flittchen von dir durchfüttern.« Wenn ich Jackos Mutter im Haus begegnete, dann musterte sie mich von oben bis unten, ohne einen Ton zu mir zu sagen.

Nach drei Wochen begab sich Jacko samstagmittags in die Küche, um zu essen. In der letzten Zeit hatte er mir danach öfter einen Teller Suppe mit nach oben gebracht.

Diesmal kam er gleich wieder hoch. »Du sollst runterkommen, meine Mutter sagt, du sollst mit uns essen.«

Ab diesem Tag wurde ich wie selbstverständlich immer zum Essen eingeplant. Die Mutter von Jacko ähnelte ein bisschen meiner Oma Anna. Da Jackos Vater früh verstorben war, hatte seine Mutter ihr Leben lang hart arbeiten müssen, um ihre Söhne durchzubringen. Sie hatte außen eine raue Schale, aber innen einen weichen Kern. Ich hatte immer Schwierigkeiten, die großen Portionen aufzuessen, die sie mir auf den Teller schöpfte.

Einmal sagte sie zu mir: »Du bist ganz anders, dem laufen ja alle Frauen nach, ich weiß auch nicht warum. Was der schon hier angeschleppt hat, kannst du dir gar nicht vorstellen. Du bist wenigstens ein anständiges Mädchen.«

Es war mir peinlich, denn für ein anständiges Mädchen hielt ich mich nun wirklich nicht.

Später erzählte ich Jacko, was seine Mutter zu mir gesagt hatte.

»Ein anständiges Mädchen?« Er setzte ein breites, dreckiges Grinsen auf. »Ich finde, du kannst manchmal ganz schön unanständig sein.«

»Ach jaaa?«, gab ich kokettierend zurück.

»Jjjaa, allerdings. Manchmal bist du ein richtig geiles Luder.«

»Tja, ich bin gern dein geiles Luder«, sagte ich, wissend, dass es ein Spiel zwischen uns war.

»Komm her, du geiles Luder, ich will dich. Ich will dich sofort. Was macht ein unanständiges Mädchen?«, fragte Jacko, während er die Bettdecke lupfte.

Ich kroch unter die Decke und nahm seinen Schwanz in den Mund. Er wurde schnell betonhart und Jacko zog mich zu sich nach oben. »Komm her, du unanständiges Mädchen, ich halte es nicht mehr aus. Ich will dich ficken.«

Meine Beine legte ich auf seine Schultern und er drang tief in mich ein.

»Weißt du, dass du unheimlich geile Titten hast, du machst mich wahnsinnig an. Ich habe Lust, dich richtig durchzubumsen.«

»Mach mit mir, was du willst, ich bin dein geiles Luder«, sagte ich mit einem Kleinmädchenblick, der ihn rasend machte.

Jacko kam schnell.

»Na, du unanständiges Mädchen, hast du Lust, meinen Schwanz noch einmal in den Mund zu nehmen und ihn wieder hart zu machen?«

Ich leckte mich über Jackos Stirn, seine Ohren, seine Augen, seine Nase, seine Lippen, sein Kinn, seinen Hals, seine Brust, seinen Oberkörper und seinen Bauch, runter über die Innenseiten seiner Schenkel, wieder hoch bis zu seinem Schwanz. Jacko wand sich und stöhnte, er wollte mich zu sich hochziehen, aber ich gab seinem Drängen nicht nach. Stattdessen nahm ich seinen Schwanz, der wieder ganz hart geworden war, und an dem noch sein Sperma und mein Schleim klebten, in den Mund. Jacko kam noch einmal sehr schnell und ich spritzte sein dickflüssiges Sperma auf meine Brüste. Danach nahm er mich in Hündchenstellung, und ich schrie laut, als er in mir kam.

Sex mit Jacko war jedes Mal eine Herausforderung für mich, da ich noch immer Angst hatte, seinen Vorstellungen nicht zu genügen, aber langsam schwamm ich mich frei.

Nach fast vier Wochen ohne einen Tropfen Alkohol fühlte ich mich sicherer. Mein Kreislauf war stabiler geworden. Einschlafen ohne Alkohol fiel mir immer noch schwer. Immer hatte ich mich in diesen bewusstlosen Alkoholschlaf getrunken. Die letzten Wochen hatte ich meist die gesamte Nacht über wach gelegen. Jetzt endlich konnte ich nachts einige Stunden schlafen. Morgens kam ich nur mit größter Mühe aus dem Bett. Konzentrieren konnte ich mich noch immer nicht und nachdenken war unmöglich. In meinem Kopf schwirrten unzählige Gedankenfetzen herum, sobald ich versuchte, einen einzigen Gedanken festzuhalten, flog er sofort wieder weg.

Die letzten Jahre hatte ich meine Gefühle im Alkohol ertränkt. Jetzt stürzten oft all meine Empfindungen gleichzeitig auf mich ein. In einem Augenblick war ich überglücklich, richtig euphorisch, doch schon in der nächsten Sekunde war ich zu Tode betrübt und hatte Angst vor allem, dem nächsten Tag, der Zukunft. Es war, als wäre ich manisch-depressiv. Ich verstand, dass ich den Umgang mit meinen Gefühlen erst wieder lernen musste – wie so vieles andere auch.

Ich sprach lange mit Jacko darüber.

»Ja, das kenne ich. Bei mir ist das genauso. Ich habe ja auch jahrelang meine Gefühle mit dem Heroin weggedrückt. Und dann, wenn ich mit dem Zeug aufhöre, dann stürzen die Stimmungen von allen Seiten auf mich ein. Das kann ich dann fast nicht aushalten. Du musst dir Zeit geben, das dauert. Aber du wirst es schaffen. Ich bin mir ganz sicher.«

Jacko konsumierte selten Heroin in dieser Zeit. Er sagte nie, wenn er etwas gedrückt hatte, aber seine Persönlichkeit war dann verändert.

An einem Nachmittag lernte ich Gregor, seinen Freund, kennen, er wohnte im Nachbardorf.

»Jacko, du sollst gleich mal rüber zu Tom kommen.«

Tom wohnte einige Häuser weiter.

Ich konnte mir denken, was die drei Freunde vorhatten. Nach über zwei Stunden kam Jacko zurück. Ich brauchte ihm keine Fragen zu stellen. Ich sah es. Beim Rauchen fielen ihm die Augen immer wieder zu, die Pupillen waren stecknadelkopfgroß, die Zigarette rauchte sich zum großen Teil allein, und er kratzte sich ständig im Gesicht.

Kurz darauf lernte ich auch Tom kennen. Er war vor einigen Wochen aus dem Knast entlassen worden, achtzehn Monate hatte er wegen Verstoß gegen das Betäubungsmittelgesetz eingesessen. Während dieser Zeit hatten seine Eltern das Dachgeschoss ihres Hauses umgebaut und eine Wohnung für Tom hergerichtet. Sein Vater hatte ihm sogar einen Job besorgt. Tom sah auf den ersten Blick nicht wie ein Junkie aus, er machte auf mich eher den Eindruck eines Bankangestellten, aber auch Gregor hätte ich auf den ersten Blick nicht mit Drogen in Verbindung gebracht. Er arbeitete als technischer Angestellter in einem Pharmaunternehmen.

Tom und Gregor sah ich in dieser Zeit selten, meist war ich mit Jacko allein. Wir spazierten stundenlang durch den Wald oder streiften durch die Felder. Mit Jacko konnte ich über alles reden. Er verstand mich. Und er war immer da, wenn ich ihn brauchte. Wir erzählten uns Geschichten aus unserer Kindheit, oft philosophierten wir über den Sinn des Lebens oder den Tod. Immer wieder verblüffte Jacko mich, wenn er mir Dinge schilderte, von denen ich nicht die geringste Ahnung hatte. Einmal erzählte er mir von einem afrikanischen Land, von dem ich noch nie gehört hatte. Ein anderes Mal berichtete er mir aus der Zeit der

Völkerwanderung. Oft kam ich mir ihm gegenüber wie ein dummes, kleines Schulmädchen vor. Jacko hatte keinen Schulabschluss, und er hatte nie eine Berufsausbildung gemacht. Woher wusste er dann so viel über Geschichte, Erdkunde und Biologie? Woher kannte Jacko die Namen der Blumen, Schmetterlinge und Sterne?

Als ich ihn darauf ansprach, zeigte er mir seine Bücher und sagte: »Meine vielen Schulbücher habe ich den Frauen, mit denen ich geschlafen habe, abgeluchst. Diese Bücher habe ich alle gelesen.«

Ich zählte meine trockenen Tage. Heute war der dreißigste Tag. Dreißig Tage ohne Alkohol. Dreißig Tage neues Leben.

Nach dem Aufstehen gingen Jacko und ich spazieren. Es war herrlich. Die Sonne schien, es roch nach Frühling und wir schlenderten Hand in Hand durch den Wald. Ich roch den schweren Duft der feuchten Walderde. Ich atmete den taufrischen Geruch des nassen Grases, es war so saftig grün, dass es mich fast blendete. Ich musste das Gras berühren und mit der flachen Hand strich ich über die noch nassen Grashalme. Es fühlte sich an, als sähe ich das alles zum ersten Mal. Hatte ich bislang an einer Augenkrankheit gelitten, einer Eintrübung der Linsen? Noch nie hatte ich die Natur in dieser Klarheit und Reinheit wahrgenommen. Ich war Schneewittchen, die letzten Jahre hatte ich in einem Glassarg gelegen. Jacko war der schöne Königssohn, der mich durch seinen Kuss aus der Todesstarre befreite und wieder ins Leben zurückgeholt hatte. Jacko hatte mich gerettet.

Am Waldrand setzten wir uns auf einen Baumstamm und ließen uns von der warmen Frühlingssonne bescheinen. Inzwischen brachte mich die Sonne nicht mehr zum Frieren. Heute wärmten mich ihre Strahlen, sie zog diese restliche Kälte aus meinen Knochen heraus. Die Triebe an den Zweigen der Bäume waren zartgrün, aber kraftvoll. Ein Schmetterling ließ sich trudelnd auf den gelben Blütendolden der Schlüsselblume nieder.

»Sieh nur«, rief ich, »ist der nicht wunderschön mit seinen vier farbenfrohen Augen?«

»Das ist ein Tagpfauenauge«, erklärte mir Jacko. »Er zählt zu den wenigen Schmetterlingen, die als Falter bei uns überwintern. Seine Kost besteht nur aus Brennnesselblättern, alles andere verschmäht er. Es ist schon verrückt, dass seine Tarnung mit den Augen auch nach so langer Zeit immer noch perfekt funktioniert.«

Ich liebte Jacko so sehr. Manchmal war mir diese leidenschaftliche Liebe fast unheimlich und ich dachte, dass ich ihn viel zu viel liebte. Aber es war herrlich, ihn zu lieben.

Wenn Jacko keine Drogen nahm, dann war es wunderschön mit ihm, er war zärtlich und liebevoll, dann konnten wir nicht aufhören, miteinander zu schmusen. Ich atmete seine Nähe ein und wühlte zärtlich in seinen wilden Haaren. Ich liebte es, seinen schlanken heißen Körper zu streicheln und seine weiche nackte Haut zu küssen. Oft schliefen wir zwei- oder dreimal am Tag miteinander. Wir bekamen nicht genug voneinander. Es war, als wäre Jacko mein Lehrer, der mich in die Liebe und das Leben einwies.

Die Welt war völlig verändert, seit ich nicht mehr trank. Alles erschien mir neu und außergewöhnlich. Ich roch wieder, ich sah wieder, ich schmeckte wieder, ich hörte wieder und ich fühlte wieder. Und langsam konnte ich auch wieder denken.

Es war wunderschön, dieses neue Leben.

15. Im Roman-Helden-Himmel – August

Während ich die Bilder meiner Kindheit betrachte, frage ich mich, weshalb kein einziges Bild existiert, auf dem ich lache. Ein fröhliches Kind war ich wohl eher nicht. Wenn ich zurückdenke, tauchen nur seltene Momente auf, in denen sich in meinem kindlichen Dasein Unbeschwertheit breitmachte. Vor meinen Augen sehe ich ein ängstliches, zaghaftes und unglückliches Kind.

Als ich geboren wurde, lebten meine Eltern gemeinsam mit meinen Großeltern in einem kleinen Siedlungshäuschen, im Anbau dahinter wohnten meine Tante und mein Onkel. Unser Reich erstreckte sich auf zwei Zimmer im ersten Stock, eine Küche und ein Wohnzimmer, dessen Sofa nachts zum Bett für meine Eltern umgebaut wurde. Nachdem ich meinem Kinderbett entwachsen war, schlief ich meist im Ehebett meiner Großeltern, ein eigenes Bett besaß ich nicht.

Meine Oma Anna liebte ich über alles. Sie arbeitete als Fabrikarbeiterin in der einzigen Fabrik des Dorfes, einer Lederwarenfabrik. In »*der Koffer*«, wie die Fabrik genannt wurde, engagierte sich meine Oma im Betriebsrat. Als Kind störte mich oft ihre laute und schrille Stimme. Bei ihrem lauten Lachen vibrierte mein Trommelfell und ich hatte Angst, dass es irgendwann einmal platzen könnte. Wahrscheinlich sprach sie derart laut, da sie gewohnt war, die lärmenden Maschinen im Betrieb mit ihrer Stimme zu übertönen. Meine Großmutter war eine Frau zum Pferdestehlen. Mit ihrer rauen, aber natürlichen und herzlichen

Art, war sie bei allen Leuten im Dorf beliebt. Ihr ganzes Leben bestand aus Arbeit, auch als sie schon lange in Rente war, konnte sie keine Sekunde stillsitzen. Irgendetwas gab es immer zu tun, im Haus, im Garten, oder in ihrem Nebenjob in der Gärtnerei. Oft spielte sie mit mir Mühle, manchmal auch Halma, oder ich durfte ihr beim Kochen helfen.

Mein Großvater Georg, den alle Schorsch nannten, war seit dem Krieg Frührentner und reparierte Uhren für die Nachbarschaft. Als Kind saß ich oft neben ihm, wenn er arbeitete, und spielte mit den verschieden großen Unruhewellen. Wie Kreisel ließ ich sie auf dem glatten Tisch tanzen. Mein Großvater war Alkoholiker. Im Krieg zog er sich eine schwere Kriegsverletzung zu, zur Stillung seiner Schmerzen erhielt er Morphium. Aus der Gefangenschaft kam er als Morphinist zurück. Er brauchte Jahre, bis er den Entzug vom Morphium schaffte, danach trank er. Mein Großvater war sehr klein und schmächtig, aber über seiner Hose wölbte sich ein aufgeschwemmter Bierbauch. In seinem Gesicht glühte eine rote Schnapsnase und auf seinen Lippen hatte er stets einen trockenen pfälzischen Witz parat. Er erzählte über Jahrzehnte die gleichen Witze, aber er erzählte sie mit so viel Charme und Verve, dass alle trotzdem immer wieder darüber lachen mussten. Statt in den Kindergarten ging ich als Drei- bis Fünfjährige mit meinem Großvater in seine Stammkneipe. Dort trafen sich jeden Nachmittag die Rentner, erzählten sich gegenseitig ihre schon hundertmal durchgekauten Kriegsgeschichten und ließen sich vom Alkohol trösten. Ich langweilte mich oft bei den alten Männern, wenn sie es merkten, durfte ich mir aus dem Automaten Erdnüsse für zehn Pfennig ziehen oder sie bauten mit mir hohe Pyramiden aus Bierdeckeln.

Wenn meine Eltern sich oben in ihren Zimmern laut stritten, dann hämmerte Oma Anna nicht selten mit dem Besenstiel an die Decke. Sie mochte keinen Streit in ihrem Haus.

Meine Eltern arbeiteten beide in einer nahegelegenen Stadt in zwei verschiedenen Kaufhäusern. Daher kamen sie immer erst spätabends nach Hause.

In meinen ersten Lebensjahren war mein Vater meine ganz große Liebe. Er brachte mir oft etwas mit, wenn er abends von der Arbeit nach Hause kam. Und manchmal spielte er auch mit mir, dann robbten wir als wilde Tiere durch die Wohnung. Mein Vater konnte außerordentlich gut mit kleinen Kindern umgehen. Sobald er sich in ihre Welt begab, erhellten sich seine Augen, die Gesichtszüge wurden weich und er begann zu erzählen. Doch sobald die Kinder älter als sechs Jahre alt waren, schien mein Vater das Interesse an ihnen zu verlieren, dann nahm er sie nicht mehr zur Kenntnis. Es hatte fast den Anschein, als könne er ihnen nicht verzeihen, dass sie älter und selbstständiger wurden. Außer Kleinkindern gab es noch etwas, was meinem Vater die Zunge lockern konnte: der Alkohol. Sobald er ein bestimmtes Quantum intus hatte, verlor sich sein leerer, verschlossener Blick und seine Gefühle zerflossen. Jetzt konnte er mit anderen Menschen in Kontakt treten und nach einigen Gläschen kam er richtig ins Erzählen.

Meine Mutter war dem Alkohol auch nicht abgeneigt, sie jedoch vertrug eine Menge mehr als mein Vater. Sie war eine selbstbewusste Frau, sie war diejenige, die in der Familie das Sagen hatte und das Geld einteilte. Sie redete, wie ihr der Schnabel gewachsen war, auch, wenn sie damit aneckte, das machte ihr nichts aus.

Meine Eltern hatten einen großen Traum, den Traum vom eigenen Heim, diesem wurde alles untergeordnet.

Vor meinem Schuleintritt stellte sich die Frage, wohin mit mir? Nach reiflichen Überlegungen beschlossen meine Eltern, dass ich in der nahegelegenen Kleinstadt zur Schule gehen sollte. Die Woche über sollte ich bei meinen Großeltern mütterlicherseits verbringen, freitagabends würden mich meine Eltern dort abholen und die Wochenenden könnte ich zu Hause bleiben.

Kurz vor Schulbeginn wurde eine große Tasche gepackt. Mit einem Teil meiner Kleidung, meinen Spielsachen und einem neuen Ranzen wurde ich in die acht Kilometer weit entfernte Kleinstadt verfrachtet. Ich fand das zunächst alles sehr interessant, es war, als würde ich allein in Urlaub fahren. Außerdem freute ich mich unbändig auf die Schule. Schon so viel hatte ich über die Schule gehört und endlich durfte ich selbst die Schule besuchen. Lesen konnte ich schon, jetzt wollte ich endlich schreiben lernen.

Die Eltern meiner Mutter bewohnten eine Dreizimmerwohnung am Rande der Stadt. Ich teilte mir das Zimmer mit meinem Onkel, der sechs Jahre älter war als ich. Zu Beginn war Klaus-Peter über meinen Einzug nicht sehr begeistert. Aber Klausi hatte wenige Freunde, da kam ich als Spielgefährtin gerade recht. Ich hätte schon immer gerne einen großen Bruder gehabt, daher freute ich mich auf meinen Onkel.

Am ersten Schultag marschierte ich an der Hand meiner Großmutter zur Einschulungsfeier. Auf meinem Rücken einen viel zu großen Rindslederranzen und in der rechten Hand eine rote, schwere Schultüte. Ich hatte eine große Schule mit vielen Kindern erwartet, stattdessen kam ich in eine Zwergschule mit nur einem Klassenzimmer, in dem die erste und zweite Klasse gleichzeitig unterrichtet wurden. Aber ich liebte meine Schule und unseren Lehrer, der ein Riese war. Da ich die Einzige war, die nicht in dieser Siedlung, sondern weiter entfernt wohnte, durfte ich manchmal in seiner Isetta mitfahren. Ich wunderte mich jedes Mal, wie dieser große Mann es schaffte, sich in das kleine Auto zu falten.

Meine Großmutter war eine herrische und bestimmende Frau. Mein Großvater hingegen war von preußischer Unterwürfigkeit, gepaart mit absolutem Pflichtbewusstsein. Er tat alles, was ihm aufgetragen wurde und widersprach meiner Großmutter niemals. Bevor Klausis einziger Freund zum Schachspielen kam, mahnte meine Großmutter: »Klausi, lass den Dicken bloß nicht wieder auf dem schönen Sofa sitzen, der sitzt uns noch das teure Sofa durch.« Aber meist waren Klausi und ich unter uns. Stundenlang spielten wir Monopoly und außerdem brachte er mir Schach bei. Nachts schlüpften wir oft unter eine Bettdecke, und Klausi weihte mich in seine eigene Welt ein, den Roman-Helden-Himmel.

»Es gibt nämlich noch einen anderen Himmel, als den vom lieben Gott«, flüsterte Klaus-Peter. »Im Roman-Helden-Himmel leben alle Roman- und Fernsehhelden«, erklärte er mir wichtigtuerisch. In allen Einzelheiten berichtete er über die Schlachten seiner Helden. Je nach seiner Fantasie ging es im Roman-Helden-Himmel schauerlich, pervers oder romantisch zu. Ich liebte diese Erzählungen. Klausi versicherte mir auch, dass um Punkt null Uhr alle Tiere und Spielsachen miteinander sprechen konnten. Ich war sehr enttäuscht, als ich feststellte, dass er mich belogen hatte.

Auf meinen Onkel konnte ich mich verlassen. Einmal hatten mich zwei Jungs der zweiten Klasse mit Schnee eingeseift. Klausi wollte wissen, was ich ihnen getan hatte. »Nichts«, sagte ich ihm, und erklärte ihm, dass ich lediglich die Einzige sei, die alleine in die andere Richtung nach Hause laufen müsse. Ich weinte und sagte, ich würde nie wieder zur Schule gehen. Klausi versprach mir, mich am nächsten Tag von der Schule abzuholen. Vor der Schule suchten meine Augen ihn vergeblich. Ich war enttäuscht, maßlos enttäuscht. Die beiden Jungs waren wieder hinter mir her. Ich hörte sie sagen: »Komm, wir seifen sie wieder mit Schnee ein, das mag sie so.« Ihr böses Lachen ängstigte mich und Tränen liefen meine Wangen hinab. Da sah ich von weitem Klausi kommen und ich strahlte. In dem Augenblick waren die beiden Jungs auf meiner Höhe und hielten schon den Schnee in der Hand. Klausi rannte auf uns zu. Und ehe ich mich versah, hatte der eine Junge selbst seinen Schnee im Gesicht und den Rest des Schnees musste er essen. Der andere war zunächst weggelaufen, dann aber wieder zurückgekommen, um sich das ihm dargebotene Schauspiel anzusehen. Jetzt rannte Klausi in seine Richtung und schon sah ich, dass auch er vom Schnee kosten durfte. Dann wandte er sich an beide Jungs: »Wenn ihr euch noch einmal in der Nähe meiner kleinen Schwester aufhaltet, dann passiert etwas. Und wehe, ihr krümmt ihr auch nur ein einziges Haar, dann prügle ich euch beide windelweich.« Ich war sehr stolz auf Klausi. Wenn die beiden Jungs nach Schulschluss in meine Nähe kamen, sagte ich ab jetzt nur noch: »Wenn ihr mir was tut, dann sag ich es meinem großen Bruder und der haut euch windelweich.« Allein die Erwähnung von Klausi reichte und sie rannten weg.

Meine beste Freundin hieß Monika, wir gingen in die gleiche Klasse. Nach der Schule spielten wir oft zusammen. Meine Großmutter mochte meine Freundin nicht und wollte, dass ich mit Margit, einem allzu braven Mädchen aus unserem Haus, spielen sollte. Margit hatte lange, blonde Zöpfe und spielte den ganzen Tag über Puppenmutti. Ich strolchte viel lieber mit Monika im Park herum oder spielte mit Klausi Fußball.

Jeden Nachmittag hielt meine Großmutter einen dreistündigen Mittagsschlaf. Während dieser Zeit wurden wir Kinder nach draußen verbannt. Wir mussten bei jedem Wetter im Freien spielen, ob wir wollten oder nicht. Wenn wir quengelten, bekamen wir zuhören: »Kinder brauchen frische Luft.« Wir wurden erst wieder hereingerufen, sobald das Abendessen auf dem Tisch stand. Mit der Zeit dehnte meine Großmutter ihre Mittagsruhe weiter aus. Immer öfter schickte sie uns gleich nach dem Mittagessen zum Spielen ins Freie. Dadurch hatte ich keine Zeit mehr, meine Hausaufgaben zu machen. Ich überschlug die Aufgaben der Rechenkästchen und schrieb irgendeine Zahl darunter. Morgens in der Schule war ich oft müde, denn jeden Abend lief der Fernseher bis Sendeschluss. Mein Onkel und ich, wir gingen nie zu Bett, bevor nicht wenigstens der Spätfilm zu Ende war.

Meine Großmutter schnitt mir die Haare so kurz, dass mich alle für einen Jungen hielten. Jetzt fühlte ich mich noch hässlicher, ich war ein hässliches Entlein. Manchmal schnitt ich mir so lange im Spiegel Grimassen, bis es wehtat. Ich hasste mein Aussehen.

Nachdem ich zur dritten Klasse die Schule wechseln musste, ging ich nicht mehr gerne zur Schule. In der großen Schule wurden wir, die von der Zwergschule kamen, gehänselt.

Montagmorgens brachten mich meine Eltern mit dem Auto in die nahegelegene Kleinstadt. In all den Jahren saß ich hinten im Wagen und lautlos liefen die Tränen über meine Wangen. Immer dachte ich, meine Mutter wird sich umblicken, aber ich weinte an allen Montagen meine lautlosen Tränen von neuem. Ich wollte viel lieber zu Hause bleiben. Oma Anna fehlte mir, meine Eltern fehlten mir.

Mit der Zeit fühlte ich mich immer einsamer und verlassener. Manchmal war ich mir sicher, dass meine Eltern gar nicht meine Eltern waren. Vielleicht war ich bei der Geburt im Krankenhaus aus Versehen vertauscht worden und meine Eltern hatten das inzwischen bemerkt, deshalb liebten sie mich nicht.

Als mal wieder die großen Ferien begannen, wunderten sich meine Eltern über meine schlechten Noten. Zum ersten Mal sah sich meine Mutter meine Schulhefte genauer an. Sie hielt ein Hausaufgaben-Rechenheft von mir in der Hand, in dem nicht eine einzige Aufgabe richtig gerechnet war. Sie knallte mir das Heft vor die Nase und wollte eine Erklärung. Ich sagte ihr, dass Klausi und ich alle Nachmittage draußen verbringen mussten, um die Aufgaben richtig auszurechnen, fehle mir die Zeit, sodass ich immer nur irgendeine Zahl unter die Aufgabe schrieb. Sofort leiteten meine Eltern alles in die Wege, dass ich nach den großen Ferien die fünfte Klasse im Dorf meiner Eltern besuchen konnte.

Ich war überglücklich. Endlich konnte ich bei meiner geliebten Oma Anna bleiben. Klausi fehlte mir allerdings sehr; er war zu meinem großen Bruder geworden, den ich mir immer so sehr gewünscht hatte.

Jetzt schlief ich nachts wieder regelmäßig im Bett meiner Großeltern, und morgens bereitete mir Oma Anna das Frühstück zu. Im Winter wärmte sie mir die Kleider über dem Kohleofen an, und wenn es besonders kalt war, bekam ich einen Schuss Rum in den Tee. Ich mochte den Rum nicht, dann wurde mir stets ganz wirr im Kopf, meine Gedanken drehten sich im Kreis und in der Schule konnte ich mich nicht richtig konzentrieren.

Da meine Großmutter arbeiten ging, verbrachte ich die Nachmittage bei meiner Tante Hilda. Stundenlang raste sie bewaffnet mit einem Staubtuch durch ihre Wohnung, auf der Suche nach einem noch nicht entfernten Staubkorn. Aber sie hatte sich auch in den Kopf gesetzt, dass aus mir mal etwas Anständiges werden sollte. Mit der gleichen Beharrlichkeit, mit der sie dem Staub zu Leibe rückte, half sie mir bei den Hausaufgaben. Mit unzähligen Übungsdiktaten und Rechenaufgaben striezte sie mich, oft bis in die Abendstunden. Ich war froh und dankbar, dass sich endlich mal jemand um mich kümmerte, und lernte gerne. Meine Schulnoten wurden immer besser. Auch die Abende verbrachte ich oft bei meiner Tante und meinem Onkel, wir sahen fern oder spielten. Meine Eltern sah ich in dieser Zeit selten.

Als ich zehn Jahre alt war, zogen meine Eltern in ihr lang ersehntes Eigenheim. Ich hasste dieses große, kalte Haus. Es machte mir Angst. Ich weigerte mich, dort in mein Zimmer einzuziehen, und blieb stattdessen noch ein weiteres Jahr bei meinen Großeltern. Dies war das letzte Jahr, in dem ich eine kindliche Geborgenheit genießen konnte. Mit meiner Oma Anna verbrachte ich wunderschöne Augenblicke. Manchmal konnten wir nachts nicht einschlafen, dann stellte meine Großmutter fest: »Jetzt hab isch so än Hunger, dass isch grad ä Drägschibb voll Geräschde esse kännd.« Wir standen dann mitten in der Nacht auf, gingen in die Küche und heizten den Ofen ein. Dann bereiteten wir uns eine Drägschibb voll Geräschde zu, eine Pfanne voll nach Majoran und Zwiebeln duftender Bratkartoffeln. Verschwörerisch saßen wir bei dem Schein der kleinen Lampe am Küchentisch und aßen gemeinsam aus der großen gusseisernen Pfanne, die zwischen uns auf dem Tisch stand. Bratkartoffeln durften bei meiner Oma nur aus der Pfanne gegessen werden, dies war ein ungeschriebenes Gesetz.

Auch in starken Gewitternächten verließen wir das Bett, dann saß ich mit meinen Großeltern bei Kerzenschein im Wohnzimmer und wir warteten, bis das Gewitter vorübergezogen war. Oma Anna erzählte Märchen und immer wieder errechneten wir, wie weit das Gewitter noch entfernt war, indem wir die Sekunden zwischen Blitz und Donner addierten. In diesen Nächten hatte ich keine Angst, denn meine geliebte Oma Anna war ja bei mir.

Erst mit elf Jahren bezog ich mein Zimmer im Haus meiner Eltern.

Mit meinen Eltern reden, das war zu dieser Zeit schon unmöglich. Die Kommunikation wurde in unserer Familie weitgehend durch den Fernseher ersetzt.

Die einzigen Tage, an denen ein Gespräch möglich war, waren die Donnerstage. Meine Mutter arbeitete als Verkäuferin und donnerstags hatte sie ihren freien Tag. Meine Mutter kochte etwas, das wir beide gerne aßen. An diesen Donnerstagen schien ein nicht ausgesprochener Waffenstillstand zwischen uns zu herrschen. Am Nachmittag tranken wir zusammen Tee und dabei schafften wir es, einige der hohen Mauern zwischen uns, einzureißen, und manchmal sprachen wir sogar ein und dieselbe Sprache. Ich liebte diese Donnerstage sehr.

Aber meist war die Kommunikation mit meinen Eltern schwierig bis unmöglich. Mit meiner zunehmenden Alkohol- und Tablettenabhängigkeit wurde es immer schlimmer. Oft reichte es, dass meine Mutter und ich zwei Sätze wechselten und schon schrien wir uns an.

Meine Eltern waren nicht in der Lage, mir zu helfen, als ich ihre Hilfe dringend brauchte. Es dauerte lange, bis meine Eltern und ich uns verzeihen konnten, angesichts der zahlreichen Wunden, die wir uns in den Jahren meiner und ihrer Sucht wechselseitig zugefügt hatten. Aber später waren sie für mich da, ich konnte mich ganz auf sie verlassen. Und ich liebte sie beide sehr. Meine Mutter bewunderte ich dafür, wie sie mit dem Alter umging. Sie ertrug es nicht, sie lebte es. Sie klagte niemals über Einschränkungen und war bis zu ihrem Tod zufrieden, mit dem, was altersgerecht alles noch ging.

Niemandem gebe ich die Schuld an meiner Sucht. Einzelne Splitter kann ich zusammensetzen, aber ich könnte nicht sagen, dass ich die Gründe meiner Sucht tatsächlich kenne, zu vielseitig und verschlungen ist die menschliche Seele.

16. Cold Turkey

Jacko erwähnte in den letzten Wochen immer öfter, dass bald eine Erbschaft anstehe. Ich überhörte dies zunächst, weil ich es nicht glauben wollte. Für seine Freunde, Tom und Gregor, die jetzt immer öfter vorbeikamen, schien diese Erbschaft förmlich in der Luft zu liegen. Wenn sie ihn besuchten, war nur noch davon die Rede.

Und dann nahm Gregor einen größeren Kredit auf. Zwei Wochen später schmiss er seinen Job. An diesem Tag hatte sogar ich begriffen: Den Kredit würden sie zu dritt verdrücken, danach wäre die Erbschaft von Jacko an der Reihe.

Sein Vater hatte verfügt, dass die Söhne das Elternhaus fünfzehn Jahre nach seinem Tod erben sollten. Jackos jüngster Bruder wollte das Haus übernehmen und die anderen auszahlen. Als ich die Summe erfuhr, die mein Freund bekommen sollte, überschlug ich in Gedanken sofort, für wie viel Schuss Heroin das Geld ausreichen würde. Ich hatte Angst um Jacko, sehr große Angst.

Gregor, Tom und Jacko waren nur noch gemeinsam unterwegs, sie setzten Gregors Kredit in Shore um. Die Jungs drückten jetzt täglich.

Nach einigen Wochen ging der Kredit zur Neige, die Erbschaft jedoch rückte immer näher.

Eines Abends rief mich Jacko zu Hause an. »Am Montag ist es so weit, dann habe ich das Geld auf meinem Konto.« Er war ganz aus dem Häuschen.

Nach dem Telefonat warf ich mich auf mein Bett und konnte nicht mehr aufhören zu weinen. Mein lautes

Schluchzen rief meine Mutter auf den Plan.

Sie kam in mein Zimmer. »Was ist denn los?«, fragte sie zärtlich.

Ich erzählte ihr von der Erbschaft und von meiner Angst, die ich um Jacko hatte. »Mit seinen guten Freunden hat er in den letzten Wochen täglich gedrückt. Sie wollten, dass er voll drauf ist, wenn er das Geld aus der Erbschaft überwiesen bekommt. Jetzt kann er sich so viel Heroin kaufen, wie er will. Mama, ich liebe Jacko so sehr, und ich habe große Angst, dass er die vielen Drogen nicht überleben wird.«

Meine Mutter strich sanft über mein Haar und nahm mich in den Arm.

»Er wird bestimmt nicht sterben«, sagte sie, um mich zu beruhigen, aber ich bemerkte den Zweifel in ihrer flatternden Stimme.

Es kam, wie es kommen musste. Das Geld war auf Jackos Konto. Er kaufte sich eine hochpreisige Stereoanlage und Schallplatten, das restliche Geld setzte er gemeinsam mit Tom und Gregor in Heroin um. Mit seinen beiden Freunden fuhr Jacko abwechselnd nach Frankfurt oder Darmstadt, um Drogen einzukaufen, oft kamen sie danach bei mir zu Hause vorbei, sie waren dann alle drei völlig auf H.

Wenn ich Jacko zu Hause besuchte, war er zugedrückt. Meistens saßen wir in seinem abgedunkelten Zimmer, den Rollladen durfte ich nicht hochziehen, die Sonne tat seinen Augen weh. Aus den großen Boxen seiner teuren Anlage dröhnte meist die schaurig schöne Stimme von *Jim Morrison*. Die *Doors* drehten sich unaufhörlich auf dem Plattenteller.

Spazieren gingen wir nur noch selten, überhaupt unternahmen wir fast nichts mehr zusammen.

Inzwischen hing Jacko vollständig an der Nadel, ohne

Heroin war er ungenießbar. Aber auch starke Schmerz- und Schlafmittel ließ er sich weiterhin von Ärzten verschreiben und schluckte diese wie Bonbons.

»Ich bin nicht von dem Zeug abhängig, schließlich drücke ich nicht jeden Tag, das alles habe ich voll unter Kontrolle«, versuchte er mir, aber vor allem sich selbst, etwas vorzumachen. Er hatte jedoch schon lange nichts mehr unter Kontrolle.

Manchmal lag er stundenlang da und drehte mit dem rechten Zeigefinger Locken in seine langen Haare, oder er zwirbelte ununterbrochen seinen Schnauzbart, dann sah er mich nicht, bemerkte mich nicht, wusste gar nicht, dass ich noch existierte. Ich sehnte mich nach seiner Zärtlichkeit. Ich wollte seine Nähe einatmen, seine weiche, nackte Haut streicheln, ihn riechen, ihn fühlen, ich wollte, dass er mit mir schlief. Aber seit er dermaßen stark auf Heroin war, wehrte er fast jede Zärtlichkeit ab. Manchmal schliefen wir miteinander, aber es war nicht mehr wie früher. Es war nur noch Sex, mehr nicht. Ich absolvierte die verschiedenen Stellungen und manchmal hatte ich dabei das Gefühl, als spielte ich in einem Pornofilm mit, es war alles mechanisch und kalt. Jacko war nicht wirklich bei mir, er war weit, weit weg.

Nach drei Monaten ging die Erbschaft allmählich zur Neige. Jacko war inzwischen derart abhängig, dass er das gesamte Heroin, welches er in die Finger bekam, gleich wegdrückte. Am Wochenende hatte er dann immer einen Wochenend-Turkey. Er stopfte dann Unmengen von Tabletten in sich hinein. Er war dann voll auf *Rohypnol* oder *Medinox,* saß nur noch lallend in einer Ecke seines Zimmers und war für mich noch unerreichbarer als nach einem Schuss Heroin.

Dazu kommentierte er: »Ich bin nicht abhängig, kein bisschen. Ich habe alles voll unter Kontrolle. Glaub mir.«

An den Wochenenden ohne Heroin benahm Jacko sich unausstehlich, es war unmöglich, sich nicht mit ihm zu streiten.

Einmal wollte er mit mir Schach spielen, aber er konnte sich nicht konzentrieren. Nachdem ich zum zweiten Mal gewonnen hatte, warf er das Schachspiel mitsamt den Figuren durchs Zimmer. Einige Bauern und ein Turm flogen hart an meinen Kopf. Ich ärgerte mich.

Ich musste zusehen, wie Jacko immer mehr in den Drogen versank, und konnte nichts dagegen tun, das machte mich fast verrückt.

Eines Abends sagte Jacko zu mir: »Das Geld der Erbschaft reicht nur noch bis zum Ende der Woche, danach ist Schluss mit dem Heroin, ich höre dann auf zu drücken.«

Da ahnte ich, was auf uns zukommen würde. Ich nahm mir noch einen Tag Urlaub, da ich an diesem Wochenende nicht arbeiten musste, hatte ich drei Tage frei.

Anfang Juni waren meine Eltern in Urlaub nach Menton zu unseren Verwandten gefahren. Überall im Haus hatte ich angebrochene Flaschen Alkoholika gefunden, die ich in der Hausbar verstaute. Die Stille des Hauses und die ständigen Versuchungen, die in jedem Zimmer – außer meinem eigenen – auf mich lauerten, erdrückten mich fast. In den Stellenanzeigen der *Rheinpfalz* las ich, dass in einem großen Mannheimer Hotel Zimmermädchen gesucht wurden. Ich ging zum Vorstellungsgespräch und bekam die Stelle.

Seit drei Wochen arbeitete ich inzwischen in dem Hotel. Zu Beginn hatte ich große Schwierigkeiten, morgens aus dem Bett zu kommen und dann den ganzen Tag über zu arbeiten. Aber ich wollte es schaffen, ich musste das schaffen, es war wie eine Prüfung für mich. Und zudem erhielt ich gutes Geld, das ich gebrauchen konnte, da ich ab Herbst in Mainz die Fachschule für Sozialpädagogik besuchen würde und dann nur noch in den Ferien Geld verdienen konnte.

»So, jetzt setze ich mir meinen letzten Schuss«, verkündete Jacko, als ich an diesem Vormittag bei ihm eintraf.

Aus einer Tasse zog er etwas Wasser in die Glasspritze und träufelte es vorsichtig auf den Kaffeelöffel mit Heroin. Er gab noch etwas Ascorbinsäure dazu, damit sich das Zeug auflöste, und kochte die braune Brühe über einer Kerze ab, dann zog er die brodelnde schlammige Flüssigkeit durch einen abgerissenen Zigarettenfilter in die Spritze auf. Jacko hatte den linken Arm abgebunden, mehrmals stach er zu, zog den Kolben hoch, um zu sehen, ob Blut kam. Nichts! Er fand keine brauchbare Vene mehr in seiner Armbeuge, alle seine Venen waren völlig zerstochen und vernarbt. Fluchend versuchte er es wieder und immer wieder. Mir fielen die zahlreichen Blutspritzer auf der Bettdecke auf. Jacko versuchte, sich die Spritze an allen nur möglichen Stellen seines Körpers zu setzen, dabei wurde er immer hektischer, und fluchte. Er hatte Angst, das Zeug könnte verklumpen und sein letztes Heroin wäre unbrauchbar. Endlich hatte er es geschafft. Es lief Blut in die Spritze, in der Leistengegend hatte es geklappt. Erleichtert drückte er den Kolben runter. Danach säuberte er die Spritze, indem er mehrmals Wasser zog.

»Wieso machst du sie denn sauber, wenn du sie nicht mehr brauchst?«, wollte ich wissen.

Jacko lachte. »Du hast recht.« Er warf die Glasspritze auf den Boden und zertrat sie. »Hier, wirf sie weg. Die Filter habe ich gestern Abend schon ausgekocht. Ich habe nichts mehr. Ich höre jetzt endgültig auf damit.«

Am Abend gingen wir spazieren, und es war schön, wie schon lange nicht mehr. Warum konnte es nicht immer so sein? Jacko war klar und nüchtern, wir redeten und redeten. Hand in Hand schlenderten wir durch die Felder und waren glücklich. Ich liebte Jacko so sehr, und dachte: Wenn er es doch nur schaffen könnte, vom Heroin und den Medikamenten loszukommen.

Am nächsten Morgen wachte er mit schlechter Laune auf. Ich kochte einen starken Kaffee und gab Jacko einen Becher mit der heißen schwarzen Flüssigkeit in die Hand. Seine Hände zitterten dermaßen stark, dass er den größten Teil des Kaffees auf der Bettdecke verschüttete. Mit aller Kraft zog er an seiner selbst gedrehten Zigarette, die recht dünn geworden war. Die Augen von Jacko tränten unaufhörlich und seine Nase lief.

»Es wird sehr hart werden für dich. Soll ich dir in den Apotheken einige deiner Rezepte einlösen? Codein, Schlaftabletten oder Schmerzmittel?«, fragte ich.

Jacko schrie mich an: »Du denkst wohl, ich bin ein Junkie? Da täuschst du dich aber gewaltig. Ich hänge kein bisschen an der Nadel. Ich bin nicht abhängig von dem Gift. Ich brauche weder Schlaftabletten, noch Codein und schon gar keine Schmerzmittel, weil ich überhaupt keine Schmerzen haben werde. Ich werde keinen Turkey haben.«

Ich versuchte es noch einmal. »Es ist Samstag und heute Abend, wenn der Entzug schlimmer wird, dann ist nur noch die Bereitschaftsapotheke offen und um die zu erreichen, muss man acht Kilometer mit dem Fahrrad mitten durch den Wald fahren. Ich fahre dort heute Nacht nicht hin, das ist mir zu gefährlich.«

»Das brauchst du auch nicht. Hör jetzt endlich auf damit. Ich brauche keine Medikamente. Ist das klar? Was willst du mir denn da einreden? Du willst mich unbedingt zu einem Junkie machen. Wie oft soll ich dir noch sagen, dass ich nicht abhängig vom Heroin bin? Ich habe alles voll unter Kontrolle. Kapier das doch jetzt endlich! VERDAMMT, warum kapierst du das nicht?« Jacko schrie mich an; sein Blick war hasserfüllt.

»Gut, dann machen wir eben einen Cold Turkey«, sagte ich ungerührt.

»Ich mache keinen Cold Turkey, ich werde überhaupt KEINEN TURKEY HABEN«, schrie Jacko immer lauter. »FUCK, ICH BIN KEIN JUNKIE! Ich drücke nur, wenn ich will, ich brauche das Zeug nicht. Wann tickst du das endlich? ICH! BIN! KEIN! JUNKIE!« Dabei schlug er mehrmals mit der Faust hart gegen die Wand.

»Schon gut, ich habe verstanden.«

Was sollte ich ihm entgegnen? Ich wusste nur zu gut, dass er seine Meinung ändern wird, spätestens dann, wenn der Entzug stärker werden würde, denn Jacko war nicht nur vom Heroin, sondern ebenso von starken Schmerz- und Schlafmitteln abhängig.

Jacko ging zum Schallplattenspieler und legte die Platte *John Barleycorn Must Die* von *Traffic* auf. Nach zwei Minuten stand er auf und stellte die Musik wieder ab. Er konnte diese Musik jetzt ohne Drogen nicht aushalten. Wenige Minuten danach ging er wieder zum Plattenspieler und drehte *Ligth My Fire* von den *Doors* auf volle Lautstärke. Die Fensterscheiben klirrten, ich stöpselte mir mit den Fingern die Ohren zu. Nach wenigen Minuten stellte er die Musik vollständig ab.

Am Abend gingen wir schweigend im Wald spazieren; ich hatte lange gebraucht, um Jacko dazu zu überreden.

Als wir zurückkamen, warf er mir seinen Tabak zu. »Dreh mir bitte eine Zigarette.«

Die Zigarette konnte er kaum noch halten, so stark zitterten seine Hände.

Dann sagte Jacko zu mir: »Hannah, komm, fahr zur Notdienst-Apotheke und löse ein paar Rezepte ein.«

»Es ist jetzt dunkel. Ich habe dir schon heute Morgen gesagt, dass ich heute Abend im Dunkeln mit dem Fahrrad nicht quer durch den Wald fahren werde. Es ist mir wirklich zu gefährlich.«

»Los, komm schon, stell dich nicht so an.«

»Warum soll ich dir denn Medikamente besorgen, du bist doch kein Junkie?«, provozierte ich ihn.

Jacko zog seine Jacke an, schlug die Zimmertür hinter sich zu und rannte die Treppe runter. Ich sah aus dem Fenster, wie er mit seinem Fahrrad losraste.

Ich hatte Angst und machte mir große Vorwürfe. Was, wenn er nicht zur Apotheke fuhr, sondern zu Gregor oder Tom und sich etwas zu drücken besorgte? Warum war ich nur nicht selbst gefahren?

Nach über einer Stunde kam Jacko mit einem Fläschchen Schmerzmittel, Codeintabletten und mehreren Packungen starken Schlaftabletten zurück. Ich war erleichtert.

Er hatte unterwegs schon eine halbe Packung Codein- und zahlreiche Schlaftabletten eingeworfen, die restlichen Tabletten gab er mir und bat mich, sie für ihn einzuteilen und zu verstecken. Ich sollte ihm nur welche geben, wenn er es überhaupt nicht mehr aushielt.

Jacko kippte das Schmerzmittel ab. Dann sah er mich eine Weile schweigend an, bevor er feststellte: »Ich hänge total an der Nadel. Scheiße! Natürlich bin ich ein Junkie. Und nicht nur das, ich bin auch abhängig von Schmerzmitteln und Downers. Ich glaube, ich war schon lange nicht mehr so abhängig von diesem ganzen Zeug wie im Augenblick. Wahrscheinlich habe ich in meinem Leben noch nie so viel Heroin gedrückt und auch noch nie so viele Medikamente geschluckt wie in den letzten Monaten. Es wird bestimmt der schlimmste Entzug, den ich jemals hinter mich gebracht habe. Das wird verdammt hart werden ...« Jackos Blick ruhte einige Minuten auf mir. »Verdammt hart, für uns beide.«

»Du wirst es schaffen, ich weiß es, um mich brauchst du dir keine Sorgen zu machen.« Ich umarmte ihn. »Zusammen ziehen wir das durch.«

Dieser Cold Turkey war sein erster wirklicher Versuch, mit dem Heroin aufzuhören, seit wir eine Beziehung hatten.

Bei den anderen Entzügen hatte er immer behauptet, dass er mit den harten Drogen aufhören wolle, aber tatsächlich war es ihm vielmehr darum gegangen, seine tägliche Dosis Heroin zu reduzieren. Diese früheren Entzüge waren gegen diesen jetzt wahrscheinlich Spaziergänge, das wusste ich nur zu gut.

Am späten Abend ging es dann richtig los. Jacko tigerte durchs Zimmer.

Immer wieder sagte er: »Ich halt's nicht mehr aus. Ich halt's nicht mehr aus.«

Er warf sich aufs Bett und krümmte sich vor Schmerzen. Irgendwann stand er auf und raste die Treppe nach unten zur Toilette.

Als er wiederkam sagte er: »Fuck, ich habe so einen Durchfall. Außerdem musste ich kotzen.«

Jacko zog sich um, dabei atmete er, als hätte er gerade einen Marathon absolviert. Er schien total entkräftet.

Ich ging nach unten, um im Medikamentenschrank seiner Mutter nachzusehen, ob sie Kohletabletten hatte. Die Packung, die ich fand, brachte ich Jacko. Die Hälfte der Tabletten schluckte er sogleich.

»Fuck, ich halte das echt nicht aus. Ich brauche was Richtiges.«

Während Jacko das sagte, rückt er das Nachtschränkchen weg, dann hob er die Matratze hoch. »Hilf mir doch mal.«

»Das bringt doch nichts, du hast die Filter doch alle schon ausgekocht.«

»Bestimmt finde ich noch einen. Wetten?«

Dann rückte er die Kommode zur Seite, warf die Schallplatten durcheinander. Als Nächstes versuchte er sein Glück im Nebenzimmer. Aber auch dort wurde er nicht fündig.

»Verdammt. Kannst du mir Geld leihen? Ich geb dir's garantiert zurück. Es ist doch nur, weil ich mich runterdrücken muss.«

»Ich habe kein Geld dabei, das weißt du doch. Komm, nimm noch ein paar von den Codeintabletten, dann geht es dir bestimmt bald besser. Du schaffst das. Wir schaffen das.«

»Ich halte das wirklich nicht mehr aus. Ich brauch was. Nur zum Runterdrücken. Ich will doch aufhören.«

Wieder tigerte Jacko im Raum umher. Mehrmals schlug er mit der Faust hart gegen die Wand. Dann warf er sich erneut aufs Bett. Er hatte Magenkrämpfe. Wieder raste er zur Toilette.

Als er zurückkam, wollte er von mir wissen: »Macht es dir etwas aus, wenn ich Alkohol trinke? Nur heute. Es wäre eine Ausnahme.«

»Nein, Jacko, heute macht mir das nichts aus.«

In der Kneipe nebenan kaufte ich fünf Flaschen Bier.

Jacko setzte die erste Flasche an und trank sie in einem Zug aus. Keine drei Minuten später erbrach er alles im hohen Bogen. Ich holte einen Putzlappen und einen Eimer, um das Erbrochene aufzuwischen.

Nach fünfzehn Minuten wiederholte sich der Vorgang. Jacko schluckte eine halbe Packung Schlaftabletten, die er mit einer Flasche Bier hinunterspülte. Ich holte schon mal den Eimer. Kurze Zeit später musste er sich übergeben, im hohen Bogen wie eine Fontäne schoss das Bier aus ihm heraus und landete direkt neben dem Eimer.

Einmal hatte ich in einem amerikanischen Film einen Junkie gesehen, der einen Cold Turkey durchmachte, einen Entzug ohne Medikamente. Als ich das im Fernsehen sah, hat es mir Angst gemacht und ich ekelte mich davor, aber das hier war kein Fernsehen. Diese Szene hier war echt. Dies hier war um so vieles schlimmer, als es im Fernsehen ausgesehen hatte. Und langsam hatte ich das Gefühl, dass dieser Turkey meine Kräfte vollständig übersteigen könnte. Mein Puls raste, auch meine Hände zitterten inzwischen. Ich fühlte mich am Rande eines Nervenzusammenbruchs. Immer wieder sagte ich mir, ich muss durchhalten, für Jacko durchhalten.

Als Jacko erneut zu Bier und Tabletten griff, holte ich in weiser Voraussicht den Eimer, denn gleich würde er wieder alles von sich geben. So ging es die ganze Nacht über. Immer wieder wollte sich Jacko Heroin besorgen und immer wieder gelang es mir, ihm das auszureden. Stattdessen schluckte er Unmengen Tabletten, die er mit Bier runterspülte.

Morgens gegen acht Uhr fiel Jacko in einen unruhigen Schlaf. Im Schlaf zuckte er am ganzen Körper und schlug um sich, als würde er mit einer Horde wilder Tiere kämpfen. Ich leerte den Eimer aus und lüftete das Zimmer. Es musste schrecklich stinken, eine Mischung aus Schweiß, Essig, Bier und Erbrochenem. Aber ich nahm keinerlei Gerüche mehr wahr. Ich war völlig erschöpft und ruhte mich neben Jacko aus, schlafen konnte ich nicht. Stattdessen musste ich immer wieder an die vergangenen Monate denken, daran, wie sich Jacko und unsere Beziehung mit seinem steigenden Drogenkonsum verändert hatte.

Gegen Mittag erwachte er völlig geschwächt und konnte nicht aufstehen. Er wollte Alkohol, richtigen Alkohol. Also ging ich nach nebenan in die Gaststätte und kaufte eine Flasche Whisky. Gestern hatte ich zum ersten Mal wieder Alkohol gekauft, seit ich trocken war. Noch immer ängstigte es mich, Alkoholika in meinen Händen zu halten, sofort schmeckte ich das jeweilige Getränk auf meiner Zunge und meine Hände zitterten, als hätte ich Morbus Parkinson. Bei Schnaps waren die Auswirkungen am stärksten.

Später fuhr ich mit dem Fahrrad zu anderen Bereitschaftsapotheken und besorgte ihm Nachschub. Jacko betrank sich und warf dazu immer wieder Schlaf- und Codeintabletten ein, außerdem nahm er starke Schmerzmittel. Den Nachmittag über ging es in der gleichen Art weiter: Whisky und Medikamente, Whisky und Medikamente. Plötzlich kippte Jacko nach hinten auf die Matratze und schlief wie ein Toter.

Ab und zu kontrollierte ich seine Atmung, um zu sehen, ob er noch lebte. Auch in dieser Nacht wurde sein Körper ununterbrochen von Zuckungen gebeutelt, sein Gesicht war bis zur Unkenntlichkeit entstellt.

Wollte ich vor einiger Zeit nicht selbst unbedingt harte Drogen nehmen? In diesem Augenblick erschien mir der Gedanke völlig absurd. Wenn harte Drogen noch irgendeinen Reiz auf mich ausgeübt hatten, dann hatten sie ihre Faszination spätestens in diesen Tagen und Nächten verloren. Ich bemerkte, dass Jackos Entzug nicht nur ihn, sondern auch mich verändern würde.

Erst gegen Morgen schlief ich endlich ein und erwachte kurze Zeit später von dem schrillen Ton des Weckers. Oje, ich musste zur Arbeit.

Ich zog mich an und schrieb Jacko ein paar Zeilen:

Lieber Jacko!
Heute wird es dir gewiss schon etwas besser gehen. Halte durch, du wirst es schaffen! Es ist völlig normal, dass der Affe noch oft an dir hochkriecht, aber du musst durchhalten. Du schaffst es! Ich bin mir ganz sicher. Bis heute Abend.
In Liebe
Hannah.

P.S.: Jacko, ich liebe dich so sehr, wie ich noch nie zuvor einen Menschen geliebt habe. Und ich weiß, ich werde dich immer lieben.

Als ich vor der Haustür stand, schien die Sonne und die Vögel trällerten ihre Lieder. Die strahlende Sonne an diesem warmen Sommermorgen kam mir fremd und unwirklich vor, als hätte ich sie noch nie zuvor gesehen. Und wie konnten die Vögel nach allem, was passiert war, derart fröhlich zwitschern? Die letzten beiden Tage und Nächte schienen eine Ewigkeit angedauert zu haben. Ich fühlte mich, als wäre ich im Zeitraffer gealtert. Aus meiner Jugend war ich herausgewachsen wie aus einem Mantel, der über Nacht zu kurz geworden war. Alles Jugendliche war von mir abgefallen und ich fühlte mich mit einem Paukenschlag schrecklich erwachsen.

Mit der Straßenbahn fuhr ich nach Mannheim. Dort stieg ich einige Stationen früher aus und ging vom Bahnhof aus in Richtung Wasserturm.

Ich war in einer außergewöhnlichen Stimmung, wie ich sie noch nie erlebt hatte. Diese letzten Tage und Nächte hatten mich an den Rand meiner physischen und psychischen Kräfte gebracht. Hierdurch wurde allerdings eine fremde Kraft in mir freigesetzt, die im normalen Leben wahrscheinlich niemals an der Oberfläche aufgetaucht wäre. Jetzt war es, als hätte ich eine Flasche entkorkt, der zu meinem kolossalen Erstaunen ein Flaschengeist entschlüpfte.

Plötzlich war da ein Gefühl, als würde ich in diesem Augenblick ahnen, was mir die Zukunft brächte. Ich sah die Häuser auf der gegenüberliegenden Straßenseite und spürte diese Gewissheit, dass ich in vielen Jahren hier in dieser Stadt wohnen werde.

Ich trat mit mir selbst in eine Art inneren Dialog.

»Lohnt sich dieser ganze Kampf, lohnt sich das alles wirklich?«, wollte ich wissen.

Und entgegen all meinen Erwartungen erhielt ich eine Antwort.

»Ja, es lohnt sich! Du wirst es schaffen, trocken zu bleiben, aber Jacko wird wieder mit den Drogen beginnen. Obwohl du Jacko so sehr liebst, wirst du dich zunächst von ihm trennen. Aber ihr werdet euch wiederfinden und erst dann wird es ein gemeinsames Leben ohne Drogen und Alkohol geben. Diese Liebe zu Jacko wird niemals wirklich enden, sie wird dich dein ganzes Leben lang begleiten. Du wirst wegziehen, mehrere Ausbildungen machen, du wirst studieren und heiraten und erst zweiundzwanzig Jahre später hierher zurückkehren.«

Niemals hätte ich es für möglich gehalten, dass alles genau so kommen würde, wie ich es an diesem Morgen im August vorausgeahnt hatte.

17. Margeriten waren ihre Lieblingsblumen

Erst im dritten Blumenladen gelang es mir, einen Strauß Margeriten zu erstehen, er war groß und wunderschön. Natürlich hätte ich auch andere Blumen kaufen können, Gerbera zum Beispiel. Aber ich hatte mir in den Kopf gesetzt, es müssten Margeriten sein.

Vom Berliner Platz aus fuhr ich mit der Straßenbahn in Gregors Heimatdorf und schlenderte die Hauptstraße mit den vielen Geschäften entlang bis zum Friedhof.

Gregors Grab lag nur zwei Meter vom Grab seiner Freundin Sonja entfernt. Die Hälfte des Margeritenstraußes stellte ich in die fest in Gregors Grab eingelassene Vase, die restlichen Blumen legte ich auf Sonjas Grab.

Mit einer ungeheuren Wucht tauchte in mir ein Bild auf: Ich stand an einem anderen Grab, legte dort einen Kranz nieder, ich richtete die Schleife, auf der stand: In Liebe – Hannah. In mein Herz schoss ein schneidender Schmerz. War dies Jackos Grab? Aber Jacko lebt! Warum nur verirrten sich immer wieder einzelne Streiflichter einer unbekannten und Angst erregenden Zukunft in meine Gegenwart?

An einem Sonntagmittag stand Gregor unerwartet bei mir zu Hause vor der Tür, als ich gerade zu Jacko aufbrechen wollte. Gregor, ein ungebetener Besucher, er war mir eher lästig. Nicht, dass ich etwas gegen ihn gehabt hätte, er war Jackos Freund und bislang hatte ich mir nicht viele Gedanken über ihn gemacht. Gregor war dick, der einzige dicke Junkie, den ich kannte. Der Kopf auf seinem Körper erweckte den Eindruck, als sei ein kleines Quadrat auf ein großes Quadrat genagelt worden. Möglicherweise war das der Grund, warum all seine Bewegungen etwas Linkisches hatten. Sein Blick war unstet und suchend, als rechnete er jederzeit mit einem Angriff aus dem Hinterhalt.

Gregor war auf Turkey, seine Hände zitterten und ich schenkte ihm aus unserer Hausbar einen Whisky ein.

»Komm doch bitte mit ins Dorf. Ich muss in der Bereitschaftsapotheke ein Rezept einlösen.«

Mein Vater kam vom Garten herein, und ich stellte ihm Gregor vor. Während ich mich umzog und meine Tasche packte, hörte ich, wie Gregor, der mit meinem Vater auf der Terrasse stand, den Kakteengarten meiner Eltern bewunderte. Ich kam gerade hinzu, als mein Vater Gregor einige Kakteenableger schenkte, dieser strahlte wie ein kleiner Junge, der gerade reich vom Weihnachtsmann beschenkt worden war.

»Dein Vater ist aber nett«, stellte Gregor mit leuchtenden Kulleraugen fest und zum ersten Mal sah ich diese großen smaragdgrünen Augen.

Er zeigte mir das Rezept.

»So verdammt schlecht, wie das gefälscht ist, lösen die das nie ein«, stellte ich besorgt fest.

»Es wird schon klappen. Das muss klappen.«

Vor der Apotheke blieb ich auf meinem Fahrrad sitzen und hielt Gregors Rad. Ich dachte: Falls sie die Polizei rufen, müssen wir uns schnell aus dem Staub machen. Mir war nicht wohl bei dieser Sache.

Nach einigen Minuten kam Gregor überheblich grinsend mit einer Flasche *Valoron* und zwei Schachteln Schlaftabletten zurück.

»Nichts wie weg, steig schon auf dein Fahrrad«, drängte ich ihn.

»Ich muss etwas trinken, sonst bekomme ich das Zeug nicht runter.«

Auch das noch. Ich wollte schon längst bei Jacko sein.

Die Dorfkerwe war in vollem Gange, im Weinzelt suchten wir uns einen Platz. Ich trank eine Flasche *Fanta* und sah Gregor dabei zu, wie er einen Schoppen *Freinsheimer Musikantenbuckel* in kleinen Schlückchen genoss und dazu das *Valoron* abkippte. Vor einem halben Jahr hatte ich mit Alkohol und Medikamenten aufgehört. Doch noch immer spürte ich diese Alkohol- und Drogengeilheit; gerade dann, wenn ich nicht mit ihr rechnete, stürzte sie sich hinterrücks auf mich. Gregor ließ sich Zeit mit dem Wein, es hatte den Anschein, als kostete er es aus, hier mit mir zu sitzen. Er war nicht besonders gesprächig, daher erzählte ich ihm von der Ausbildung zur Erzieherin, mit der ich in Kürze in Mainz beginnen würde. Als Gregors Hände aufgehört hatten zu zittern, schlug ich vor, loszufahren.

Im Nachbarort fuhren wir am Friedhof vorbei. Von Jacko hatte ich erfahren, dass drei Wochen zuvor eine frühere Freundin von Gregor an einer Überdosis Heroin gestorben war, mit zweiundzwanzig. Wir hatten den Friedhof schon hinter uns gelassen, als Gregor anhielt.

»Ich möchte das Grab von Sonja besuchen, aber ich schaffe es nicht, dort allein hinzugehen.«

Gregor sah mich flehend an und ich fragte mich erneut, warum mir erst heute seine großen grünen Augen aufgefallen waren.

»Warst du noch nicht an Sonjas Grab?«, wollte ich wissen, und Gregor schüttelte den Kopf.

Wir fuhren zum Friedhof zurück, stellten unsere Fahrräder ab und suchten das Grab seiner Exfreundin.
Auch jetzt sehe ich Gregor wieder vor mir, wie er minu-

tenlang vor Sonjas Grab stand und mit seinen Tränen kämpfte. Es sah aus, als betete er.

Gregor flüsterte, so leise, dass ich ihn fast nicht verstehen konnte: »Sonja war bildhübsch und immer fröhlich, sie hat das Leben so geliebt. Ich hab *Sonne* zu ihr gesagt, weil sie andauernd so gestrahlt hat. Und sie hat mich *meine Erde* genannt. Sie hat behauptet, ich würde sie erden, wenn sie mich nicht hätte, müsste sie wegfliegen, ins Weltall und ewig dort kreisen ohne Wiederkehr. Wir waren fast ein Jahr zusammen. Immer wieder haben wir versucht, mit dem Heroin aufzuhören. Ich war mir so sicher, dass wir es schaffen. Sonjas Eltern gaben mir die Schuld an allem. Aber ich habe sie nicht angefixt, ehrlich. Sie war schon vier Monate auf harten Drogen, als ich sie kennenlernte, ihre Eltern hatten nur noch nichts davon bemerkt.«

Gregor starrte, während er sprach, auf seine Hände, die er wie Brotteig knetete.

»Irgendwann war Sonja verschwunden. Ihre Eltern hatten sie in ein Therapiezentrum nach Norddeutschland gebracht. Nach einigen Monaten bekam ich einen Brief von dort. Sonja teilte mir mit, dass sie jetzt clean sei und ein neues Leben beginnen wolle.«

Ich vermied es, Gregor in seinem Redefluss zu unterbrechen, denn zum ersten Mal hörte ich ihn derart viele Sätze sagen, nicht nur hintereinander, sondern überhaupt.

»Dass Sonja kurz danach aus dem Therapiezentrum abgehauen war, erfuhr ich erst sehr viel später. Sie war in Hamburg auf dem Kiez gelandet. Nach über fünfzehn Monaten stand sie vor meiner Tür. Ich hab sie fast nicht wiedererkannt. Sie sah so viel älter aus und ihrem Gesicht war dieses Strahlen abhandengekommen. Sonja blieb ein paar Tage, war sehr schweigsam und teilte mir dann mit, sie sei für eine Beziehung nicht mehr geeignet. Und am nächsten Tag war sie verschwunden.«

Auf Sonjas Grab waren zahlreiche Kränze, Blumenschalen und eine Unmenge frischer Blumensträuße aufgehäuft. Gregor nahm eine weiße Gerbera in seine rechte Hand und sah sie lange an, bevor er sie küsste.

Plötzlich durchfuhr mich ein Gedanke: Gregor wird der nächste sein und er weiß es. Ich versuchte, diese schreckliche Vorahnung, die mich mit Angst erfüllte, zu verdrängen, jedoch ohne Erfolg. Immer wieder schwappte dieser Gedanke an die Oberfläche.

»Margeriten waren ihre Lieblingsblumen«, sagte Gregor mit flatternder Stimme, immer noch die Gerbera ansehend, als wäre sie imstande, ihm die Gründe für all seinen Schmerz und sein Leid zu benennen. Die dicke Träne, die seine Wange herunterrollte, wischte er energisch weg. Er sah unendlich traurig und hilflos, fast verloren, aus. Am liebsten hätte ich ihn in die Arme genommen und gesagt: Komm, wein dich ruhig aus. Aber ich wollte nicht, dass Gregor da etwas durcheinanderbrachte, schließlich war ich Jackos Freundin. Daher legte ich ihm nur eine Hand auf seine Schulter und sah ihn mitfühlend an.

»Danke, Hannah, danke, dass du mitgekommen bist. Allein hätte ich das nicht geschafft«, sagte er leise.

Sechs Wochen später rief Gregor mich abends an, er wollte wissen, wann ich Jacko zum letzten Mal gesehen hätte.

Ich sagte ihm: »Gestern.« Bange fragte ich, ob etwas passiert sei.

»Nein, nein, es hat mich nur interessiert.«

»Jacko kreuzt alle zwei bis drei Wochen bei mir auf und lässt sich dann wieder einige Zeit nicht blicken.«

»Hannah, ich muss unbedingt mit dir reden. Können

wir uns sehen? Kann ich am Samstag zu dir kommen? Nachmittags um vier? Ich muss dir etwas sagen.«

»Was willst du mir denn sagen, Gregor?«

»Nicht jetzt, am Samstag um vier.«

Ich überlegte, über was Gregor mit mir sprechen wollte. Wollte er mir erzählen, dass Jacko wieder regelmäßig ein- bis zweimal in der Woche eine andere Frau abschleppte? Hiervon hatte mir meine Freundin Laura schon berichtet. Gregor mochte mich, denkbar war, dass er einfach mit mir reden oder mir seine Freundschaft anbieten wollte.

Genau wie ich noch bis vor einigen Monaten, bekam Gregor nie genug Rausch. Selbst, wenn er Heroin gedrückt hatte, schluckte er immer noch Berge von Pillen, die er mit Whisky herunterspülte. Sein Leben war ein endloser Rauschzustand. Gregor war einsam. Seine einzigen Freunde waren Tom und Jacko und die hackten ständig auf ihm rum. Wenn Jacko mit Gregor allein war, waren beide die besten Freunde, aber sobald Tom hinzukam, verbanden sich Jacko und Tom gegen Gregor, dann war alles, was er tat oder sagte, falsch und unablässig stampften die beiden ihn tief in die Erde. Manchmal tat mir Gregor richtig leid, denn er konnte sich gegen seine Freunde nicht wehren.

Als ich Jacko einmal darauf ansprach, sagte er: »Wir hacken doch nicht auf ihm rum, das muss er schon abkönnen. Weißt du, Gregor hat überhaupt keine Freunde. Sind wir drei wirklich Freunde? Solange wir alle drei etwas zu drücken haben, sind wir Freunde, aber Junkiefreundschaften sind keine richtigen Freundschaften. Sobald einer von uns voll auf Turkey ist, würde er den anderen, ohne mit der Wimper zu zucken, für einen Schuss verraten und verkaufen.«

Mit meinen Eltern saß ich am Freitag drauf beim Abendessen, als das Telefon klingelte. Es war Jacko.

»Hallo Hannah ...«

»Wie geht es dir?«

Ich hörte Jacko schwer atmen.

»Was ist denn los?«, fragte ich ängstlich.

In der Leitung herrschte Stille. Ich wurde nervös.

»Es ... es ist etwas passiert ...«

Ich bemerkte das starke Zittern in Jackos kraftloser Stimme, sie klang eingezwängt, als ränge er verzweifelt um Fassung, um seine Tränen zurückzuhalten. Ich hatte Jacko noch niemals weinen sehen.

»Gregor ... er ...«

Aufgeregt fragte ich: »Was ist mit Gregor?«

»Gregor ... er ... er hat sich einen goldenen Schuss gesetzt. Er ... er ist tot ...«

Ich wankte ins Esszimmer und setzte mich an den Tisch.

»Du bist ja leichenblass! Was ist denn passiert?«, wollte meine Mutter wissen.

»Gregor ...«, brachte ich nur mit Mühe heraus, meine Kehle war mit einem tennisballähnlichen Kloß gestaut, das Sprechen schmerzte und die Worte weigerten sich, in einem Satz gemeinsam aufzutreten. »Gregor ... er ... er ist tot ... eine Überdosis ...«

Mein Vater, gutgelaunt, hob sein Bierglas und verkündete: »Na dann, Prost! Wieder einer weniger von diesem Abschaum. Warum verrecken die nicht alle an ihren Scheißdrogen?«

Tief in mir brannte der Hass auf meinen Vater wie hohes Fieber. Ich schlug die Tür meines Zimmers hinter mir zu und bereute, keine Glastür zu haben, das Bersten und Klirren des Glases hätte mir etwas Genugtuung verschafft.

Quer auf meinem Bett liegend, flennte ich Rotz und Wasser.

Immer wieder sah ich die leuchtenden Augen Gregors vor mir, als ihm mein Vater die Kakteenableger schenkte. »Dein Vater ist aber nett«, hatte Gregor gesagt.

Gregor ist tot, dachte ich. Morgen wollte er vorbeikommen, um sechzehn Uhr. Er wird nicht kommen. Er wird niemals mehr kommen. Er ist tot. Ich werde ihn nie mehr wiedersehen. Und ich werde nicht erfahren, was Gregor mir sagen wollte. Niemals.

18. Der Abschiedsbrief

Stundenlang streiften Jacko und ich im August glücklich durch die Felder und unternahmen lange Waldspaziergänge. Nächtelang philosophierten wir über den Sinn des Lebens und die Unendlichkeit des Universums.

Und wir schmiedeten Pläne für unsere Zukunft. Jacko hatte den Entzug geschafft und blickte wieder positiv aufs Leben. Er sagte: »Am liebsten würde ich eine Ausbildung als Schreiner beginnen, mit Holz zu arbeiten, das würde mir gefallen. Ja, ich glaube, das wäre was für mich; Holz ist etwas Natürliches, man kann es riechen und fühlen. Eine Ausbildung als Gärtner könnte ich mir auch vorstellen, da wäre ich viel im Freien und würde die Pflanzen wachsen und gedeihen sehen.«

Ich schlug vor: »Du beginnst eine Ausbildung zum Schreiner oder Gärtner, und ich absolviere meine Ausbildung zur Erzieherin, danach suchen wir uns eine kleine, gemütliche Wohnung und ziehen zusammen. Wir werden arbeiten und ein ganz normales Leben führen, ohne Drogen und Alkohol.«

»Mit dir zusammen kann ich das schaffen.« Jacko war voller Hoffnung. Er wollte bei der Berufsberatung einen Termin ausmachen, um sich nach einer überbetrieblichen Ausbildung zu erkundigen.

In Gedanken richtete ich schon unsere kleine Wohnung ein. Ich fühlte mich überglücklich. Es war wunderschön mit ihm, in dieser Zeit, in der er keine harten Drogen nahm.

Seit 1. September besuchte ich die Fachschule für Sozialpädagogik in Mainz. Ich musste morgens früh aufstehen,
um kurz nach sechs Uhr fuhr mein Zug. In der nahegelegenen Kleinstadt stieg ich um in den Bummelzug nach
Mainz. Vom Bahnhof aus lief ich noch über zwanzig
Minuten bis zum Rhein. In der ersten Zeit überkam mich
schon die Müdigkeit, sobald ich in der Schule eintraf. Aber
es war schön, wieder zur Schule zu gehen. Ich war unendlich ausgehungert, ich fand es herrlich, mich mit diesem
neuen Wissen aufzufüllen: Psychologie, Pädagogik, Heil-
pädagogik, Deutsch, Jugendliteratur, Sozialkunde, Kunst,
alles Fächer, die mich brennend interessierten.

Erst am späten Nachmittag kam ich wieder zu Hause
an. Ich entledigte mich meiner Schultasche, trank schnell
eine Tasse Tee, um meine Müdigkeit zu vertreiben, und
schwang mich auf meinen alten Drahtesel, um zu meinem
Freund zu fahren. Ich konnte es kaum erwarten, ihn
endlich zu sehen.

Ende September klingelte ich an Jackos Haustür. Aus dem
Fenster seines Zimmers dröhnte die Musik der *Doors*, er
musste also zu Hause sein. Ich läutete und läutete, aber
niemand öffnete mir. Ich versuchte, kleine Steinchen an
sein Fenster zu werfen, aber ich traf nicht so weit nach
oben. Was sollte ich jetzt tun? Ich überlegte mir, dass ich
von der Treppe aus ins offene Toilettenfenster einsteigen
könnte. Ich warf meine Tasche durchs Fenster, dann die
breitblättrigen Rohrkolben und die langen Gräser, die ich
unterwegs am Baggersee für Jacko gepflückt hatte. Ich
kletterte durch das kleine Fenster, und mit einem Satz
landete ich auf dem Toilettendeckel. Ich stieg die Treppe
nach oben und klopfte an Jaschas Zimmertür, aber ich
hörte nur die Stimme von *Jim Morrison*.

Als ich die Tür öffnete, sah Jacko mich verblüfft an:
»Wie kommst du denn hier rein?«

»Durchs Toilettenfenster.«

»Na, hoffentlich hat niemand gesehen, wie du eingestiegen bist und ruft jetzt die Polizei. Das wäre im Augenblick sehr ungünstig.«

Seine Pupillen waren auf die Größe eines Stecknadelkopfes geschrumpft, die Zigarette in seiner Hand rauchte sich zum größten Teil von selbst, da ihm immer wieder die Augenlider zuklappten. Schlagartig wusste ich, dass er sich einen Schuss gesetzt hatte.

»Hast du gedrückt?«, wollte ich wissen.

»Spinnst du? Wie kannst du mich nur so etwas fragen? Du weißt doch, dass ich schon seit etlichen Wochen clean bin. Ich bin müde, weil ich die ganze Nacht nicht geschlafen habe, das ist alles.«

Ich schritt auf die Tür zum Nebenzimmer zu, um die hohe Vase für die Rohrkolben und Gräser zu holen.

»Geh weg! Geh sofort von der Tür weg!«, schrie mich Jacko an.

»Aber ich will doch nur ...«, sagte ich und öffnete die Tür.

Neben der Bodenvase lagen: eine gebrauche Glasspritze, ein Gürtel, ein Kaffeelöffel, eine Kerze, mehrere leere Briefchen, eine halbvolle Plastikzitrone und etwa zehn abgerissene gebrauchte Zigarettenfilter. Ich nahm die Vase und schloss die Tür.

»Du törnst mich ab.«

Ich war beleidigt. »Soll ich gehen?«

»Nein, bleib hier ... Ich habe nur einen einzigen Druck gemacht. Ehrlich! Es war wirklich nur ein Schuss, ein einziger«, beharrte Jacko. »Ich schwöre es. Du brauchst mich nicht so anzusehen. Ich habe wirklich nur ein einziges Mal gedrückt, das musst du mir glauben. Du kannst mir ruhig vertrauen. Ich würde dich niemals anlügen, das weißt du. Es war nur ein einziger Schuss. Hannah, ich schwör's!«

»Und diesen einen Druck hast du zehnmal gefiltert«, sagte ich müde und enttäuscht.

»Scheiße! Natürlich war es nicht nur ein einziger Schuss ... Okay, ich erzähl dir alles. Es hat vor einer Woche angefangen. Tom kam zu mir und sagte: Los, komm mal mit rüber. Ich bin zu ihm gegangen, und auf dem Küchentisch bei ihm lag ein dickes Päckchen Heroin, mindestens 300 Gramm. Er hat es von einem Frankfurter Großdealer bekommen, in Kommission. Gregor war auch da, und wir verpassten uns alle drei einen anständigen Druck.«

»Das wird aber einen Mordsärger geben, wenn Tom mit dem H in Kommi nicht dealt, sondern ihr es gemeinsam verdrückt.«

»Er hat noch so viel von dem Zeug; das ist astreine Ware, die kann er gut strecken.«

Oje, dachte ich, jetzt beginnt dieser ganze Albtraum von neuem.

Als sein jüngster Bruder begann, das Haus zu renovieren, musste Jacko in diesen zehn Quadratmeter großen Schuppen im Garten seines ältesten Bruders ziehen. Ich war schockiert, als ich die Hütte zum ersten Mal sah. Die Stereoanlage und die Matratze füllten den ersten Raum vollständig aus, in der zweiten Kammer standen dieser alte Ofen und seine Holzkommode. Ich sagte: »Wie willst du hier leben, es gibt kein fließendes Wasser, keinen Strom, keine sanitären Einrichtungen?«

Von außen sah der Schuppen aus wie ein Spielzeughaus, mit seinen zwei kleinen Fenstern und der kleinen Tür. In meinen Träumen tapezierte ich die Wände und legte Parkett auf die Böden aus gestampfter Erde, und das

Spielzeughaus verwandelte sich in unser kleines Schloss. Wenn der Ofen flackerte, konnte man wenigstens heißes Wasser darauf bereiten. Ich kochte Kaffee, und der alte Schuppen war unsere gemütliche Höhle. Aber mehr als einen Tag hielt ich es in den kleinen Zimmern nicht aus, dann bekam ich Platzangst.

Jacko drückte wieder regelmäßig. Ich fragte ihn nicht, woher er die Shore hatte. Ich wusste, dass es das Heroin von Tom war. Ich hatte begriffen: Zuerst hatte Gregor den Kredit aufgenommen, dann kam Jaschas Erbschaft an die Reihe, und jetzt lag es an Tom, die Drogen für die drei Freunde zu beschaffen. Jeder arbeitete auf eigene Rechnung, das Heroin wurde dann jedoch gemeinsam konsumiert. Vielleicht hätte ich schon zuvor ahnen können, was passieren würde.

Wenn ich nach der Schule zu Jacko fuhr, traf ich ihn selten zu Hause an. Und wenn, dann war er derart auf Droge, dass ich nicht mit ihm reden konnte. Wenn er nichts zu drücken hatte, war er unten, ganz tief unten, ohne H war er nur noch ein Häufchen Angst. Die Angst vor dem nächsten Affen, dem Turkey, saß ihm im Genick. Manchmal sah ich ihn ein oder zwei Wochen nicht. Er rief dann auch nicht bei mir an. Und ich wurde fast verrückt vor Angst. Ich fragte mich: Lebt er überhaupt noch? Haben sie ihn verhaftet? Und dann plötzlich stand er bei mir zu Hause vor der Tür.

»Komm, wir gehen in eine Kneipe, ich brauche dringend etwas zu trinken.« Vor meinen Augen füllte er sich mit Alkohol ab. Manchmal war ich dann nah dran, sein Glas zu nehmen, um es auszutrinken.

In meinem Elternhaus standen überall Alkoholika rum. Ich war daran gewöhnt, dass meine Eltern ständig Alkohol tranken, aber ich konnte es nicht ertragen, wenn sich Jacko vor meinen Augen betrank. Dann wurde ich schwach und meine Schutzmauer gegen den Alk begann zu bröckeln. Ich roch die verschiedenen alkoholischen Getränke, schmeckte sie auf meiner Zunge und begann zu zittern. Und plötzlich war ein Rückfall ganz nah. Der Boden unter meinen Füßen war eine dünne Eisschicht, über die ich mit Stöckelschuhen stakste. Meine Angst, auf diesem Eis auszurutschen, oder sogar einzubrechen, war riesengroß.

Immer wieder fuhr ich zu Jacko, aber er war nicht zu Hause. Toms Heroin in Kommission hatten die Jungs in kurzer Zeit gemeinsam verdrückt. Wie ich vorausgesehen hatte, gab es eine Menge Ärger mit der Drogenmafia. Sie wollten ihr Geld haben. Vor dem Haus stand ständig ein Auto mit Frankfurter Kennzeichen. Tom traute sich nur noch über den Garten hinaus oder hinein ins Haus. Als Toms Eltern an einem Tag nicht zu Hause waren, wurde das Haus ausgeraubt.

Jacko hing wieder voll an der Nadel und musste sehen, wo er den nächsten Schuss herbekam. Er verbrachte die meiste Zeit in der Stadt, um Geschäfte zu vermitteln. Es vergingen drei Wochen, bis er mich anrief. Wir verabredeten uns. Er kam nicht. Von Stunde zu Stunde wurde ich unruhiger. War ihm etwas passiert? Warum meldete er sich nicht? Aber wahrscheinlich rannte er sich wieder die Hacken ab, auf der Suche nach dem nächsten Schuss. Ich konnte mich auf nichts richtig konzentrieren. Ständig sah ich ihn, die Spritze steckte noch in seinem linken Arm, sein Kopf war nach hinten gestreckt. Er war tot. Bei jedem Telefonklingeln zuckte ich vor Schreck zusammen.

Und dann plötzlich stand er wieder vor der Tür. Jacko brauchte Tabak und wollte mit mir in eine Kneipe, um zu trinken. Ich machte ihm begreiflich, dass ich das nicht mehr lange aushalten könne. Jedes Mal sagte er: »Es kommt nicht wieder vor. Ich melde mich. Ich verspreche es dir. Ich rufe dich morgen Abend an. Ich schwöre es.«

Wieder hörte ich zwei oder drei Wochen nichts von ihm. Schon nach zwei Tagen konnte ich keinen klaren Gedanken mehr fassen, nichts mehr essen, nicht mehr schlafen, und von Tag zu Tag, an dem ich ihn nicht sah, potenzierte es sich.

In den letzten Tagen meines sechswöchigen Praktikums im Kindergarten erkrankte ich an Mumps. Ich lag mit hohem Fieber im Bett und verlor fast meinen Verstand. Ständig hörte ich das Telefon läuten. Ich stand auf und nahm den Hörer ab. Nichts! Mindestens fünfzigmal am Tag lief ich zur Tür und öffnete sie, weil ich den Gong gehört hatte. Aber vor der Tür stand kein Jacko und auch am Telefon war er nicht. Es war nur das Fieber. Ich hatte Halluzinationen. Über eine Woche ging das so. Seit drei Wochen hatte ich mal wieder nichts von ihm gehört. Außer von Laura, die ihn in verschiedenen Clubs gesehen hatte, in denen er jedes Mal eine andere Frau abgeschleppt hatte.

Inzwischen hatte mir meine Klassenkameradin Caro von einer kleinen freien Mansarde in Mainz berichtet. Sie sagte, dass ich sofort einziehen könne. Ich unterschrieb den Mietvertrag.

Drei Wochen später stand Jacko am Samstagabend vor der Tür. »Es tut mir leid, dass ich mich so lange nicht gemeldet habe.«

Ich erzählte ihm, dass ich nach Mainz ziehen werde.

Er wollte wissen, ob es jetzt aus zwischen uns sei.

Ich sagte ihm: »Jacko, ich liebe dich so sehr. Aber ich kann nicht mehr. Ich halte das einfach nicht mehr aus.

Immer wusste ich, dass ich mich hundertprozentig auf dich verlassen kann. Jetzt kann ich es nicht mehr. Ich habe dieses grenzenlose Vertrauen, das ich dir gegenüber empfand, verloren. Du tauchst alle zwei oder drei Wochen bei mir auf, benutzt mich als Geldquelle für Tabak und Alkohol. Wenn ich zu dir fahre, treffe ich dich nie an. Ich weiß nicht einmal, ob du noch in diesem Schuppen wohnst.«

»Alles wird anders werden; ich werde mit den Drogen aufhören, und ich werde mir eine Arbeit suchen.«

»Jacko, das sagst du schon seit Monaten, dass alles anders werden wird. Aber es wird sich nichts ändern ... Du musst eine Therapie machen, eine Langzeittherapie, das ist die einzige Chance, die du hast.«

Doch davon wollte er nichts wissen, er sagte immer wieder, dass er sich nicht in so ein Scheißtherapiezentrum sperren lässt. »Was soll ich denn da? Dort sagen sie dir nur den ganzen Tag, was du tun und lassen sollst. Alles ist verboten. Da bekommst du mich auf keinen Fall rein.«

»Wenn du wirklich mit den Drogen aufhören willst, dann musst du eine Therapie machen, das weißt du genau. Du könntest die Langzeittherapie abschließen, ich beende meine Ausbildung zur Erzieherin in Mainz und danach ziehen wir zusammen. Du schaffst es nicht allein und wir schaffen es auch nicht zusammen. Es wird immer wieder von vorne beginnen. Du musst dir Hilfe von außen holen.«

Er behauptete, dass er die Therapie nicht durchhalten könne, da er viel zu eifersüchtig sei, wenn ich allein in Mainz wohnen würde.

Ich konterte: »Aber das ist doch Blödsinn. Ich liebe dich so sehr, Jacko, andere Männer interessieren mich doch gar nicht. Ich würde die Ausbildung durchziehen und mich darauf konzentrieren.«

Ich wollte wissen, ob ich ihm jemals einen Anlass zur Eifersucht gegeben hätte.

»Nein, natürlich nicht«, sagte er. »Du weißt doch, wie ich bin. Ich könnte es einfach nicht ertragen, von dir getrennt zu sein.«

Das hielt ich für eine Ausrede; Jacko war nicht bereit, an seiner augenblicklichen Situation etwas zu ändern.

»Eine Langzeittherapie ist wirklich die einzige Chance. Bitte, bitte, Jacko, überleg dir das noch mal«, flehte ich ihn an.

Er versprach, am nächsten Tag noch einmal vorbeizukommen. »Dann können wir in Ruhe über alles reden.«

Am nächsten Tag wartete ich vergeblich auf ihn. Ich hatte geahnt, dass er nicht kommen würde.

In der Woche drauf zog ich montags in die kleine Dachmansarde in Mainz ein. Meinen Hausrat transportierten wir in einem VW-Bus, den mein Vater besorgt hatte. Ich nahm einen kleinen Küchenschrank für Geschirr und Lebensmittel mit, meinen Plattenspieler, meine Schallplatten und meine Bücher. In die Mansarde räumten wir noch ein Bett, einen Kleiderschrank, ein Regal, einen kleinen Campingtisch und einen Stuhl. Damit war das Zimmer schon fast überfüllt. Nach zwei Stunden hatte ich all meine Habseligkeiten in den Schränken verstaut. Meine Eltern waren gleich wieder nach Hause gefahren.

Jetzt war ich allein. Allein in meinem neuen Zuhause. Warum war Jacko wieder nicht gekommen? Er wollte mir beim Umzug helfen, er hatte es versprochen, aber er hatte nicht einmal angerufen.

Was sollte ich nur tun? Ich musste eine Entscheidung treffen. Ich würde ihm einen Brief schreiben.

Lieber Jacko,

ich weiß nicht, womit ich beginnen soll, denn ich habe dir unendlich viel zu sagen. Es fällt mir nicht leicht, dir diesen Brief zu schreiben. Aber ich muss es tun!

Ich weiß, ich muss handeln. Es gibt zwei Möglichkeiten: Entweder ich beende unsere Beziehung oder wir gehen beide unter. Muss ich die Beziehung zu dir beenden, um unsere Liebe zu retten? Ist dies die einzige Möglichkeit?

So weitermachen wie bisher, das kann ich nicht; das halte ich nicht mehr aus. Ich kann nicht mehr. Ich bin am Ende. Aber Jacko, ich liebe dich noch immer so sehr. Ich liebe dich viel zu leidenschaftlich. Wie soll ich ohne dich leben? Ich kann unmöglich ohne dich leben. Jedoch kann ich unter diesen Umständen auch nicht mit dir leben. Ich kann dir nicht mehr dabei zusehen, wie du immer tiefer im Heroin versinkst, und dich mit diesem Zeug umbringst.

Als ich dich das letzte Mal besuchte, warst du wieder völlig betrunken. Du lagst auf der Matratze und schnarchtest. Es stank furchtbar nach Whisky, nach Urin, Schweiß und Essig: Turkeyschweiß. Ich räumte die vielen leeren Flaschen weg. Als ich eine halbvolle Whiskyflasche in der Hand hielt, lief mir ein kalter Schauer über meinen Rücken. Ich roch den Whisky und schmeckte ihn auf der Zunge, meine Hände begannen zu zittern. Seit Wochen hatten wir beide nicht mehr zusammen gelacht, seit Wochen waren wir nicht mehr in den Feldern oder im Wald spazieren gewesen, seit Wochen hatte ich nicht mehr deine nackte, weiche Haut gestreichelt, seit Wochen hatten wir nicht mehr miteinander geschlafen. Ich fragte mich: Warum setze ich die Flasche nicht an und trinke? Ist nicht alles völlig hoffnungslos? Ich sagte mir: Nein, da ist die Schule, sie macht mir Spaß. Und ich liebe dich noch immer. Aber da war wieder diese Angst, dich zu hassen. Würde ich die Whiskyflasche austrinken, dann könnte ich dich nicht mehr lieben. Mir stand vor Augen: Mit einem Rückfall werde ich nicht nur dieses neue Leben ertränken,

242

sondern auch die Liebe zu dir. Jacko, meine Liebe zu dir ist derart stark, ohne dich hätte ich es niemals geschafft, mit dem Trinken aufzuhören, aber ich weiß, wenn ich mit deiner Hilfe rückfällig werde, dann werde ich mich und dich hassen.

Bitte, bitte, Jacko, begib dich in eine Therapie, es ist die einzige Chance. Bitte! Solltest du dich tatsächlich für eine Langzeittherapie entscheiden, werde ich mich nicht bei dir melden und du meldest dich auch nicht während der Therapie. Die Gefahr, dass du die Therapie abbrechen würdest, wäre zu groß. Aber ich bitte dich, melde dich, wenn du die Therapie beendet hast. Dann beginnen wir von vorne — ohne Alkohol und ohne Drogen.

Du könntest die Therapie abschließen und ich meine Ausbildung zur Erzieherin, und danach ziehen wir zusammen.

Versprich mir, dass du dir das mit der Therapie noch mal gründlich überlegen wirst.

Jacko, ich liebe dich. Und ich bin jederzeit zu einer neuen Beziehung mit dir bereit, wenn du wirklich mit den Drogen aufhören willst oder nach einer Therapie. Jederzeit! Das musst du wissen. Ich hoffe so sehr, dass wir uns wiedersehen werden und noch einmal von vorne beginnen können.

Jetzt bleibt mir nur wieder diese Hoffnung auf eine ferne Zukunft. Schon einmal habe ich drei Jahre auf dich gewartet. Wie lange werde ich diesmal auf dich warten müssen? Du fehlst mir. Ich vermisse dich schon jetzt, so sehr, dass es weh tut. Aber ich klammere mich an die Sicherheit, dass es für uns beide — in naher Zukunft — ein gemeinsames Leben ohne Drogen und ohne Alkohol geben wird.

Ich warte auf dich!
In Liebe
Hannah

Alle meine Vorsätze, die ich vor der Operation formuliert hatte, habe ich inzwischen in die Tat umgesetzt oder mit der Realisierung begonnen.

Einen Monat nach der Operation traf ich mich mit Jaschas Mutter. Das war zunächst nicht einfach. Ihre Telefonnummer konnte ich ausfindig machen, allerdings erkannte sie mich am Telefon nicht mehr. Sie sagte, ich dürfe gerne vorbeikommen. Mit einem Blumenstrauß und Fotos, auf denen Jascha abgelichtet war, ging ich ins Seniorenwohnheim, in dem sie inzwischen wohnte. Sie hatte dort eine eigene Wohnung. Ich klingelte, aber niemand öffnete mir die Tür. Leider hatte ich weder einen Briefumschlag für die Aufnahmen, noch einen Zettel dabei. Ich zückte mein Smartphone und rief sie an. Ich hörte es läuten. Sie nahm ab, legte aber einfach wieder auf. Daher besuchte ich sie einige Tage später erneut. Auch an diesem Tag blieb die Wohnungstür verschlossen. Ich warf die Fotografien in ihren Briefkasten. Auf einer Ablichtung war ich zusammen mit ihrem Sohn abgebildet.

Am nächsten Tag rief mich Jaschas Mutter an und bat mich, doch noch einmal vorbeizukommen. Sie wäre sehr vergesslich, aber ihr ältester Sohn hätte ihr gesagt, dass ich Hannah sei, Jaschas frühere Freundin.

Eine der Aufnahmen, die ich ihr in den Briefkasten geworfen hatte, stand bei meinem Besuch schon eingerahmt auf dem Fernsehschrank im Wohnzimmer. Über die Bilder hatte sie sich sehr gefreut.

Sie holte die alten Fotoalben aus dem Schrank und ich konnte mir Bilder ansehen, auf denen Jascha und seine Brüder abgelichtet waren. Ich sah den elfjährigen Jascha mit verstörtem Blick bei der Beerdigung seines Vaters. Auch Bilder seines Vaters durfte ich bestaunen, er war ein außerordentlich attraktiver Mann, und Jaschas Mutter eine wunderschöne stolze Braut.

Sie erinnerte mich an eine Begebenheit, die ich längst vergessen hatte, als Jascha in Darmstadt verhaftet worden war. Obwohl die Mutter vieles, aufgrund ihrer Demenz, nicht mehr wusste, konnte sie sich an Einzelheiten noch gut erinnern. Sie hatte Kaffee gekocht, den wir aus den gleichen Blümchentassen tranken wie früher, als Jascha noch zu Hause wohnte. Die damalige Zeit erstand vor meinen Augen, als wäre es gestern gewesen. Als ich mich verabschiedete, fühlten wir uns beide besser. Wir hatten über Jascha gesprochen. Es gab nicht viele Menschen, mit denen ich über ihn reden konnte. Sie bat mich, wiederzukommen, aber als ich sie erneut anrief, hatte sie – aufgrund ihrer Demenz – meine Existenz leider schon wieder vergessen.

In den letzten Monaten habe ich mehrere Kurzgeschichten zu Papier gebracht. Zwei habe ich bei verschiedenen Literaturwettbewerben eingereicht. Außerdem habe ich den Beschluss gefasst, demnächst einer regionalen Literaturgruppe beizutreten.

Zuletzt beginne ich mit meinem wichtigsten Vorsatz, diesem Buch tief in mir. Ich bin fest entschlossen, alles aufzuschreiben. Von Anfang an. So oft schon habe ich dieses Buch in meinen Gedanken geschrieben. Die Zeit für dieses Buch ist überreif.

Und dann endlich tippe ich die ersten Zeilen:

»Warum ich gerade an diesem Montag mit dem Trinken begann, weiß ich nicht. Es war ein Tag, wie jeder andere auch, Anfang März, kurz nach meinem vierzehnten Geburtstag.

Seit über einer Stunde saß ich regungslos in meinem roten Clubsessel aus Lederersatz, gefangen in dieser Starre. Todesstarre. Mein festgefrorener Blick klebte am Poster an der gegenüberliegenden Wand, aber ich sah ihn nicht, den Baum, mit den kahlen schwarzen Ästen im Sonnenuntergang. Ich sah nichts, gar nichts. Ich starrte nur regungslos vor mich hin, unfähig mich zu bewegen, außerstande, etwas zu denken. In meinem Kopf nichts als Leere. Unendliche Leere ...«

Meine Gedanken fliegen so schnell, dass sich die getippten Buchstaben nur schwer hinter ihnen herschleppen. Die fertigen Sätze fließen aus meinen Fingern, als würden sie sich selbst schreiben, vollständig ohne mein Zutun.

Ich schreibe und schreibe und mit jeder Zeile wird der Heißhunger nach Betäubung endlich weniger. Dieser Schmerz ist immer noch da, aber auch er nimmt ab, erreicht ein erträgliches Maß, sodass ich mit ihm leben kann.

Nachdem ich zu Beginn zögerlich damit begonnen habe, meine Erlebnisse aufzuschreiben, geht mir die Schreibarbeit von Seite zu Seite besser von der Hand.

Immer seltener bezweifle ich, dass daraus ein richtiges Buch werden wird. Im Gegenteil: Ich bin mir sicher, dass es ein Buch werden wird, dass es mein Buch werden wird. Das Buch meines Lebens.

Ob dies das Ende ist? Nein, es ist noch lange nicht alles erzählt. Die Geschichte über Hannah und ihre große Liebe Jascha geht weiter.

DANKESCHÖN

sage ich

> meinem Mann, für seine Liebe, seine uneingeschränkte Unterstützung und sein grenzenloses Vertrauen,
> meiner inzwischen verstorbenen Mutti, der Erstleserin dieses Buches, für ihren Beistand und ihre staunende Bewunderung,
> meiner Freundin Ute für unsere erhellenden Motivations-Frühstücke,
> Alexander Golfidis für seine überaus hilfreichen Tipps,
> Jürgen E. für die aufmunternden Mails, wenn's mal nicht so lief,
> allen meinen wunderbaren Testleserinnen und Testlesern für die kritischen Anmerkungen; es ist schön, dass es euch gibt,
> der Fotokünstlerin Sandra Schneider für das geniale Cover,
> Renee Rott von Dream Design – Cover and Art für die Coveranpassung (www.cover-and-art.de),
> Jenni Fenko für ihre vielen Tipps
> und last, but not least Stefanie Brandt für das Korrektorat und die tolle Zusammenarbeit (www.steffis-buchecke.de).

Übrigens: Für alle Fehler im Text bin ausschließlich ich selbst verantwortlich.

Über das Buch »Süchtig nach Rausch«

»Er war ein Teufel, der Alkohol. Beständig lockte er mich tiefer in seine Hölle. Mittags wusste ich nicht mehr, was ich am Morgen getan hatte. Schon am Abend formte sich der zu Ende gehende Tag zu einem undefinierbaren Klumpen banger Vergangenheit ...«

Mit Hilfe ihrer großen Liebe, dem heroinabhängigen Jascha, gelang Hannah Berger als junge Frau der Ausstieg aus der Sucht. Inzwischen ist sie fest in Job und Leben verankert. Infolge einer Narkose wird tief in ihr eine unstillbare Gier nach Rausch geweckt. Sie weiß, sie muss sich erneut ihrer Vergangenheit stellen.
Der Roman erzählt auf zwei Ebenen Erlebnisse aus Hannah Bergers Vergangenheit und Gegenwart.

Authentisch und schonungslos zeigt Maja Malu den Teufelskreis der Alkohol- und Drogensucht auf.

Über die Autorin

Maja Malu ist ein Pseudonym. Unter ihrem richtigen Namen hat die Autorin in den letzten Jahren sehr erfolgreich vier Kriminalromane und zahlreiche Kurzgeschichten veröffentlicht.
Sie ist Mitglied im Verband deutscher Schriftstellerinnen und Schriftsteller und in der Autorengruppe SYNDIKAT.

Nach »Süchtig nach Rausch« legte die Autorin inzwischen mit »Sehnsucht nach Rausch« ihren zweiten autobiografischen Roman vor.

Weitere Informationen: www.majamalu.de.

Maja Malu »Sehnsucht nach Rausch«
(2. Teil)

BOD

12,99 € (E-Book 7,99 €)
ISBN: 978-3-8192-2639-7

»An manchen Tagen glich ich einem lavaspeienden Vulkan, an anderen fühlte ich mich grundlos traurig. Und immer wieder fraß sich diese Gier nach Betäubung in mir fest. Gerade in Augenblicken, in denen ich am wenigsten mit ihr rechnete, näherte sie sich auf schleichenden Pfoten von hinten und fiel mich an, wie ein wildes Tier. Dann kämpfte ich mit aller Kraft ums Überleben ...«

»Sehnsucht nach Rausch« von Maja Malu schließt sich nahtlos an den ersten Teil »Süchtig nach Rausch« an.

Nachdem sich Hannah Berger von ihrem heroinabhängigen Freund Jascha getrennt hat, konzentriert sie sich auf ihre Ausbildung zur Erzieherin. Jascha bringt eine Langzeittherapie erfolgreich hinter sich. Beide werden erneut ein Paar und bauen sich ein gemeinsames Leben ohne Alkohol und Drogen auf. Doch wird es ihnen gelingen, die Sehnsucht nach Rausch dauerhaft zu bekämpfen oder holt sie die Vergangenheit wieder ein?

Eine bewegende Lebensgeschichte über Sucht und Sehnsucht, Trauer und Verlust, aber auch über Liebe und Freundschaft.